이우 왕자

2

2

조선의 마지막 왕자

이 우  왕 자

차은라 장편소설

끄 Clema
끌레마

차례

기로

❀

"이보게, 우공. 이렇게 시찰을 나와보니 만주는 정말 넓구만. 도심지니 더 그렇고 말이야."

5월의 만주는 여름을 목전에 두고 녹녹한 바람이 불고 있었다. 이우와 함께 만주 시찰을 나온 다케히코가 차 뒷좌석에서 친근하게 말을 걸었다. 이우는 차창 너머로 만주 거리를 보고 있었는데, 남루한 거리에는 진노랑색을 바탕으로 한 만주국 국기가 당연한 듯 나부끼고 그 아래로 흙색 군복을 입은 만주 헌병대 군인들이 줄맞춰 걷고 있었다.

"신경(新京. 만주국의 수도. 현재 지명은 장춘)에 가서 오찬을 하는 것도 기대하고 있어. 거기엔 우리를 환영해줄 분이 있을 거야!"

다케히코가 조금 신이 나서 말했다. 만주궁에 일정에 있다는 것은 부의와의 만남을 의미했다. 부의는 옛 청나라의 마지막 황제이자, 일본이 세운 괴뢰국인 만주국의 허수아비 황제였다. 이우는 일찍이 부의를 만나고 온 숙부 영친왕에게 그에 대해 들은 바가 있었다.

"나도 그분이 꽤 강단 있는 분이라고 숙부님께 들은 기억이 있지."

이우는 들떠 있는 다케히코에게 불편한 속내를 숨기고 말했다. 다케히코는 동계휴업기가 끝난 후에 잡혀 있던 만주와 조선의 시찰 일정을 고대하고 있었다. 그는 처음 나오는 외부 시찰에 신난 눈치였는데, 특히 만주보다는 평소 관심을 보이던 조선에 가는 것을 기대하고 있었다. 일본 황족과 함께 시찰이랍시고 조선을 방문하는 이우의 심정이 어떠할지 그로서는 짐작하기 어려울 것이다.

"여기가 만주국의 황궁인가?"

한참을 달려서 도착한 만주국의 황궁 앞에서 다케히코가 이리저리 둘러보며 허탈한 듯 읊조렸다. 다케히코는 적잖이 실망해 눈살을 찌푸리기도 했다. 이우도 완전히 할 말을 잃었다. 이런 곳에서 지내는 것인가……. 부의가 살고 있는 집희루는 궁이라 이름 붙이기도 민망한 허름한 건물이었다. 다 낡아빠져서 형편없는 건 그렇다 치고 근처에서 날아온 검은 연기들에 이우와 다케히코는 손수건으로 코와 입을 막을 수밖에 없었다.

시찰 일행이 검은 연기를 피하다시피 하며 내부로 들어서려는데 정문으로 누군가 급히 나오는 것이 보였다. 삐쩍 마른 몸에 헤져가는 만주국 군복을 고집스레 걸친 부의였다. 그의 뒤에서 호위를 명분으로 따라붙은 일본 헌병대가 우르르 함께 움직였다. 이우는 순간 도쿄에서 지내는 자신의 모습이 겹쳐 보였다.

"만주국에 와주셔서 감사합니다. 아사카노미야 다케히코 전하."

부의는 헌병대를 줄줄이 달고 이우와 다케히코에게 다가왔다. 부의는 나름 반갑게 환영인사를 했지만 그의 몰골을 본 시찰 일행은 부담스러울 뿐이었다. 이우는 부의가 버선발로 달려나온 기색이어서 애써 부담감을 내색하지 않으려고 했다. 부의 자신도 그 사실을 모르진 않을 테고, 이렇게 나온 데는 그럴 만한 사정이 있을 것이었다. 부의는 먼저 일본 황족인 다케히코를 동등한 위치에서 맞이한 다음 이우에게도 악수를 청했다.

"이우 공 전하도 환영합니다."

부의는 어설픈 일본말을 구사하며 악수를 청했는데, 덥석 잡은 그의 손은 따스했으나 거친 일을 하는 사람처럼 몹시 까끌까끌했다. 이우는 부의가 잡은 손을 놓으려다가 그가 무언가 할 말이라도 있는 것처럼 일부러 손을 꽉 쥐었다 놓는 것을 느겠다.

"정말, 환영합니다."

이우를 보며 부의가 다시금 강조한 말에는 많은 감정이 배어 있었다. 둥그런 안경테 너머로 보이는 그의 눈은 한없이 깊고 몹시도 애처로웠다. 부의 뒤에는 오족협화 국기 옆으로 조선 경복궁에 드리워진 것과 같은 일장기가 펄럭이고 있었다. 부의는 일본에서 황족들이 방문할 때면 강제로 잡혀 있는 볼모가 아닌 동등한 입장인 양 연기하며 그들을 맞이해야 했다. 그런데 딱 두 번, 부의가 자신의 의지로 궁 밖에까지 나와서 맞은 사람이 있는데, 바로 예전에 들렀던 영친왕과 이번에 방문한 이우였다.

이우는 집회루에서 부의와 오찬을 한 뒤 이틀 정도 더 만주에 머물다가 경성으로 내려왔다. 다케히코와 함께 경성을 시찰하면서 이우는 만주궁의 오찬에서 본 부의의 모습이 머릿속에서 부유하는 것을 느꼈다. 이우는 부의에게서 나라를 잃고 일제에 의해 꼭두각시처럼 이용당하며 사는 왕족의 삶을 보았다. 오찬 내내 자신과 똑같은 처지인 부의를 제삼자의 눈으로 바라보는 것은 몹시 괴로운 일이었다. 허울뿐인 황제의 자리. 오찬으로 나온 그럴싸한 양식을 먹고는 있지만 실상은 빈 깡통처럼 일본이 이용하는 대로 살아야 하는 처지. 부의도 자신도 아무리 발버둥을 쳐봐도 일제의 손아귀에서 한 발짝도 벗어날 수 없었다. 오찬 내내 옆에 줄을 지어 서 있던 일본 헌병대는 손가락 하나 까딱하지 않았으나 이우는 그들이 마치 자신의 목을 조르는 것만 같았다.

"이누카이가 암살되다니?"

만선(滿鮮) 시찰의 잔상이 옅어지기도 전에 이우는 도쿄에서 믿을 수 없는 사건을 겪게 되었다. 백주대낮에 일본 수상이 군인들에 의해 살해된 것이다. 몇 번을 읽어도 〈니치니치〉 신문에는 수상인 이누카이 쓰요시가 젊은 해군장교들에게 암살되었다고 적혀 있었다. 일본은 일전에 외국과의 해군 군축회의에서 군함 크기와 규모를 그들보다 작게 가지는 것으로 타협했다. 그것은 젊은 해군장교들에게는 받아들일 수 없는 일이었다. 그들은 일본 해군도 구미 열강과 똑같은 군함 크기와 규모를 가져야 한다고 주장했다. 암살에 가담한 군인들은 군축회의 결과 일본이 열강과 동등한 규모의 군함을 갖지 못하게 된 것이 정치인과 재벌들 때문이라고 여겼다. 그래서 장교들이 나서서 문관인 수상을 암살한 것이다. 이것이 일본의 역사를 바꾼 사건 중 하나인 5·15사건이다.

"육군 측 13회 공판을 시작하겠습니다."

이번 암살사건에는 육군 장교 몇몇도 끼어 있었기에 육군에서도 군법회의가 열렸다. 수상 암살은 해군장교들이 주도했으나 육군장교들도 수상 이누카이 쓰요시 외에 다른 대신들을 죽이러고 계획한 사실이 밝혀져서 이에 대해 재판이 열린 것이다. 오전부터 진행된 공판에는 이우도 임석해 있었다. 방청석은 너무 많은 사람이 몰려 발 디딜 틈도 없을 지경이었고, 법정에서는 치열한 반론과 역설이 난무했다.

"전하, 조금 쉬시는 게 좋겠습니다."

나가사키가 이우에게 다가와서 조심스럽게 말했다.

"계속 참관하지."

이우는 가볍게 손을 들어 나가사키를 물리쳤다. 이 사건의 공판 결과로 앞으로의 사회 분위기를 가늠해볼 수 있을 것이어서 이우는 공판에서 한시도 시선을 뗄 수 없었다.

"나카무라 소좌, 나와서 변론하시오."

그런데 이상하게도 사건을 주도한 장교들의 교관들이 공판에 나와 있었다. 주모자들을 잘 아는 사람들이자 그들을 직접 가르친 교관들을 '특별 변호인' 자격으로 소환한 것이다.

"피고들은 죄가 없습니다. 오히려 피고들의 행동은 반군 미국민들에 선전포고를 한 것과 다름없습니다!"

암살에 참여했던 장교들을 무죄로 만들기 위한, 절규와도 같은 특별 변호인들의 변론이 30분 동안이나 이어졌다. 청중들도 거기에 완전히 동조하고 있었다. 변론 후 휴식시간이 주어지고 나서야 이우는 법정 밖으로 나왔다. 해군 군법회의에서 주모자 몇몇을 제외한 나머지 모두가 무죄를 받았다. 이우는 혹시나 하고 참관해보았지만, 육군 공판에서도 역시 동일한 결과가 나왔다. 수상 암살로 정당 정치를 끝내고 군인들이 정권을 잡게 된 중대한 사건이었음에도 주모자들은 크게 처벌받지 않았다. 이는 일본의 군국주의화를 더욱 심화시키는 결과를 초래하고 말았다. 일본의 식민지인 조선은 앞으로 얼마나 더 희생될 것인가? 공판을 지켜보던 이우는 뒷맛이 쓰디썼다.

"전하, 무슨 생각을 그리 하십니까?"

찬주가 칼질을 멈추고 걱정스레 물었다. 그제야 이우는 꼬리에 꼬리를 무는 상념을 멈추고 고개를 들었다. 군복 차림의 이우 앞에는 아직 반이나 남은 스테이크가 놓여 있었다.

"……아무것도 아니오."

이우가 짧게 한숨을 쉬고는 저도 모르게 찌푸리고 있던 인상을 펴며 말했다. 이우와 찬주는 도쿄의 이름 있는 레스토랑의 전망 좋은 테이블에서 저녁식사를 하는 중이었다. 식사 중인 것도 잊을 정도로 만선 시찰의 일그러진 기억과 일련의 사건들이 이우를 괴롭혔다. 그리고 용산 총독관저의 일까지도.

"표정이 많이 안 좋으세요. 무슨 일이라도 있으신지요?"

찬주도 식사를 멈추고 이우를 바라보며 물었다. 총독관저에서 폭발사건이 있던 날 찬주는 할아버지와 함께 기둥 뒤에 숨어 있어서 다치지 않았다.

"아니오. 맛있게 먹고 있으니 신경 쓰지 마시오."

이 분위기를 빨리 벗어나고 싶어 이우는 억지로 입꼬리를 당겨 웃어 보이며 찬주를 안심시켰다. 총독관저에서의 성년 축하연 이래로 이우는 틈틈이 찬주를 만나왔고 이번 만남이 벌써 세 번째였다. 먼젓번에도 이곳에서 함께 식사를 했는데 그때 우연히 다케히코와 마주쳤다. 다케히코는 도쿄 한복판에서 조선 여인과 식사하고 있는 이우를 보고는 적잖이 놀란 눈치였다. 지난번 다케히코와 오랫동안 함께 만선 시찰을 했을 때도 이우는 절친한 그에게 찬주와의 관계를 일절 이야기한 적이 없었다. 그런데 그날 처음으로 이우가 찬주를 스스럼없이 소개하자 다케히코는 당황했다. 그동안 이우가 그처럼 다정하게 여성을 소개한 적이 없었던 것이다. 또 다케히코의 친척인 기타시라가와궁가에서 용산 총독관저에서의 불미스러운 일을 들어 유리코와 이우의 혼담을 없던 걸로 하자는 뜻을 궁내성에 밝힌 게 고작 두 달 전이었다. 다케히코는 이우의 행동이 너무 거침없다는 생각이 들었지만 곧 친구를 응원하는 쪽에 서기로 했다. 그는 이우의 어깨를 쾌활하게 두드린 후 "힘 내" 하고 말하고는 레스토랑을 빠져나갔다.

"학습원 수업은 할 만하오? 중간에 들어간 것이니 따라가기 힘들 수 있소."

이우가 와인 잔을 들며 넌지시 물었다. 찬주는 작년에 경성여고보를 졸업한 뒤 도쿄로 와서 여자학습원의 중기에 편입학한 상태였다. 여자학습원은 황족이나 화족들이 다니는 귀족여학교로, 조선 귀족의 자제들은 무시험으로 학습원에 입학할 수 있어서 찬주가 편입하는 것도 물 흐르듯 쉬웠다. 찬주가 여자학습원까지 다니는 것은 전적으로 이우와의 결혼 때문으로, 혼사를 진행할 때 혹시라도 궁내성에서 트집을 잡지 못하도록 박영효가 발 빠르게 수를 쓴 것이었다.

"공부에는 큰 어려움이 없습니다. 조선에도 화족과 비슷한 귀족이 있다는 걸 신기하게 보는 친구들이 있어서 설명하느라 애먹긴 했지만요."

찬주가 엷게 미소 지으며 말했다. 조선 귀족은 한일 강제합병 때 매국한 이들로, 은사금을 받고 일본이 주는 지위에 앉았다. 박영효는 당시 최고 신분인 후작을 받았다. 찬주는 후작 할아버지의 후광으로 자신이 이우와 마주하고 앉을 수 있다는 사실을 모르지 않았다. 종종 들르는 이곳 레스토랑에서도 이우는 일면식이 있는 사람들을 만나면 피하지 않고 찬주를 소개했다. 그럴 때면 이우로부터 인정받은 것만 같아 찬주는 마음이 뿌듯하고 벅찼다.

하지만 이우는 만선 시찰을 다녀온 이후부터 기분이 한층 가라앉아 있었다. 대화도 종종 끊기고 무슨 일인지 무의식중에 인상을 찌푸릴 때도 있었다. 찬주는 이우가 무슨 고생을 하고 있나 싶어 이것저것 떠보기도 했지만 도무지 그 이유를 알 수 없었다. 물어봐도 대답해주지 않을 것이 뻔하고 묻는 것조차 쉽지 않아 대부분은 그저 입을 다물고 있곤 했다.

"학습 내용도 조선에서 다닐 때보다 더 흥미롭고 친구들하고 잘 통하는 부분이 많아요."

찬주는 애써 이우의 신변에 대해 묻고 싶은 것을 참았다. 이우 자신이 꺼내지 않는 이야기를 캐묻고 싶지는 않았다.

"할아버님이 중간에 학교에 들어갔다고 걱정을 하시던데 적응을 잘하니 다행이오."

이우는 와인 잔을 내려놓으며 입맛을 다셨다. 와인이 디저트 와인처럼 몹시 달아 불쾌감이 들었기 때문이다. 요즘 이우는 잠에 들지 못하는 날이 부쩍 늘어서 그때마다 나가사키가 브랜디를 한 잔씩 가져다주었다. 방금 마신 와인만큼이나 단 브랜디는 이우의 인상을 찌푸리게 만들었지만 나가사키는 절대 독한 술은 가져다주지 않았다. 도수 높은 술은 건강을 해친다는 이유에서였다.

"애도 아니고 이제는 저도 걱정을 끼쳐드리기 싫은걸요."

"그대가 할아버님께 걱정을 끼친 적이 있단 말이오?"

이우가 의아한 듯 물었다. 그는 모르는 일이었지만 찬주는 총독관저에서 열리는 이우의 성년 축하연을 앞두고 할아버지께 꽤나 고집을 부렸다. 그때 찬주는 자신이 참석하지 않으려는 이유를 또박또박 주장했다. 박영효는 그때 일을 이따금씩 언급하고는 했다. 그리고 성년식 이후 이우의 의중이 확실한 것을 확인한 박영효는 손녀딸과 이우의 일에 더 이상 재는 일이 없었다. 아들의 삼년상이 지나지 않았지만 두 사람의 잦은 만남을 눈감아 주는 것도 그랬다.

"말씀드리긴 어렵지만 그럴 일이 있었습니다. 그 일로 다신 철없이 굴지 말아야겠다고 생각했었지요. 아직 부끄럽게 여기고 있으니 할아버님께는 언급하지 말아주세요."

"알겠소. 그런데 나는 그대가 철없게 굴었다는 걸 좀처럼 믿을 수 없군."

이우가 다정히 받아주자 찬주도 엷게 미소를 띠었다.

"저는 얼마 뒤에 조선에 다녀올 일이 있는데, 전하께서도 올해 귀선 예정이 있으신가요?"

찬주는 내친 김에 올 휴업기에 조선에 갈 수 있느냐고 넌지시 물었다.

"동계휴업기에 허락을 받아 다녀올 것 같은데……. 혹 조선에 일이라도 있는 것이오?"

이우가 물었다. 찬주는 일본에 온 이래로 조선에 갈 일이 거의 없었다. 그녀는 할아버지의 비호 아래 만족스러운 생활을 하고 있었다. 찬주의 유창한 일어 실력과 후작 손녀딸로 여자학습원에 다니는 신분, 그리고 도쿄에 따로 집까지 얻은 재력이 찬주를 재원으로 만들어주기에 충분했다. 일본에서의 이런 삶이 찬주에게 더 잘 어울리기도 했다. 숭인동 본가에 살 땐 엄마의 잔소리와 드센 할머니의 푸념을 매일같이 듣는 형편이었지만 도쿄에선 그런 간섭이 없어 자유로웠다. 조선에 있었다면 집안 식구들이 이우와의 일을 꼬치꼬치 캐물을 텐데, 이곳에서는 스스로 알아서 결정할 수 있었다. 그래서 찬주는 별다른 일이 없으면 일본에 머물고 싶어 했는데 이번엔 조선에 꼭 가야 할 일이 생기고 말았다.

"모교에서 교내 정기 피아노 연주회에 참석해달라고 초청장이 왔습니다. 참석한 김에 졸업반 학생들에게 축사도 하고 격려도 해주려고 합니다."

찬주는 차분히 설명하면서도 들뜬 기색을 감추지 않았다. 그녀는 같은 해에 모교를 졸업한 여생도들 중에서 가장 먼저 연주회에 초청받았다. 일반 고보를 졸업하고 황족이나 화족들이 다니는 학습원으로 유학을 가는 것은 엄청난 일로, 식민지에서는 감히 꿈꾸기도 어려운 행운이었다. 거기다 후작의 손녀딸이란 신분도 찬주를 빛나게 해주었다. 이런 것을 모두 따져 모교에서는 찬주가 후배들에게 좋은 본보기가 될 것을 고려해 초대한 것이다.

"그렇다면 우리 진완이도 금번에 졸업을 하니 그대의 축사를 듣겠소."

이우가 나이프와 포크를 접시 위에 내려놓으며 말했다. 그의 접시 위에는 음식이 거의 그대로 남아 있었다.

"왕녀님께서 벌써 졸업이시라니……. 막상 학교 다닐 때는 가깝게 지내지 못한 게 아쉽습니다. 아마 모교에 가면……."

찬주가 여전히 들뜬 채로 말했다. 하지만 이우는 찬주가 하는 말들을 듣고 있지 않았다. 진완이가 졸업한다면 당연히 정희도 함께 졸업할 것이다. 그때 총독관저에서 사라져버린 정희의 잔상이 여전히 마음 한구석에 남아 있었다. 얼마 전 진완이 보내온 편지에서 정희가 운현궁에서 피아노 배우는 것을 그만 두었다는 이야기를 들은 이후로는 더욱 그랬다. 이우는 정희를 만나기 전까지는 그 답답함이 풀리지 않을 것을 알지만 상황이 녹록치 않았다.

이우가 이번 동계휴업기에 경성에 며칠 들르는 허락을 받아놓은 것은 순전히 박영효와의 약속을 지키기 위해서였다. 앞에 앉아 있는 찬주와의 약혼을 기정사실로 만들기 위한 귀선이었다. 이우는 곧 포병소위로 임관될 예정이었다. 그것은 일본이 정해놓은 왕공족의 규범에 따라 천황에게 욱일동화대수장을 받을 일정이 코앞에 닥쳐 있다는 뜻이기도 했다. 이는 이우를 몹시 괴롭히는 일 중 하나였다. 이런 상황에서 이우가 정희를 만날 시간은 조금도 없었다.

천황이 살고 있는 황궁은 일본이 도쿄에서 가장 신성시하는 곳이다. 출입할 수 있는 근위대도 하나의 사단으로 이루어져 수족처럼 움직인다. 이날은 황궁의 식장에서 조선에서 온 왕족 하나가 훈장을 받는 날로, 조촐하지만 격식을 갖춘 의식이 거행되고 있었다. 카펫 위에 일렬로 선 사람들 중심에 누군가 천황에게 머리를 조아리고 있었다. 머리를 조아린 이는 일본군복을 입고 있었지만 평소보다 한결 가벼운 차림이었다. 천황에 대한 불경이 될 수 있다는 이유로 샤벨이나 권총을 몸에 차는 걸 불허했기 때문이다.

"이우 공은 일어나 천황폐하의 훈장을 받으시오!"

시종장이 근엄하게 명령했다. 하지만 머리를 조아리고 있던 이우는 시종장의 명령을 듣지 않았다. 이우가 일어나 다가가면 천황이 훈장을 달아주고 격려의 의미로 어깨를 두드려주면 끝날 의식이었다.

"이우 공은 일어나 폐하의 훈장을……."

듣지 못한 것은 아닐 텐데 이우가 꿈쩍도 하지 않자 시종장이 당황해서 다시 말했다. 그런데 이우는 시종장을 무시하듯 무릎을 툭툭 털며 일어나다니 단상 위의 천황을 굳은 얼굴로 바라봤다.

'감히 내게 반항이라도 하겠다는 것인가?'

히로히토는 이우의 시선을 피하지 않았다. 그는 어떤 당황스러운 상황에서도 감정을 표정에 드러내지 않는 사람이다. 신으로 추앙받는 자리가 그렇게 만든 것이다. 이우가 움직이지 않자 히로히토가 낮은 계단을 천천히 내려와 이우 앞에 섰다. 묘한 긴장감이 감돌았다.

"훈장을 이리로."

궁인이 히로히토에게 벨벳 상자를 공손히 내밀었다. 히로히토는 무뚝뚝하게 상자에서 훈장을 꺼내 이우의 왼쪽 가슴에 달았다. 그러나 이 훈장은 이우를 준황족으로 인정해서 달아주는 것이 아니었다. 오직 조선을 식민지로 두기 위한 당위성을 확보하기 위한 수단이었다. 그 때문에 이우는 다른 황족들이 훈장을 받을 땐 하지 않던 몸수색을 당하고 나서야 천황을 만날 수 있었다. 궁인 서넛이 그의 온몸을 뒤져 위험한 물건이 없다는 것을 확인한 후 식장으로 들어올 수 있었다.

이우는 날이 잘 든 단도를 교묘하게 숨겨 와서 훈장을 달아주는 히로히토의 가슴팍에 꽂아 넣는 상상을 했다. 숨통을 끊을 정도로 깊게 박힌 단도에 히로히토가 쓰러지고 자신은 달려든 근위대에 의해 결박당한다.

"히로히토는 신 따위가 아니라, 살육전쟁을 일으키고 조선을 식민지로 삼은 악인이다!"

이우는 히로히토를 심판대에 세워야 한다며 악을 쓰는 자신의 모습을 상상했다. 그것이 가능하다면, 그렇게 할 수만 있다면! 비록 자신이 천황을 죽였다는 이유로 조선의 죄 없는 민중들이 학살당한다고 하더라도 그 순간만은 통쾌할지도 모른다고 생각했다.

"이우 공은 천황폐하께 최경례를 하시오!"

히로히토가 훈장 다는 것을 끝내자 시종장이 몹시 못마땅한 말투로 명령했다. 이제껏 훈위를 주는 의식에서 이토록 불경한 자는 없었기 때문이다.

"되었다. 이만 가자!"

히로히토가 근엄하게 시종장을 저지하며 이우 옆을 지나쳤다. 시종장이 히로히토의 뒤를 급히 따라붙었고 시종들도 이우만 홀로 남겨둔 채 그 뒤를 따랐다.

이우의 상상 속에서는 몇 번이고 비참한 최후를 맞이한 히로히토가 실제로는 여유롭게 등을 보이며 식장을 빠져나갔다. 이우는 모멸감을 안고 별저로 돌아와 온종일 서재에만 머물렀다. 그는 벨벳 상자에 곱게 담긴 훈장을 잠시 보다가 상자를 닫고 장식장 서랍에 보이지 않게 넣었다. 그런데도 보고 있던 통신 관련 서적이나 다른 일에 집중할 수가 없었다. 이우는 다시 일어나 장식장 서랍을 확 열었다. 벨벳 상자 속에 훈장이 그대로 들어 있었다. 이우는 제 오른손에 가득 들어오는 크기의 욱일동화대수장을 꺼내 쥐고는 바닥에 힘껏 내동댕이쳤다. 그러자 훈장이 큰소리를 내며 나무 바닥에 떨어졌다. 그 소리에 나가사키가 놀라 방으로 달려 들어왔다. 그는 사태를 금방 파악하고 행여나 집안의 누군가 목격할 새라 황급히 훈장을 주워 제 옷에 연신 닦아댔다.

"전하……."

일본군에 속해 있는 한 자신의 군복에서 떨어지지 않을 수치스러운 낙인. 나가사키가 걱정스러운 얼굴로 부르는데도 이우는 한참 동안 미동도 하지 않고 그 자리에 서 있었다.

경성여고보 대강당은 경성의 최고 여고보답게 크고 웅장했다. 친일 명사들이 학교에 들를 때면 이곳에서 천황폐하를 위해 일신을 바쳐야 한다는 요지의 연설을 하곤 했다. 그래서 연단과 마룻바닥은 늘 마른 수건으로 닦아놓아 항상 새것같이 반짝였다. 오늘은 그 위에 그랜드 피아노를 놓고 교내 연주회가 열렸는데, 1학년에서부터 4학년까지의 학생 중에 각 학년별로 다섯 명씩 뽑아 총 스무 명이 참가했다. 연주회가 진행될수록 지난번에 부내 대회에서 일등을 차지한 4학년 졸업반 생도들의 실력이 가장 뛰어나다는 이야기들이 오가기 시작했다.

"경성여고보 생도 여러분, 부학감 임현자입니다. 올해 교내 연주회에도 많은 생도들이 참가해 훌륭한 연주 실력을 뽐내 주었습니다. 대경성여고보의 자부심이 느껴지는 연주회였습니다."

동그란 안경을 끼고 빨간 립스틱을 바른 깡마른 부학감은 연주회를 마친 후 연단에 서서 생도들을 독려했다.

"이런 훌륭한 생도들을 위해 오늘 특별히 우리 여고보의 연주회에 귀한 분을 모셨습니다. 여러분도 익히 들어 알고 있을 거라 믿습니다. 우리 학교 졸업생인 박찬주 양입니다."

부학감이 만면에 미소를 띤 채 찬주를 소개하자 단상 아래 특별석에 앉아 있던 찬주가 자리에서 일어났다. 강당의 모든 시선이 찬주에게로 모아졌다. 남색 트렌치코트에 회백색 스커트를 입고 로코코 모자를 쓴 그녀는 누가 봐도 비싸 보이는 화려한 뾰족 구두까지 신고 있었다. 신여성의 이미지를 완벽하게 갖춘 찬주의 모습에 동경의 눈빛이 쏟아졌고, 모두가 그녀의 움직임 하나하나를 눈으로 좇았다. 찬주가 걸음을 옮길 때마다 또각또각 하는 경쾌한 구두소리가 온 강당을 울렸다.

"박찬주 양은 후작 박영효 각하의 손녀따님이자 작년 봄 우리 경성여고보를 졸업하고 도쿄 명문인 여자학습원으로 유학을 간 인재입니다. 바쁜 도일 유학 중에 우리 생도들을 격려하고자 특별히 찾아주었으니 다들 큰 박수로 맞이해주세요."

부학감이 옆으로 비켜서며 찬주에게 마이크를 내주었다.

"생도 여러분, 반갑습니다. 졸업생 박찬주라고 합니다."

연단에 선 찬주가 단아한 어투로 마이크에 대고 말하자 생도들의 박수갈채가 쏟아졌다. 단상 앞에서 다섯 번째 줄에 앉아 있던 정희도 함께 박수를 쳤다. 강당에 모인 여생도들 중에는 내로라하는 친일 인사의 딸들이 많았지만 찬주를 바라보는 그들의 시선에는 부러움과 감탄이 뒤섞여 있었다. 찬주는 조선 귀족 중 가장 작위가 높은 후작의 손녀딸인데다가 곧 이우 공 전하의 비가 될 거란 소문이 돌고 있었다. 그녀는 생도들의 모범 교과서로서 누구나 그녀처럼 되고 싶어 했다. 출신이 서출이라는 것은 더 이상 그녀의 흠이 되지 못했다.

"방금 여러분의 피아노 연주를 감명 깊게 들었습니다. 우리 경성여고보 생도들의 피아노 실력은 도쿄의 여고보 생도들과 비교해도 손색이 없을 만큼 뛰어납니다. 특히 졸업반인 4학년 학생들의 실력과 재능은 놀라울 정도입니다. 저는 경성여보고의 졸업생으로서, 여러분과 같은 학교를 다닌 생도로서, 여러분들이 대견하고 자랑스럽습니다. 나아가 앞으로도 자신의 실력을 키워 신여성으로서의……."

연단에 선 찬주는 모든 점에서 신여성다웠다. 연설이 끝나자 또 한 번 박수가 쏟아졌다. 무수한 박수갈채 속에서 인사를 마친 찬주는 온화한 표정으로 생도들을 두루 바라보았다. 그런데 그 사이에서 언젠가 봤지만 잊고 있었던 정희의 얼굴을 마주하고 말았다. 무심결에 두 사람의 시선이 맞닿았고, 찬주와 정희 모두 시선을 거두지 않고 서로를 바라보았다.

"저어……."

연주회가 끝나고 모두 교실로 돌아가는 길이었다. 점심시간이 끼어 있어 삼삼오오 짝을 지어 느긋하게 교실로 향하는데 정희는 혼자였다. 4학년에 올라와서는 진완이와 다른 반이 되어서 자주 만나지 못했다. 그런데 학생들 사이로 누군가 정희를 불러 세웠다.

"괜찮으면 잠시 시간을 내줄 수 있을까요?"

찬주는 강당을 빠져나가는 짧은 복도에서 정희를 붙잡았다. 그녀는 수많은 생도들 사이에서 정희를 놓치지 않으려고 급히 따라 나오는 중이었다. 생도 몇몇이 무슨 일일까 하고 흘끗댔지만 신경 쓰는 사람은 많지 않았다. 둘은 강당에 딸린 작은 준비실로 들어섰다. 그곳엔 널브러진 몇 쌍의 책걸상만 있었고 다행히 아무도 없었다. 생도들도 이미 다 교실로 돌아가 들리는 소리라고는 작은 창문으로 들어오는 운동장의 호각소리가 전부였다.

"생도도 제가 구면이지요?"

찬주가 정희에게 다정히 물었다. 구면이다 뿐이겠는가. 찬주가 정희를 기억한 것처럼, 정희도 찬주를 잊을 수 없었다. 그녀가 이우와 함께 단상에 서서 이야기를 나누는 모습이며 이우가 춤을 청할 때 찬주의 뺨이 살짝 붉어진 것까지 모두 지켜보았다. 그런데 어쩐지 코앞에 서 있는 찬주는 그때보다 더 세련되고 고고한 모습이었다. 일본 생활은 상류생활 그 자체였기에 거기에 익숙해지다 보니 작은 행동 하나하나도 미묘하게 달려진 것이다.

"처음 봤을 때부터 혹시 같은 고보는 아닌가, 어디서 본 얼굴은 아닌가 궁금했는데 올해 졸업하는 생도인지는 몰랐어요."

연단에서 바라보니 정희는 4학년 졸업반 줄에 앉아 있었다. 찬주는 총독관저에서 처음 정희를 봤을 때도 정희가 경성에서 이름깨나 있는 누군가의 딸이겠거니 하고 생각했다. 총독관저의 연회에 초대될 정도라면 그 정도의 집안은 되어야 하고, 그러지 않고서야 경성여고보를 다닐 돈도, 여유도 없을 것이기 때문이었다.

"……하실 말씀이라도 있으신지요?"

정희가 짧게 물었다. 불편한 사이는 아니지만 그렇다고 친근하게 이런저런 이야기를 나눌 사이도 아니지 않은가. 정희는 적당히 선을 그었다.

"제가 남아달라고 해놓고 생도께 무례를 저질렀네요."

딱딱한 정희의 대응에 찬주는 애써 나긋하게 사과했다.

"조금 직설적으로 얘기하자면, 예전에 총독관저의 연회에 참석했을 때 전하와 생도가 이야기하는 모습을 보게 되었어요."

찬주는 그날 총독관저로 갈지 말지 고민하다 연회 중반쯤에 도착했고 할아버지와 함께 단상으로 향하던 중 이우가 정희와 대화를 나누는 모습을 보았다. 이우는 무슨 말인가를 하는 정희를 깊은 시선으로 바라보고 있었다. 수많은 사람들로 북적이는 연회장에 오직 두 사람만 있는 듯 이우와 정희는 서로에게 온전히 집중하고 있었다. 그저 두 사람이 대화를 나누는 모습이었다면 찬주는 깊게 생각지 않았을 것이다. 그러나 이우가 정희를 바라보던 표정은 찬주가 한 번도 보지 못한 것이었다. 이우는 자신의 눈과 귀로 정희의 표정과 말, 행동 하나하나를 받아들이고 있었다.

"어쩌면 조금 우습게 생각할지 모르나…… 그날 전하께서 생도의 이야기를 몹시 진지하게 듣고 계셔서, 그 이야기가 대체 무엇이기에 그리 경청하신 것일까 궁금하여 그만 생도를 붙잡고 말았어요."

말수가 많지 않은 찬주는 천천히 그날의 일을 설명했다. 이우는 찬주를 만나면서 언제나 찬주를 배려하고 존중해왔으나 자신과의 만남이 어디까지나 일본 여자를 부인으로 맞지 않기 위한 것임을 찬주는 알고 있었다. 자신이 거물급 친일파의 손녀라는 사실이 이우 옆에 설 수 있는 이유가 되었지만, 때로는 이우가 거리를 두는 이유이기도 했다. 그래서 찬주는 드러내진 못해도 서운한 마음을 갖고 있었는데 마침 총독관저에서 정희를 바라보는 이우의 모습을 보고 혼란스런 마음이 든 것이다. 이는 이우와 자신이 더 가깝고 특별한 사이라고 생각해온 찬주가 받아들이기 어려운 것이기도 했다.

"구체적인 것은 말씀드리기 어려우나, 그날 전하께서 힘들어하시는 일이 있는 듯해 몇 마디 나누었습니다."

정희는 찬주에게 사실대로 말했다. 그런데 정희의 말에 찬주의 낯빛이 금세 변했다. 찬주는 정희의 말에 큰 충격을 받았다. 그날 자신에게 아직도 두렵냐며 농담을 건네고 용기를 북돋아준 이우가 힘들어했다니? 찬주는 그날 이우와 대화하면서 그런 사실을 조금도 눈치채지 못했다.

"하지만 정말로 사소한 이야기였으니 너무 심려치 않으셔도 됩니다."

정희는 이만 가보겠다는 뜻으로 목례를 하고 돌아섰다. 찬주도 함께 목례하며 예의를 갖추었으나 속으로는 당혹감에 빠져 있었다. 일전에 도쿄 레스토랑에서도 그렇고, 총독관저에서도 그렇고 이우가 자신에게 드러내지 않는 모습이 있었던 것이다. 특히 그날 총독관저에서 큰 사건이 벌어졌는데도 이우는 자신을 걱정하거나 찾지 않고 용의자를 쫓아나간 뒤 사라졌다. 찬주는 정희가 나간 것을 확인한 뒤에 아무 걸상에나 앉았다. 방금 전 단상 위에서 보여준 활기차고 기품 있는 모습은 온 데 간 데 없었다. 찬주는 이우의 일에서만큼은 당당하지 못했다. 찬주가 살아온 삶의 자양분은 친일이었고 그 태생적 한계로 인해 이우를 이해할 수 없는 부분들이 있기 마련이었다. 또한 그것은 앞으로 찬주가 이우와 함께 하기 위해서 반드시 견뎌야 할 것이었다.

"뭐하고 있어?"

친구의 목소리에 정희는 책에서 눈을 뗐다. 책상 앞에 진완이 서 있었다. 교내 연주회도 끝나고 4학년 졸업생들은 별달리할 일이 없이 무료한 일상을 보내고 있었다. 여고보 학생들은 대개 졸업하고 나면 바로 결혼을 했고 집안깨나 되는 생도는 유학을 떠났다.

"집중하려면 뭐라도 읽어야 할 거 같아서."

정희는 진완에게 제목을 보여주려고 책을 살짝 들었다 놨다. 정희는 요즘 오로지 책에만 몰두했다. 겨울휴업기가 끝나고 예전처럼 피아노 연습도 하지 않아서 정희가 운현궁에 가는일은 거의 없었다.

"다들 졸업이라 들떠 있는 거 같은데, 넌 어떠니?"

진완이 마침 비어 있는 정희 옆자리에 앉으며 말했다.

"난 졸업하면 너랑 양장하고 혼마치를 걸어보고 싶은데."

진완은 졸업 후에 정희와 꼭 해보고 싶은 게 있었다. 트렌치코트를 입고 클로슈를 쓴 채 경성 거리를 걸어보는 것이다. 머리는 단발로 잘라 끝을 돌돌 말고 책가방이 아닌 핸드백을 팔에 낀 채 한쪽은 정희와 팔짱을 낀다. 화신백화점 앞에서 전철을 타고 혼마치에서 내려 1정목부터 상점거리가 끝나는 곳까지 뾰족구두를 신고 뽐내며 걷는 것이다. 원체 일본 사람들이 많은 거리지만 정희와 자신이 함께 걷는다면 뭇시선을 한몸에 받을 것이라고 진완은 생각했다.

"그땐 생도가 아니라 진짜 신여성 같을 거야. 모던걸이 따로 없겠지?"

진완은 다른 생도들처럼 결혼을 앞두고 있었다. 천황의 칙허만 떨어지지 않았다 뿐이지 윤원선과의 결혼은 기정사실이었다. 진완은 예식을 기독교식으로 치르자는 원선의 제안을 받아들였다. 교회식으로 몇 번 결혼을 치렀던 윤원선 집안은 일찌감치 소공정 공회당으로 결혼 장소를 정해놓았다.

"넌 공부를 잘하고 명석하니 졸업하고 어떤 직업을 선택하든 잘할 거야. 여류기자도, 아직은 직업으로 어렵겠지만, 너하고는 잘 어울릴 거 같고."

정희는 대답하지 않았다. 이뤄질 수 없는 일이기 때문이었다. 진완이만큼이나 정희도 자신이 갈 길을 일찌감치 선택해두었다. 아주 오래도록 바라온 일을 드디어 실행할 때가 온 것이다. 정희는 신여성 같은 차림으로 경성 거리를 걷는 것과는 비교조차 할 수 없는 큰 그림을 그려왔다.

"진완아, 하고 싶은 말이 있어."

정희가 오른손으로 책을 덮으며 말했다. 그녀의 선택은 스스로에게 엄청난 시련을 줄 것이 뻔했지만 마땅히 견뎌야 할 일이었다. 진완은 진지한 표정으로 정희의 말을 기다렸다.

"난 앞으로 꼭 해야만 하는 일이 있어. 고통스럽고 힘들겠지만 반드시 해야만 하는 일이야."

'조국을 위해서'라는 뒷말은 생략했으나 정희는 자신의 속마음을 진솔하게 털어놓았다. 그녀는 언제나 자신의 행동에 확신이 있었다. 진완은 정희의 당당한 태도에 응원하는 마음이 생기면서도 한편으로 걱정이 앞서기도 했다.

"그렇게 중요한 일이 대체 뭐야? 응?"

정희는 대답하지 않았다.

"그래도 내 결혼식엔 꼭 참석해야 해."

진완은 묵묵히 자신을 바라만 보는 정희의 손을 양손으로 감쌌다. 졸업 후에 일본이니 외국이니 유학을 떠난다는 친구들도 있었지만 정희는 유학을 가는 것도 아니었다. 진완은 친구가 잡을 수 없는 곳으로 멀리 떠나버릴 것만 같았다.

"네가 아니면 누가 내 결혼식에서 피아노를 쳐주겠냔 말이야."

장난스럽게 말하는 진완의 눈에 이상하게 눈물이 맺혀 있었다. 설마 진완이 주변에 정희보다 피아노를 잘 치는 친구가 없겠는가. 정희는 진완이 꼭 붙들고 있는 제 손을 바라보았다. 아마 많은 세월이 흐른다 해도 이런 친구를 얻기는 어려울 것이다. 그러나 지키지 못할 약속을 할 수는 없었다. 정희는 진완의 손을 함께 잡아주는 것 외에는 할 수 있는 일이 없었다.

진완의 결혼식은 다음 해 11월에 순조롭게 칙허가 떨어졌다. 진완의 결혼 소식은 기타시라가와궁 유리코가 화족가에 시집을 간다는 소식과 한데 묶여 신문에 짧게 공보되었다. 유리코는 황족에서 화족으로, 진완은 공족에서 평민으로 남편을 따라 신분이 낮아질 예정이라는 내용도 함께 실렸다. 후에 공회당에서 열린 진완의 결혼식은 2천 명이 넘는 하객이 참석해 성대하게 치러졌다. 하지만 정작 오라버니인 이우는 진완의 결혼식에 참석하지 못했다. 결혼식이 조선에서 열린다는 이유로 참석하는 것을 허락받지 못했기 때문이다. 대신 이우는 매제가 될 원선에게 친필로 편지를 써서 보내고 이우가 직접 참석한 것과 같은 공가 대리인과 화환을 보내 축복해주었다. 그런데 이처럼 성대한 결혼식에서 연주가 한창이어야 할 그랜드 피아노 위에는 길고 하얀 면사포만 덮여 있었다. 경성부악단이 결혼행진곡을 연주할 때조차도 피아노 합주는 들을 수 없었다. 신부 측의 요청 때문이었다. 하객들 사이에서 피아노 칠 사람 하나 없냐는 말이 돌았지만, 예식이 끝날 때까지 아무도 피아노 앞에 앉지 못했다. 그뿐이었다.

"전하, 웬 여생도가 자꾸만 전하를 뵈어야 한다고 청하고 있습니다. 어찌 하올까요?"

사동궁 앞뜰. 낙엽을 쓸던 아랫사람 하나가 여생도를 막고 서 있었다. 생도는 의친왕이 사동궁에 올 때까지 하루도 빠지지 않고 근처에서 기다렸다. 그러다 겨우 오늘에서야 의친왕이 사동궁에 온 걸 보고 뵙게 해달라고 청을 넣었지만 받아들여지지 않고 있었다.

"윤익환의 여식이라는데 저는 한 번도 들어본 바 없는 이름입니다. 그냥 돌려보내겠습니다."

"방금 누구라고 하였느냐?"

의친왕이 안경을 콧등으로 내리고는 아랫사람에게 물었다.

"자신이 윤익환의 여식이라고 합니다만……."

윤익환이라니……. 얼마 만에 듣는 이름인가?

"내 직접 만나봐야겠으니 들여보내라."

의친왕이 금세 신문을 접고 말했다.

"하지만 밖에 보는 눈들이 너무 많습니다……."

아랫사람이 밖을 의식하며 말소리를 줄였다.

"여생도라고 하니 해완이 친구라고 둘러대고 데려오너라."

의친왕의 단호한 태도에 아랫사람도 즉시 고개를 꾸벅했다. 태어나서부터 사동궁의 속관 비슷한 노릇을 해왔으니 그 정도 눈치는 있으리라. 얼마 지나지 않아 문간 앞에 인기척이 들리더니 미닫이문이 드르륵 열렸다. 그곳엔 경성여보고 교복을 입은 곱게 생긴 여생도가 서 있었다.

"처음 뵙습니다, 전하. 저는 윤익환의 여식 윤정희라고 합니다."

미닫이문이 닫히고 정희가 의친왕에게 인사를 올렸다. 의친왕은 정희를 보자마자 오랜 벗인 익환을 떠올릴 수밖에 없었다. 제 아비의 눈매를 그대로 닮아 눈빛이 또렷이 살아 있고 무엇보다 어린 소녀가 의친왕을 홀로 마주하면서도 시선을 피하는 법 없이 당찬 것도 비슷했다.

"네가 정녕 익환의 딸이란 말이냐?"

"예, 전하."

의친왕은 정희를 보면서 놀라면서도 세월의 무정함을 느꼈다. 익환의 부인은 익환을 상해로 보낸 이후 자신과는 연락을 끊었다. 그렇다고 익환을 따라나선 것도 아니고 경성 어딘가에 있을 것인데도 자신에게 어떤 도움도 청하지 않았다. 그런데 그새 딸을 낳아 이렇게 키웠다니……

"그래. 날 찾아온 이유가 있겠지. 하고 싶은 말이 있거든 뭐든지 해보거라."

의친왕은 이렇게 잘 자란 딸과 부인을 고국에 두고 목숨을 건 채 독립을 위해 싸우고 있을 익환을 생각하니 가슴이 아려왔다. 그는 평소처럼 앉은뱅이 술상을 앞에 놓고 술을 한 잔 따랐다.

"돌려드릴 것이 있어 찾아왔습니다."

정희는 의친왕이 잔에 정종을 따르는 것을 보다가 조심스레 들고 온 함을 앞으로 내놓았다.

"어째서 저희 집안 같은 한미한 가문에 이런 중요한 것을 건네셨는지 모르겠으나, 제가 가지고 있어서는 안 되는 물건이라 조선을 떠나기 전에 돌려드리려고 합니다."

의친왕은 정종을 입에 대지 않았다. 정희가 가져온, 아직도 기억 속에 생생하지만 이제는 낡아빠진 함을 열자 색이 바랜 종이 한 장과 약혼지환이 그대로 담겨 있었다.

"……네가 조선을 떠난다는 것은 무슨 의미냐?"

의친왕은 지키지 못한 약속을 떠올리며 함에 든 물건들을 바라보다 되물었다. 이것을 돌려받는 것도 슬픈 상황에, 아직 학교를 다니는 여생도가 이 시국에 조선을 떠날 일이 무엇이란 말인가?

"아버지를 뵈러 어머니와 함께 상해로 가려고 합니다."

"……!"

의친왕은 놀란 기색을 숨기지 못했다. 그 말인즉슨 아비처럼 독립운동에 뛰어들겠다는 소리가 아닌가? 상해는 언제나 위험했지만 지금은 중국과 일본 사이가 심상치 않게 흘러 더욱 위험천만했다.

"제가 중등학교 시절부터 어머니와 상의해온 일입니다. 지금은 아버지의 편지도 끊기고 생사도 알 수 없지만 일단 상해로 가서 제가 할 수 있는 일부터 시작하려고 합니다."

"……."

위험하다는 건 이미 알고 있다는 듯 의연한 정희의 태도에 의친왕은 차마 말리는 말도 꺼내지 못했다. 집안 전부가 독립운동에 뛰어드는 것은 간혹 있는 일이지만 반드시 목숨을 걸어야만 할 수 있는 일이었다.

어린 여생도마저 독립운동을 위해 고국을 떠난다……. 의친왕은 이미 쓰리디 쓰린 속에 술을 들이부었다. 멀쩡한 정신으로는 그 소리를 듣고 있기가 어려웠기 때문이다.

"그럼 이만 물러나겠습니다. 전하."

정희가 일어나 목례하였다. 더는 자신이 사동궁에 머물 이유가 없었다. 그리고 운현궁과 인연을 끊어야 하는 이유도 오늘로써 더욱 확실해졌다.

"너희 집안같이 한미한 가문에 뭘 보고 혼약을 건넸느냐고 물었다냐?"

이강이 술잔을 탁 내려놓으며 방을 나서려던 정희를 불러 세웠다. 참으로 얄궂은 운명이 아닐 수 없었다. 이우의 혼사 때문에 박영효 집으로 보낼 사주단자를 자신의 손으로 직접 썼던 게 바로 어제였다.

"내가 너희 가문에 혼약을 청한 이유는, 독립운동을 하는 아비를 둔 너희 가문이 우리나라 최고 명문가이기 때문이다."

"······!"

정희는 욱 하고 감정이 북받쳐 급하게 입을 틀어막았다. 의친왕은 독립운동으로 피폐해진 자신의 집안을 명문가로 인정해주었다. 의친왕이 아니면 또 누가 자신의 집안을 명문가라 칭하겠는가?

"내가 너와 성길이의 혼약을 결정한 것은 그런 이유에서였다."

의친왕의 독백 같은 담담한 말에 뒤돌아 서 있던 정희의 꼭 감은 눈에서 눈물이 흘렀다.

"그동안 나는 어느 누구에게도 사과해본 적이 없지만 네게는 해야겠구나. 정말 미안하다. 상해로 가는 배편과 노잣돈은 내가 마련해주마."

의친왕은 술상을 옆으로 치워버리고 그 자리에서 임정의 근거지가 될 만한 몇 곳을 작게 적어 내려가기 시작했다. 임정이 일제의 눈을 피해 머물 만한 곳은 중국 땅에서도 사실상 많지 않았다.

"네 아비가 있을 법한 곳을 적은 것이다. 하지만 이미 거처를 옮겼을 수도 있고 어쩌면 너는 네 아비와는 평생 만나지 못할 수도 있다."

"잘 알고 있습니다. 그래도······ 그곳에서 독립을 위해 일하다 보면, 언젠간 연이 닿겠지 하고 생각합니다······."

불쌍한 것. 눈물을 삼켜대며 겨우 말하는 정희를 보며 의친왕은 가지고 있던 사비를 전부 털어냈다. 그리고 사비가 든 백색 봉투에 임정이 있을 만한 곳을 적은 종이를 넣어 정희에게 주었다. 봉투 안의 금액은 세어보지도 않은 채였다.

"정확히 얼마인진 모르나 아껴 쓰면 너와 네 어미가 상해에서 1년 넘게 생활할 정도의 금액은 될 것이다."

정희는 여전히 말을 잇지 못하고 눈물만 뚝뚝 흘렸다.

"네가 준비가 다 되었을 때 언제든 사동궁으로 오너라. 네가 떠나기 전까진 성락원으로 가지 않고 있다가, 네가 오면 동행인을 붙여 인천에서 배편을 끊어주마."

"의친왕 전하, 감사합니다……."

정희는 사동궁을 나와서도 쏟아지는 눈물을 거두지 못했다. 정희는 이제 조선에서의 모든 일들을 잊고 상해로 떠날 일만 생각했다. 고국을 뒤로 하고 독립운동가로서 살기 위한 어려운 첫 걸음을 디딘 것이다.

"전하! 조심하시옵소서!"

부관의 다급한 외침에 이우는 놓친 말고삐를 급하게 잡아 쥐었다. 한창 낙엽이 지고 있는 가을, 이우는 도치기현에 머물고 있었다. 그런데 도치기 거리에서 일선 부대를 지휘하던 중, 갑자기 이우가 타고 있던 적갈색 말이 불길한 냄새라도 맡은 듯

세차게 날뛰기 시작했다. 대열에 서 있던 사병들도 말이 쳐든 앞발을 피하느라 우왕좌왕했다. 멀리서 이우가 다칠까 얼굴이 백지장처럼 질린 나가사키가 한달음에 달려오고 있었다.

"전하!"

부관인 요시토미가 다시 한 번 다급하게 다가섰지만, 결국 이우는 고삐를 놓치고 말았다. 낙마사고였다. 한 번도 말을 다루는 데 있어 서툰 적이 없던 이우가 말에서 떨어졌다.

"어깨 쪽 부상은 경미하나 추락사고이니 한동안은 주의하셔야 합니다."

이우는 급히 열차로 시부야역에 도착해 별저로 들었다. 머리가 하얗게 샌 전담 군의관이 이우의 어깨와 몸에 직접 붕대를 둘둘 말아주고 치료를 끝냈다. 전담 군의관은 이우가 아플 때마다 왕진을 오곤 했다.

"얼마나 지나면 회복하시겠습니까?"

복도에서 기다리던 나가사키가 방에서 나오는 군의관을 붙잡고 물었다. 이우는 만선 시찰 이후로 좀처럼 예전의 모습을 회복하지 못하고 있었다. 그래서 항상 이우 옆을 지켜온 나가사키는 걱정이 이만저만이 아니었다. 하필 만선 시찰 이후 지속되던 긴장감이 겨우 풀릴 때 또 낙마사고가 생긴 것이다.

"정신과 신체는 성질이 비슷하여 서로에게 영향을 줍니다. 전하께서 걱정거리가 많은 것이 신체에 영향을 끼치니, 금방

나으실 것도 크게 아프고 잘 낫지 않는 게지요."

군의관은 시력이 안 좋은 듯 찌푸린 눈으로 나가사키를 보며 말했다.

"전하의 심신이 안정되도록 속관께서 옆에서 잘 챙겨주십시오. 말했다시피 부상은 경미하나 전하의 용태로 볼 때 병고가 오래갈 수 있습니다."

관록 있는 소견을 전한 군의관은 나가사키에게 내복약과 찰과상 연고를 넘겨주고 별저를 나섰다.

"원래 사나운 말이었나 싶습니다. 제가 잘 알아보고 매입했어야 했는데……."

군의관을 현관 앞까지 배웅한 뒤 이우의 방으로 돌아온 나가사키가 말했다. 이우는 스스로에게 탓을 돌리는 나가사키와 달리 어딘가 석연치 않은 구석이 있다고 여겼다. 아무리 흥분한 말이라 해도 어릴 적부터 말을 타온 자신이 어째서 제대로 다루지 못했을까? 말에서 떨어지는 것은 불길한 징조였다. 아무리 달래보려 해도 말은 제 등에서 이우를 떨어뜨리고 싶어 하는 듯 속수무책이었고 이우를 낙상시키고 나서도 한참을 사납게 굴었다.

"이번에 귀선하게 되면 아버님께 다녀와야겠다."

상심한 이우의 말에 나가사키가 일정에 넣겠노라 답하고 방을 나섰다. 근원은 알 수 없었지만 불길한 예감이 엄습했다. 그래서일까, 이우는 동계휴업기가 오기까지 오랜 시간 몸이 회복되기를 인내하며 기다려야 했다.

　11월 말, 이우는 박영효와의 약속대로 도쿄를 출발해 경성으로 향했다. 궁내성은 찬주와의 일을 몹시 주시하고 있었기 때문에 올해 이우의 귀선도 허락하지 않으려고 했었다. 하지만 이우는 자신이 미루고 하기 싫어하던 조선에서의 시찰 일정을 겨우 끼워 넣어 허락을 받아냈다. 일제는 일본이 준 지위인 공 지위를 조선 사람들에게 보여주는 일이라면 쌍수 들고 나섰고 그중 공무시찰을 가장 높게 쳤다. 그런데 평소 조선에 가서도 왕공족 신분으로는 조선을 시찰하고 민중을 만나는 걸 꺼려하던 이우가 선뜻 나서서 평양 일대를 시찰하겠다고 한 것이다. 그 때문에 일본 당국도 이우의 귀선을 말리지 않았다.

　"갑작스런 내선이지만 잘 부탁하겠네. 시노다 장관."

　이우는 경성역에 나와 있는 눈엣가시 같은 시노다에게 다정하게 말을 건넸다. 시노다는 이우의 돌변한 태도에 잠시 당황했다. 이우가 말끝에 '시노다 장관'이라는 호칭을 붙이지 않았다면 아마 시노다는 자신에게 하는 말이라고 생각하지 못했을 것이다.

　"모자라지만 전하께서 거, 경성에 계시는 동안 최대한 성심을 다해 모시겠습니다."

"그럼 장관은 내가 경성을 벗어나면 성심을 다하지 않겠다는 것인가?"

이우가 시노다를 놀렸다. 이번에는 순순히 넘어가나 했더니 역시 그건 아닌 모양이었다.

"전하, 그런 뜻이 아니었습니다. 전 단지 전하께서 경성에 오시는 날이 많지 않으시니……."

시노다가 땀을 뻘뻘 흘리며 변명을 해댔다.

"조만간 장관의 성심을 시험할 날이 오겠지. 하하."

이우가 의미심장하게 말하며 시노다를 흘깃 보더니 귀빈실로 들어갔다. 시노다는 다시 평점심을 찾고는 언제든 시험해주시라며 넉살을 떨었다. 이 대화를 듣고 있던 〈매일신보〉 기자는 대화 내용을 어떻게 요약해 적어야 할지 난감해하다가, '27일 전하께서는 역내 이왕직 장관 외 직원 등에게 일일이 답례를 주시고 명쾌하신 태도로 잠시 귀빈실에 드시었다'라고 최대한 순화해 적었다.

경성역에서 돌아온 시노다는 이우에게 어떤 꿍꿍이가 있다며 운현궁에 심어놓은 소식통을 닦달했지만 이우의 수상한 행적은 찾기 어려웠다. 오히려 이번 내선에 이우 공 전하가 마츠모토 경기도지사와 함께 부내 보통고등학교와 직업학교 시찰을 마치고 나면, 시노다 장관이 직접 평양 시찰을 수행하라는 공문이 내려와 있었다.

"어머니는 어디에 계시느냐?"

이우가 운현궁에 들어서며 나와 있던 진완에게 물었다. 이상하게도 자신이 조선에 돌아오면 안마당까지 나와 있던 양어머니 이준 공비의 모습이 보이지 않았다.

"저, 그게……."

진완이 시무룩한 표정으로 어머니가 몸져누워 계시단 이야길 전했다. 이우가 조선에 오기 전까지도 듣지 못했던 병고였기에 이우는 걱정이 되어 급히 이로당으로 들어섰다. 그런데 늘 자신을 위해주기만 하던 양어머니가 오늘은 냉랭한 얼굴로 이우를 맞았다.

"이번에 전하께서 경성에 오신 것은 박영효 집으로 사주단자를 보내기 위해서라지요?"

머리에 흰 띠를 맨 이준 공비가 참고 참았던 말문을 열었다.

"전하께서는 나를 어미로 여기시기는 하는 겝니까? 왜 나는 이런 큰일을 목전에서야 알고 이리 몸져누워 있어야 하는 겝니까?"

사실 이우는 이 문제만큼은 어머니가 화내는 이유를 잘 알고 있었기에 질책을 고분고분 듣고 있을 수밖에 없었다. 자신이 일본 여자를 거부하는 것과 별개로 찬주와의 혼인은 여러 문제를 안고 있었다. 그래서 행여나 방해받을까 봐 비밀리에 일을 진행한 통에 멀리 떨어져 있는 이준 공비와는 상세한 이야길 나누지 못했던 것이다.

"나는 어른으로 뵈지도 않는 게지요. 그러니 사동궁하고만 얘길 끝내면 다 될 거라 여기셨겠지요!"

"아닙니다, 어머님. 소자의 뜻은……."

"듣고 싶지 않습니다."

예상은 했지만 이준 공비는 완전히 마음이 상해 찬주와의 결혼을 반대하고 나섰다. 그렇지 않아도 이우는 경성에 도착하자마자 어머니를 설득하려고 했다. 그런데 자신의 편이 되어주어야 할 어머니가 이렇게 나오는 이상 앞으로의 일이 쉽지 않을 것이었다.

"어머님, 저는 일본 여자와는 혼인할 수 없습니다."

"그런데 왜 하필 박공의 손녀란 말입니까?"

이준 공비는 답답한 듯 가슴을 몇 번 쳤다. 옛날에 한창수가 이왕직 장관이었을 당시에 어찌나 운현궁에 들락거리며 안 좋은 말을 해댔는지, 그것이 한몫 했으리라. 이 문제를 어떻게 풀어야 한다는 말인가? 이우 또한 착잡한 심경이었다.

"내가 전하의 성정을 모릅니까, 아니면 조선 여인이랑 혼인을 하지 말라 하더이까? 그동안 전하가 박공 손녀를 만나온 것을 모르지 않았으나, 어찌 이 어미한테 상의 한마디 없이 이럴 수가 있습니까?"

이준 공비의 말은 틀리지 않았다. 사이가 좋지 않은 집안에 일말의 상의도 없이 갑자기 사주단자를 보내겠다고 했을 때 얼마나 충격이 컸을 것인가?

"어머님께 미리 말씀드리지 못한 점은 죄송합니다. 하지만 이 일은 사동궁 어머님께서도 모르시게 진정 비밀리에 진행해 왔습니다. 아시다시피 시노다 장관뿐 아니라 궁내성이 저를 주시하고 있으니 방해받을까 어머님께 상의할 시간조차 없었던 것이 사실입니다. 조선으로 보내는 전보도 전부 감시당하는 마당에 이야기가 새어 나갈까 조심한다는 것이 미처 어머님을 챙기지 못했습니다. 소자의 불충함을 용서해주시옵소서."

이우는 변명으로 일관하기보다 사실대로 털어놓기로 마음먹었다. 그가 숨기는 것 없이 공손히 자초지종을 설명하자 이준 공비는 그제야 조금 수그러들었다. 그녀는 찬주를 반대하는 것 이상으로, 비록 낳지는 않았으나 친자식과 다름없는 이우가 자신을 제치고 이런 일을 계획한 것이 서운한 것이었다.

"부디 오해를 푸시고, 소자가 궁지에 몰려 있는 지금 이 상황에서 제 편이 되어주시면 좋겠습니다. 제게는 어머님의 도움도 꼭 필요합니다."

이준 공비는 한숨만 깊게 쉬었다. 아무리 제 배 아파 낳진 않았어도 애지중지 기른 아들이었다. 예전에 운현궁에 양자로 와서 막 자신을 어머라 부르던 이우를 일본이 도쿄로 데려간다고 했을 때도 이준 공비는 지금처럼 몸져누웠다. 그녀는 이우가 용서를 빈다고 해서 찬주가 마음에 드는 것도 아니고, 결혼을 허락하고 싶지도 않았다. 그러나 자식 이기는 부모는 없다고 하던가. 결국 며칠간 이우가 설득한 끝에 이준 공비는 아들을 위해 그의 뜻을 따르기로 결정하고 말았다.

며칠 뒤 시찰을 위해 평양으로 가는 길에 이준 공비도 함께 동행했다. 시노다는 이우와 이준 공비를 지켜보며 노골적으로 의심을 드러냈다. 평소 이우는 경성에 오면 대개 운현궁에서 머물렀고 주위에서 아무리 권유해도 시찰을 거의 하지 않았다. 지난번에 만주에 다녀오는 길에 예외적으로 다케히코와 경성 시찰을 한 적이 있었지만 그건 일본 황족과 함께였기 때문이다. 따라서 이우가 싫어하던 시노다까지 데리고 평양 시찰을 나선 것은 극히 의아한 처사였던 것이다.

"내 분명 조만간 장관의 성심을 시험할 날이 있을 거라 하지 않았나? 평양에서 장관이 어떻게 하는지 지켜보겠네."

"걱정 마십시오. 전하, 비 전하. 시찰 일정 동안 최선을 다해 보필하겠습니다."

이우와 이준 공비를 수행하기 위해 리무진 뒷자리에 마주보며 앉은 시노다는 속마음을 들킨 듯 어색하게 허허거리며 웃어 댔다.

분명 뭔가 있다. 그런데 그게 무엇일까? 평소 의심이 많은 시노다는 평양에서 이우와 이준 공비를 수행하면서도 뜬눈으로 밤을 보내기 일쑤였다. 시찰이라 해봐야 별다르게 하는 일도 없어서 시노다의 불안감은 점점 더 커졌다. 마지막 이틀은 시찰 일행 전원이 요양도 할 겸 백천온천에서 지냈다. 그러나 시노다만은 온천이고 뭐고 하루 빨리 경성으로 돌아가고 싶었다. 그는 빨리 경성으로 돌아가 수족들을 부려 이우가 무슨 속내로 이러는 것인지 알아내려는 생각에 머릿속이 터질 지경이었다.

이우가 이준 공비와 평양으로 떠난 다음 날, 박영효의 숭인동 본가는 몹시 조용했다. 이우가 조선에 돌아온 후 박영효 집안 식구들은 모두 극히 신중하게 처신했다. 박영효는 자신의 서재에만 머물렀고 찬주도 제 방에서 얇은 시집 한 권을 펴놓고 그것에만 집중했다. 거실에는 벽난로가 있어서 훈훈했지만 아무도 나와 있지 않았다. 찬주의 할머니와 엄마도 안방에서 도란도란 뜨개질을 하며 시간을 보냈다.

"딩동."

누가 찾아왔다는 걸 알리는 벨이 울리자마자 기다렸다는 듯 집안의 정적이 깨졌다. 드디어 올 것이 왔다. 안방에서 찬주의 할머니와 엄마가 버선발로 달려나왔다. 박영효도 신문을 접어두고 밖으로 나섰다. 찬주 동생들 서넛도 찾아온 사람을 보러 우르르 달려나왔다.

"사동궁에서 왔습니다."

아랫사람이 현관을 열어주자 보자기에 싸인 것을 소중하게 가슴팍 근처까지 올려 든 홍길이 들어섰다. 홍길은 의친왕의 세 번째 아들로 이번에 박영효가로 사주단자를 전달하는 중요한 일을 맡은 이우의 동생이다. 홍길은 박영효가 사람들 전부가 기대감에 차서 자신을 기다리고 있는 것을 보고 선한 눈으로 웃었다.

"차림새가 이래서 황공합니다. 이렇게 왕가의 분이 직접 들고 오실 줄은 몰랐습니다."

찬주의 할머니가 왕족인 홍길을 보고 자신을 낮추며 말했다. 그녀는 집안에서 입는 평복 수준의 한복만 간단하게 걸친 차림이었다.

"시국이 시국인지라 형님께서 아무도 믿지 못하겠다고 하셔서 제가 직접 오게 됐습니다."

이 모든 일을 운현궁이 아니라 사동궁에서 준비한 것은 잘한 선택이었다. 아마 운현궁에서 준비했다면 역시나 시노다에게 발각되어 실패하거나 곤욕을 치렀을 것이다.

"손녀딸이 부족한데 이렇게 귀한 단자를 받습니다."

집안의 큰 어른인 박영효가 예의상 말을 건네며 허름한 천에 싸인 사주단자 함을 깍듯이 받아들었다.

"시노다 장관은 보통 의심 많은 성격이 아니니 형님께서 평양 시찰을 하신다며 데리고 가지 않았다면 감시를 피하지 못했을 것입니다."

홍길이 말을 마치자 계단 쪽에서 누가 급히 내려오는 소리가 들렸다. 찬주였다. 찬주는 거의 계단 끝까지 내려와서는 홍길을 보자 맥이 탁 풀린 듯했다. 찬주는 계단을 다 내려와서도 현관 앞으로 선뜻 다가서지 못한 채 걱정 반, 기대 반인 얼굴로 그 자리에 서 있었다.

"함 안에는 사주단자뿐입니다. 형님께서 너무 급해서 약혼지환까지는 넣지 못했다고 하시면서, 곧 생일일 텐데 챙겨주지 못해 미안하다는 말도 전해달라고 하셨습니다."

홍길은 2층 계단 아래서 발이 굳어버린 듯 서 있는 찬주에게 이우의 말을 전했다. 찬주는 이우가 자신의 생일을 기억하고 있다는 사소한 사실에 그동안의 불안이 다 사라지는 듯했다.

"전하께서 가장 고생이 많으셨다고 꼭 좀 전해주십시오."

찬주의 할머니가 벌써부터 손녀사위 대하듯 이우를 챙기며 말했다.

"예, 그 말도 제가 꼭 전하겠습니다. 사돈어른."

홍길도 이제 박영효 집안을 한 가족으로 인정하고 경칭을 사용했다. 사돈어른이란 말에 찬주 할머니는 기쁨을 숨기지 못하고 입술을 씰룩거렸다. 홍길은 사주단자를 전한 후 지체하지 않고 곧 숭인동을 빠져나왔다. 신문기사가 나기 전까지 어떤 꼬투리가 잡혀 일을 그르칠 것을 극히 염려했기 때문이었다.

"이거 하나 받으려고 온 집안이 야단이구나!"

찬주 할머니가 홍길이 가자마자 급하게 보자기를 풀었다. 허름한 보자기를 풀고 나니 새 보자기로 한 번 더 싼 함이 나왔다. 함 안에는 이우의 생년월일시와 찬주의 성인 박(朴)이 적힌 종이가 반듯하게 접혀 있었다. 의친왕의 정갈한 필체였다. 동생들도 신기한 듯 눈을 반짝이며 사주단자를 바라보았다. 찬주는 할머니에게서 소중히 함을 넘겨받아 들어보았다. 몇 년째 현실이 아닌 것 같았던 이우와의 혼인이 이제야 실감 나기 시작했다. 박영효도 손녀의 벅찬 듯한 표정을 대견하게 바라보았다. 이로써 찬주는 공비 전하로서의 삶에 어려운 첫 걸음을 딛게 되었다.

이우는 평양 시찰을 마치고 경성에 도착하자마자 빠듯한 일정에 일부러 시간을 내어 성락원에 들렀다. 아버지 의친왕의 별장인 성락원은 석파정 못지않은 풍경을 자랑하는 곳으로, 얼마 전 내린 첫눈이 군데군데 쌓여 운치를 더했다. 이우는 성락원 본채에서 아버지를 기다리며 잎차를 앞에 둔 채 밖의 풍정을 바라보고 있었다.

"홍길이가 일을 잘 마치고 왔더구나. 경찰들도 눈치채지 못한 것 같으니 걱정 말거라. 너무 걱정하면 잘될 일도 안 되는 법이니."

막 성락원에 도착한 의친왕이 웃옷을 벗어 옷걸이에 걸며 말했다. 의친왕 앞에는 이제 금방 타서 김이 모락모락 나는 따끈한 유자차가 놓여 있었는데, 그는 차에는 입도 대지 않은 채 물렸다. 아버지를 알기에 이우는 아랫사람에게 간단하게 술상이나 봐오라고 일렀다.

"도쿄에 가서 각 신문사마다 전통을 넣어 기사화해야 하는데, 〈동아일보〉나 〈조선일보〉는 걱정이 되지 않으나 〈매일신보〉는 관보라 있는 그대로 기사를 내주지 않을 것 같아 걱정입니다."

"그것도 걱정하지 말거라. 시노다는 기사를 막을 깜냥도, 배포도 없으니. 혹 우가키라면 모를까."

"그렇긴 합니다만……."

이우는 아버지의 말에 동의하며 말끝을 흐렸다. 어째서인지 숭인동에서 단자를 잘 받았다는 이야기를 전해 듣고도 석연치가 않은 탓이다. 이우는 낙마 사건 이후로 아버지에게 무슨 일이라도 생긴 것이 아닐까 걱정했지만 의친왕은 무탈했다. 그런데 무엇이 이리도 어깨를 무겁게 하는지, 단지 납채라는 큰일을 그르칠까 걱정되어서 그런 것인지 알 수 없었다.

"한데 지금까지 쭉 사동궁에만 머무셨다는 소식을 들었습니다. 사동궁에서 무슨 일이라도 있으셨습니까?"

주전부리와 맑은 소주 한 병이 올려진 작은 술상이 들어왔다. 이우는 사람들을 멀리 물렸다. 그런다고 듣는 귀들이 없어지는 것은 아니지만 아버지를 만나면 으레 하는 일상이었다.

"아버님을 뵈러 사동궁으로 갔으면 헛걸음을 할 뻔 했습니다."

의친왕은 첫째 아들 이건에게 공 지위를 물려준 이후로는 사동궁에서 오랫동안 머무는 법이 없었는데, 이번에는 무슨 일인지 꽤 오랜 시간을 사동궁에서 지냈다. 그것도 이상했으나 이우는 예전에 도쿄에서 낙마할 때 느꼈던 불길한 예감이 사동궁 일과 관련된 것이 아닌가 싶어 확인하고 싶은 마음도 있었다.

"……."

의친왕은 대답이 없었다. 사실 그는 정희와 익환의 부인을 인천항으로 보내고 돌아온 길이었다. 꽤 세월이 흘렀지만 더욱 극심해진 비밀경찰의 감시 탓에 사동궁에 얼씬도 하지 못한 익환의 부인이 아랫사람을 통해 자신에게 감사하다는 말을 전해 왔다. 목숨을 내놓고 상해에서 독립운동에 뛰어든 사람도 있건만 이 정도가 무엇이라고. 의친왕은 감사하다는 인사를 받는 것조차 부끄러운 일이라 여기며 성락원으로 무거운 발걸음을 돌렸다. 그런데 납채를 위해 경성에 왔다가 평양 시찰을 마친 아들이 약속이나 한 듯 성락원에 와 있었다. 그리고 뭐라도 알고 있는 것처럼 사동궁에 오래 머문 이유를 묻는 것이다.

"내가 왜 지금까지 사동궁에 머물었는지 궁금하느냐?"

의친왕은 자기 자식들 중 전부나 마찬가지인 이우를 가만 바라보았다. 의친왕은 가장 아끼는 아들을 독립운동가 가문과 혼인시키기로 결정했지만, 오늘로서 자신의 계획이 완벽히 틀어져버렸음을 실감하고 있었다.

"몇 달 전에 한 여생도가 사동궁으로 찾아왔다."

의친왕이 말문을 열자 이우는 양손으로 병을 쥐어 아버지의 빈 잔을 채웠다. 이우는 여생도라는 말에 여자가 사동궁까지 의친왕을 찾아오다니 당돌하다고 생각했다.

"그 여생도는 태어나기 전부터 너와 약혼이 된 아이였지."

순간 이우는 손에서 병을 놓칠 뻔했다. 전혀 상상하지 못한 이야기가 아버지 입에서 흘러나오고 있었다.

"그게 무슨……."

이우는 마음을 놓고 있다가 한 대 크게 얻어맞고 말았다. 술이 잔을 넘어 상까지 줄줄 흘러넘쳤다. 의친왕은 이미 넘친 잔을 내려놓고 아들이 쥔 병도 잡아서 상에 내려놓았다. 아들의 손이 가늘게 떨리고 있었다.

"내가 오래전에 벗과 혼약을 맺었다. 만약 태어날 아이가 딸이라면 너와 맺어주고, 아들이면 해원이를 이어주기로. 그리고 네 사주단자를 건넸지. 하지만 그가 나한테 자식이 태어났다는 사실을 지금까지 알리지 않아서 경성에 있는 줄도 몰랐다. 한데 그 딸이 훌쩍 자라서 제 손으로 사주단자와 약혼반지를 돌려주겠다며 찾아왔더구나. 자신은 곧 경성을 떠날 거라고 하면서 말이다."

이우는 자신의 약혼식이나 다름없는 찬주와의 납채 날에 처음으로 다른 정혼자의 존재를 알게 되었다. 그런데 더욱 당혹스러운 것은 이우 자신이 알게 된 시점에 정혼자가 어디론가 떠났다는 사실이었다.

"떠나다니, 어디로 간다는 말씀입니까?"

이우가 망연자실한 얼굴로 급히 물었다.

"상해로 간다고 하더구나."

의친왕은 평정심을 잃지 않기 위해 노력했다. 이우는 상해라는 말에 더욱 놀라고 말았다. 여생도가 그 험한 상해로 떠나야 할 이유가 있는가?

"아비를 따라서 독립운동에 뛰어들 거라고 했다."

이우는 맥이 탁 풀렸다. 그럼 독립운동가의 딸이었단 말인가. 그런데 왜인지 이우는 머릿속에 스치는 이가 있었다. 살면서 자신과 독립에 대한 견해나 뜻이 맞는 여인은 정희가 유일했다. 그런데 자신과 약혼관계였던 또 다른 누군가가 있었고, 그가 독립운동가의 딸이라는 사실은 몹시 혼란스러웠다.

"오늘 상해로 가는 배편을 구해서 보내주고 오는 길이다. 깨져버린 약혼을 이어붙일 수도 없고 지금 와서 이야기해봤자 그 아이의 속만 상할 것이니……. 대신 내가 해줄 수 있는 것은 다

해서 보냈다.”

속이 타들어가는 것은 비단 이우뿐이 아니었다. 의친왕도 마찬가지였다. 그는 이미 군을 대로 굳어버린 아들의 얼굴에 대고 상황을 알려주는 것 말고는 할 수 있는 게 없었다.

“묻어버릴 수도 있는 이야기를 군이 꺼낸 것은 이 세상에 이런 혼약이 존재했다는 사실을 알아줄 사람이 너 하나뿐일 것이기 때문이다.”

의친왕의 말투에는 한 소녀와 그 가문에 대한 연민이 가득 묻어 있었다. 이미 혼약이 파기되어버린 지금, 그 존재를 알 사람은 여생도와 의친왕, 그리고 당사자인 이우밖에 없지 않은가?

“비록 이어지진 않았으나 약혼 상대였던 너마저 정혼자의 존재조차 모른다면, 목숨을 걸고 이역만리로 떠난 그 아이의 일생이 얼마나 불행하겠느냐?”

“그렇다면 저와 약혼했다는 사실을 그 아이도 알고 있을 텐데, 틀림없이 저를 원망하고 있을 게 아닙니까?”

대화를 나눌수록 이우는 착잡함이 밀려왔다. 자신은 정혼자가 누구인지도 모르는데 상대는 자신에게 원망을 안고 떠났을 만한 상황이었다.

“어찌하여 제게 지금까지 혼약이 있었단 사실을 한 번도, 단 한 번도 말씀해주시지 않으셨습니까!”

"안다면, 알았다면?"

의친왕이 답답하다는 듯 주먹으로 상을 쾅 하고 내리쳤다. 의친왕은 대쪽 같은 성격을 가진 아들이 또 다른 약혼이 존재했다는 것을 순순히 받아들일 거라 생각하지 않았다. 그러나 아들이 자신에게 혼약에 대해 왜 이야기하지 않았느냐고 묻자 아들의 처지를 다시 한 번 상기시켜주었다.

"그걸 바꿀 힘이 네게 있더냐? 이번 일도 박공의 도움이 없거나 시노다를 따돌리지 않았다면 불가능했을 텐데?"

"아버지!"

정곡을 찔린 이우는 아들 된 자로서 불효인 걸 알면서도 아버지에게 따지듯 목청을 높이고 말했다. 아버지의 말이 다 옳았고 반박할 수 없었지만 그래도 고통스러운 것은 어쩔 수 없었다. 몸이 덜덜 떨리기까지 하는 것을 이우는 가까스로 견디고 있었다.

"나는 내가 왜 오늘까지도 사동궁에 머물고 있었는지 답을 해주었을 뿐이다."

부자간의 대화에 먼저 마침표를 찍은 것은 아버지였다. 의친왕은 그 한 마디로 이 일에 대해 단호하게 선을 그었다. 이미 끝난 일이란 뜻이었다. 이우는 '그 사람'이 누구인지 끝내 듣지 못했다. 단지 도치기 거리에서 낙마할 때 느낀 불길한 예감이 이 일 때문이 아니었을까 짐작했다. 이것이 이우가 그 여생도에 대해 떠올릴 수 있는 전부였다.

이우는 몹시 침울했다. 성락원으로 올 때와 달리 해가 사라진 흙길은 빙판이 되었고 그 때문에 차는 느릿느릿 운현궁으로 향했다. 변한 것은 하나도 없다. 지금 운현궁으로 가면 언제나처럼 진완이와 어머니가 맞아줄 것이고, 진완은 늘 그랬듯이 이번에도 도쿄까지 따라간다며 어린애처럼 굴 것이다. 그러면 자신은 귀엽다는 듯이 진완을 달래주고는 도쿄로 떠날 것이다. 그렇게 이번 내선은 끝날 것이었다. 그런데 이우는 운현궁에 도착해서도 한참 동안 문 앞에 차를 세워둔 채 들어가지 못했다. 오늘 들은 충격적인 이야기가 자꾸만 머릿속을 맴돌았기 때문이다. 그렇게 한참 동안 차 안에서 생각을 정리하고 마침내 운현궁에 들어섰다.

"대체 무슨 일이냐? 어째서 울고 있어?"

가족들의 익숙한 분위기에 기대 슬픈 기분을 떨치리라 다짐했던 이우는 운현궁에 들어서자마자 마루에서 흐느끼는 진완을 보고 놀라서 물었다. 진완은 오라비가 오자 눈물을 훔치며 자리에서 일어났다. 진완의 손에는 편지로 보이는 얇은 종이가 쥐어져 있었다.

"오라버니이! 흑……."

진완은 방금 도착한 편지의 내용이 견디기 어려웠는지 다가온 이우의 옷깃을 붙잡은 채 대놓고 울고 말았다.

"너도 그렇고 아버지도 그렇고 나는 대체 어쩌하라고 이러는 것이냐? 하고자 하는 말이 있거든 어서 하거라, 제발!"

아끼는 여동생이 이렇게까지 우는 모습을 처음 본 탓에 이우는 진완을 다독이는 것이 힘에 부쳤다. 자신도 성락원에서 알게 된 일로 심경이 복잡했으나, 세상이 무너진 듯 서럽게 우는 누이 앞에서는 티를 낼 수도 없는 노릇이었다.

"오라버니, 정희가 흐윽…… 갔어요. 아주 가버렸어요."

갔다니, 어디로? 이우가 놀라 누이를 품에서 떼어내 얼굴을 마주했다.

"상해로 가버렸어요. 그렇게 위험한 곳으로요."

'상해로 간다고 하더구나.'

이우는 순간 성락원에서 들은 아버지의 말을 떠올렸다.

"아버지를 따라서 자기도 꼭 해야 할 일이 있다고 했어요. 내가 그렇게 내 결혼식에서 피아노를 쳐달라고 부탁했는데……."

'아비를 따라서 독립운동에 뛰어들 거라고도 했다.'

설마……. 이우는 하나로 연결되는 고리를 부정할 수밖에 없었다. 그럴 리가 없지 않은가? 애써 정희와 연결짓지 않으려고 했지만 그때마다 이상하게도 연결고리가 생기곤 했다. 이우는 엉켜버린 머릿속을 정리하며 터벅터벅 양관으로 향했다. 생각해보면 정희와의 만남은 언제나 이상한 일투성이였다. 어째서 정희를 다시 만나게 된 곳이 석파정이었을까? 그때 정희가 아버지 의친왕을 찾아와서까지 만나고 싶어 한 사람은 누구였나? 총독관저에서 말한 '하고 싶은 일'은 대체 무엇인가? 그날 사건만 터지지 않았더라면……. 이우는 꼬리에 꼬리를 무는 의문에 사로잡혀 있다가 금세 후회했다. 왜 그때 네게 더 깊이 묻지 않았을까? 이우는 비로소 자신이 소중한 걸 잃어버렸단 사실을 깨달았다. 하지만 그는 평생 이 의문을 풀지 못할 것이었다. 이제 궁금했던 것들을 물을 이가 더는 조선에 없기 때문이었다.

그날 인천항은 상해로 가는 유일한 배에 타기 위해 많은 사람들이 몰려 있었다. 배는 저마다 사정을 가진 사람들을 태우고 항구를 떠났다. 다들 각자 웅크린 채 자리를 잡고 앉은 갑판 위, 쫓기듯 조국을 빠져나가는 부민들 속에 정희가 있었다. 검정 치마에 백색 저고리를 입고 머리에 얇은 천을 두른 정희는 인천항을 하염없이 바라보며 서 있었다.

"그렇게 보면 잊히지 않아서 더 그리울 것을."

정희가 떠나온 자리만 내내 바라보는 것이 안쓰러웠던 엄마가 곁으로 다가와 말했다. 인천항은 이제 손톱만 한 크기로 보일 정도로 멀어져 있었다.

"그냥, 내 나라잖아요."

정희는 엷게 웃어 보였다.

"내가 살아서 다시 저 땅을 밟을 수 있을까 하고 생각하고 있었어요."

이제 정말로 안녕이구나. 졸업하기 직전에 학교에 자퇴서를 냈기 때문에 학적부에서는 그녀의 이름자조차 찾기 어려울 것이다. 처음부터 세상에 존재하지 않았던 사람처럼 그녀는 상해로 향했다.

내 나라, 안녕.
전하께서도 안녕히.

정희는 잡아보려 해도 자꾸만 멀어지는 조선에 작별을 고했다. 그때 어디선가 바람이 불어와 머리에 두른 천이 벗겨지며 정희의 땋은 머리카락이 나부꼈다. 오늘로 우리의 운명의 끈이 끊어지지 않았다면 언젠가 한 번은 스쳐서라도 만날 수 있기를. 부디 그럴 수 있기를. 정희는 스치는 바람에 자신의 바람을 담아 보냈다.

흩어진 계절

✿

"도쿄에서 온 전통이라 근거가 확실하니 기사를 내겠다고? 당신들 미쳤어?"

시노다 장관의 호통이 전화기 너머로 쩌렁쩌렁 울렸다. 전화를 받고 있던 〈매일신보〉 기자는 화들짝 놀라 수화기를 귀에서 뗐다. 이우 공 전하의 비 자리에 박영효 후작의 손녀딸인 박찬주가 내정되었다는 갑작스런 전통을 받은 기자가 이를 기사화하기 위해 허락을 받으려고 시노다에게 전화한 참이었다.

"칙허도 없고 이왕직에 알리지도 않았는데 혼례는 무슨 혼례! 그런 근거 없는 기사를 관보에 싣는다고?"

"그렇지만 〈동아일보〉나 〈조선일보〉 석간엔 기사가 나간다고 합니다. 다른 신문이 다 내는 내용을 관보에서 내지 않으면 어찌하란 말씀이신지……."

기자는 의기소침해져서 겨우 대꾸했다. 그는 도쿄발 전화에 어떤 문제가 있을 것이라고는 생각하지 않았다. 그저 전례 없는 일이었기에 혹시나 하고 시노다 장관에게 전화 한 통을 급하게 넣었는데 천만다행이었다. 만약 장관에게 전화도 걸지 않고 이우 공 전하의 혼사 기사를 냈다면 시노다한테 찍혀 그날로 기자직에서 쫓겨났을 것이다. 〈동아일보〉나 〈조선일보〉는 관보가 아니니 그냥 기사를 내도 상관없겠지만, 총독부 기관지인 〈매일신보〉의 기사를 쓰는 자신은 총독부와 이왕직의 허락을 받아야 했다.

"그럼 기사 뒤에 나, 시노다는 이우 공 전하께 아무것도! 아무것도! 듣지 못했다고 분명하게 적어!"

시노다가 전화를 끊는 순간까지 귀청이 떨어질 정도로 큰소리를 질러대는 바람에 기자는 인상을 찡그리며 전화를 끊었다. 의친왕의 말대로 기사 자체를 내지 못하게 하는 것은 시노다의 권한 밖의 일이었다. 이왕직의 수장이라는 자들은 어째서 다들 성질이 저 모양이란 말인가? 기자는 한숨을 푹 내쉬고는 펜을 들었다. 기사가 나가면 이왕직에 한바탕 난리가 날 게 눈에 선했다.

박 후작 영손 찬주 양 이우 공 비로 어내정

(동경 12일 전화) 이우 공 전하께서는 어년 22세이신데, 얼마 전에 귀족원의원에 칙선이 된 박영효 후작의 영손 박찬주 양과 어혼약이 내정되셨다고 승문되었다. 이우 공 전하께서는 포병 소위에 임관되시어 근위야포병 제1연대에서 일하고 계시는데 이것을 보고하기 위해서 귀선하셨다가 11일에 경성을 떠나셨다. 박찬주 양은 작년 3월에 경성여자고등보통학교를 우수한 성적으로 졸업하고 방금 도쿄부 시부야구 센다가야에 기숙하고 여자학습원에 통학중이다. 박양은 피아노, 서양화 등에 달능할 뿐 아니라 특히 자수에는 천재를 가진 명랑한 재원이라고 한다.

이우 공 전하의 어약혼 문제에 대하여 시노다 이왕직 장관은 다음과 같이 이야기하였다. 동경서 전화로 내정이 되었다는 통신이 왔다고 하나 이왕직에는 아무런 통지도 없습니다. 금번 전하께서 귀성하셨을 때에도 이러한 이야기를 듣지 못하였습니다. 더욱이 전하께서 약혼을 하신다면 칙허를 우러러야 하는데, 그러한 이야기를 들은 일이 없습니다. 그러므로 나로서는 어떻다고 단정하여 말할 수가 없습니다.

　　　　　　　　　　　—1933년 12월 13일, 〈매일신보〉

〈매일신보〉 석간을 집어든 시노다의 손이 파들파들 떨렸다.

그는 신문을 당장에 찢어버리고 싶은 것을 간신히 참아내고 있었다. 기사 말미에 자신이 아무 소식도 듣지 못했고 칙허를 받아야 한다고 말했다는 내용이 적혀 있었지만 이제 와서 어찌할 것인가? 기사 자체를 못 내게 했어야 했는데! 그는 자신의 어리석음을 탓할 수밖에 없었다.

박영효 후작이 친일파이긴 하지만 조선인인 것이 조선 내 긍정적인 여론에 한몫할 것이다. 시노다는 먼저 한 대 크게 맞은 것을 인정해야만 했다. 다른 신문사의 기사들은 대개 장관의 말 같은 건 붙지 않은 채 나왔고 일반 민중에게 '조선인 공비 전하'라는 인식이 생긴 이상 돌이키기는 어려웠다. 시노다가 운현궁 도쿄 별저에 전화를 걸어 당장 공 전하와 통화해야겠으니 연결하라고 닦달했으나 이우는 별저를 비운 상태라고 전하라며 시노다를 상대하지 않았다. 사태가 이런데도 이우가 전화를 받지 않자 시노다는 미치고 팔짝 뛸 노릇이었다. 그는 이번 내선 때 자신을 평양까지 데리고 간 것이 박영효 집에 납채를 보내려는 치밀한 계획이었음을 그제야 알아차렸다. 시노다는 결국 배알이 뒤틀려 이틀이나 잠을 못 이루고 도쿄행 티켓을 끊고 말았다.

"정말 아무런 말도 듣지 못하였습니다! 며칠이나 전하와 함께 평양에 있었는데 어떻게 혼사 이야기를 장관인 제게 언질하지 않으실 수 있단 말입니까! 이는 박 후작이 뒤에 있으면서 어떠한 계략을 꾸민 것이 분명합니다!"

시노다는 올해 궁내성 총재로 부임한 유아사 구라헤이 앞에서 몹시 흥분하여 이미 한 말을 몇 번이고 반복했다. 하지만 유아사는 다과를 앞에 두고 몇 번 대꾸를 해주는 게 전부였다. 유아사는 조선 정무총감을 역임했고, 박영효와도 친분이 있었기에 미적미적한 반응을 보이는 것이었다.

시노다는 유아사로는 안 되겠다 싶어 궁내성의 총재를 지냈던 기도 고이치에게 면담을 요청해 상황을 설명했다.

"각하께서 지금까지 죽 조선인들만 해온 이왕직 장관 자리에 특별히 일본인인 저를 앉히고 떠나셨을 때는 다 이유가 있으셨을 겁니다. 그러니 공 전하가 조선 여자랑 결혼하는 것을 반드시! 막아주셔야 합니다. 각하!"

고이치는 시노다의 말에 일리가 있다고 여겼다. 고이치는 궁내성 총재 자리에 있을 때 아사카사 만찬과 용산 총독관저의 일을 꾸민 장본인이기도 했다. 고이치 자신도 번번이 실패한 이우의 혼사를 어떻게 다른 사람이 해결할 수 있겠는가. 게다가 그는 이 일이 이우를 움직여서는 해결될 일이 아니라는 것을 일련의 실패로 이미 알고 있었다. 조선총독부에서도 지난 용산 총독관저 사건 이후 완벽히 수면 위로 올라온 이우의 혼사 문제에 대해 보고를 받아 알고 있었다. 그동안 궁내성과 심각하게 공문을 주고받아왔던 것이다. 그래서 기도 고이치는 박영효를 직접 만나보기로 결정했다. 이우 혼자 모든 것을 추진하기에는 무리가 있었기에 박영효의 의중이 중요하다고 본 것이다.

"왕공가궤범에 따르면 왕공족의 결혼은 기약하기 전 칙허를 받아야 한다는 부분이 명시되어 있습니다. 이 부분을 후작 각하께서는 당연히 알고 계셨을 것으로 판단됩니다만……."

기도 고이치와 박영효의 만남은 시노다와의 면담 2주 후에 잡혔다. 고이치는 며칠 전 시노다를 만났던 응접실에서 박영효를 맞았다. 마침 박영효가 도쿄에 올 일이 있다며 찾아오겠다고 해서 면담 일정이 더욱 빨라졌다.

"예전엔 멋대로 손녀따님을 데리고 궁내성이 주관한 연회에도 참석하셨지요. 그땐 후작 각하의 후광을 생각해 넘어갔으나 어찌 폐하의 칙허도 없이 감히 납채의 의를 행하실 수 있단 말입니까?"

고이치는 계속해서 박영효를 각하라고 칭했다. 칙령에 따르면 조선 귀족도 일본의 화족들과 동일한 대우를 받게끔 되어 있었기에 제 아무리 전 궁내성 총재라 할지라도 박영효에게 함부로 대할 수는 없기 때문이다.

"아직 미숙할 수밖에 없는 공 전하께서 잘못된 일을 하면 다른 사람은 몰라도 각하께서는 충분히 말리실 수 있는 위치가 아니신지요?"

고이치는 궁내성의 전 총재로서의 실력을 발휘해 노련한 질문으로 박영효를 압박했다.

"허허, 저도 왕공가궤범에 대해서는 잘 알고 있습니다. 그렇잖아도 도쿄에 와서 공 전하를 찾아뵙고 받았던 사주단자를 돌려드리고 오는 길입니다."

이건 또 무슨 말인가? 도쿄에 온 이유가 사주단자를 공 전하께 돌려주기 위해서라고? 고이치가 믿을 수 없다는 듯한 표정을 짓자 박영효가 하던 말을 마저 했다.

"이 일로 자칫 궁내성의 체면과 위신이 깎일 수도 있지 않습니까? 아무래도 전하께서 혈기왕성하여 그러신 것이니 모쪼록 궁내성 측에서도 화를 풀어주십시오."

고이치는 예상치 못한 노인의 깍듯한 예의에 할 말을 잃었다. 박영효는 꼬투리를 잡을 수 없는 완벽한 처세술을 발휘해 이번 혼사에 대해 사과했다. 지금 상황에서는 궁내성이 체면을 구겼다는 사실도 중요했는데 박영효는 이 점을 공략했다. 칙허도 없고 무엇보다 궁내성에서 이렇다 할 이야기가 없는 상황에서 납채를 행했으니 다시 돌려주라고 강제할 수 있는 여지가 있었다. 그런데 박영효는 깍듯이 사과하며 진작 사주단자를 돌려보냈다고 하지 않은가. 조선에서는 이미 신문기사로 여론몰이를 해서 이우와 찬주를 엮어놓은 상태이므로 사주단자는 형식적으로 돌려보냈을 것이다. 이는 이우의 머리에서 나왔다기보다 박영효의 제안이었을 공산이 컸다. 고이치는 사람들이 왜 박영효를 두고 늙은 너구리라 쑥덕대는지 몰랐다가 그의 노회한 처세를 직접 경험하고는 감탄하고 말았다. 손녀딸을 공비 전하에 올릴 욕심을 부릴 수 있는 인물이라는 것이 괜한 허풍은 아닌 것이다. 사실 박영효로서는 손녀딸이 공비 전하가 되는 것보다 이우를 손녀사위 삼고 싶은 의중이 먼저였겠으나, 어느 쪽이든 아무래도 좋은 일이었다.

"또한 감히 제가 이번 공 전하의 혼사에 대해서 한 말씀 올리자면, 이 일은 정치적인 일로만 볼 것이 아니라는 의견을 드리고 싶습니다."

불시에 한 방 얻어맞은 듯한 표정의 고이치를 보며 박영효가 말했다.

"세상이 많이 변하여 남자가 한 여인만을 사랑하는 것이 당연해지는 세상이 왔습니다. 그래서 천황폐하께서도 오직 황후 폐하만을 사랑하시어 축첩 제도를 없애신 걸로 알고 있습니다만……."

"말이 좋지, 각하께선 어찌 폐하의 일을 입에 담으신단 말입니까!"

고이치는 박영효의 말을 듣고 있다가 천황의 이야기가 나오자 발끈했다.

"폐하의 일을 입에 담은 것은 황공하나, 이는 크게 보면 폐하의 넓은 아량 하에 신식 남녀가 사랑하는 것이라고도 볼 수 있지 않겠습니까?"

천황인 히로히토가 후궁을 들이지 않는 것은 공공연한 사실이었기 때문에 고이치는 금세 입을 꾹 다물었다. 황후는 결혼한 지 오래되었으나 이번 달에 첫아들 아키히토를 출산했다. 그 사이 후궁을 들이라는 이야기가 빗발치고 후보들까지 오르내렸으나 히로히토가 직접 나서 무위로 돌렸다. 과연 그것이 황후를 사랑해서인지, 아니면 첩 제도가 아닌 생물학적으로 아이를 낳을 수 있는 방법을 찾아서인지는 알 수 없었지만 대내외적으로 히로히토는 후궁 없이 황후와 금슬이 좋기로 유명했다. 이처럼 박영효는 감정적인 면에서 호소할 근거도 철저히 준비해둔 상태였다.

"총재님을 만나러 오기 전에 사이토 문부대신을 뵙고 왔는데, 제 의견에 크게 동의해주시어 이 늙은이가 감격하고 말았습니다."

"아니, 문부대신께서 그 말에 동의하셨단 말씀입니까?"

고이치가 깜짝 놀라 상체를 일으키며 물었다. 사이토 마코토는 3대 조선총독을 역임했던 자로 무단통치에서 문화통치로 바뀌 조선 민족의 정신을 말살시킨 정책을 펼쳤다. 사이토는 일본으로 돌아와 문부대신이라는 요직을 맡고 있었는데 조선에서 자주 교류하던 박영효가 인사를 청하자 잠시 만나 대화를 나눈 것이다. 이 노인이 알고 있는 이들이야말로 일본의 정계 쪽 제대로 된 인사들이 아닌가? 고이치가 난감한 듯 인상을 찌푸리자 박영효가 사람 좋게 웃으며 말했다.

"예, 흔쾌히 동의해주셨지요. 상황이 이런데 남녀의 사랑을, 그것도 젊은이들의 사랑을 무엇으로 막을 수 있겠습니까? 저는 그저 옆에서 응원하며 지켜보고 싶을 따름입니다."

결국 혼사 문제는 그해도 넘기고 말았다. 올 봄 학습원을 졸업한 찬주는 궁내성의 고지를 기다리다 지쳐 조선에 들어와 있는 것을 택했다. 그건 할아버지의 뜻이기도 했다. 작년에 받자마자 돌려줘버린 사주단자 문제는 어찌 흘러가는지 할아버지는 아무 소식도 들려주지 않았다. 단지 기다리고 있으라는 말만 할 뿐. 그래도 마침 이우가 휴업기라 찬주가 조선으로 오기 전까지는 자주 만날 수 있었다. 변함없이 이우와 잘 지내는 것은 꽤 다행스런 일이었다. 이런 때 이우마저 육사의 일로 바빠서 자신에게 소홀했다면 또 다시 외로움을 탔을 것이다.

"누님! 이것 좀 보십시오. 어서요!"

그런데 어느 날 찬범이 다급하게 오더니 찬주에게 〈매일신보〉 한 면을 내밀었다. 평소 차분한 성품의 찬범이 이럴 정도라면 큰 사건인 게 분명했다. 신문에는 이우와 찬주의 사진이 실려 있었다.

이우 공 전하의 배우자로 박찬주 양을 어확정
궁내성 종질료에서 어혼약 정식 발표

이우 공 전하께서는 지난번부터 박영효 후작의 영손 찬주 양과 어연담을 진행 중이셨는데 11일에 종질료 사무관으로부터 다음과 같이 담화의 형식으로 정식발표가 있었다. '이우 공 전하와 종2위 훈1등 후작 박영효 영손 찬주 양과의 어연담에 대해서는 금일 어내허를 마치었는데, 금후 정식 수속을 취하여 어혼약이 될 것이라고 생각합니다.' 이에 대하여 시노다 이왕직 장관은 다음과 같이 삼가 말한다.
'이우 공 전하와 후작 박영효 영손 찬주 양과의 어연담에 관하여는 금일 어내허가 있게 되었으므로 금후로 정식 수속을 밟아서 어혼약을 보게 될 것이더라.'

—1934년 7월 12일, 〈매일신보〉

"진정 잘되었습니다. 누님!"

찬범이 신이 나서 말했다. 찬주는 여전히 실감이 나지 않아 기사를 읽고 또 읽었다. 분명 궁내성의 종질료라고 지칭되어 있었다. 뒤에 시노다 장관의 언급은 그냥 궁내성에서 발표한 내용을 한 번 더 써놓은 것과 차이가 없을 정도로 무성의했으나 찬주는 상관하지 않았다.

할아버지……. 이 허락을 받아낸 건 분명 할아버지였다. 박영효는 젊을 적 일본 망명 시절 이후 도쿄에서 가장 오래 머물면서 이 혼례를 성사시키기 위해 막후정치를 펼쳐왔다. 그리고 그간의 노력은 1935년 5월 이우와 찬주가 도쿄에서 화촉을 올리는 것으로 대미를 장식하게 되었다. 이는 무려 이우와 찬주의 혼인 기사가 처음 뜬 지 약 1년 반이나 흐른 후였다.

두 사람의 예식은 소위 일본 황족들과 비슷한 절차로 치러졌다. 해를 넘긴 기다림이 무색할 정도로 예식은 경성 일정을 제외하고 며칠 만에 끝났다. 첫날 신궁봉재회의 재주를 앞에 두고 정식으로 예식을 치른 이후 찬주는 훈2등 보관장(황족, 왕공족, 화족 여성들에게 주는 훈장)을 수여받았다. 이왕직 장관 시노다는 말석에 앉아 찬주의 수훈에 떨떠름한 표정으로 박수를 쳤다. 궁내성 쪽에서 박영효를 만난 직후 태도를 바꿔 이우와 찬주의 혼사에 대해 처음으로 긍정을 표했을 때 시노다는 맹렬히 반대하고 나섰다. 이우 공 전하의 혼사와 관련해 이왕직 장, 차관에 대한 문책이 없을 것이라는 통고를 받고 나서야 그는 겨우 한 발 물러섰다.

결혼식 다음날 오후, 이우와 찬주는 천황 내외를 참례했고 그 다음날은 황태후를 알현했다. 황태후 사다코는 이우와 찬주가 황궁에 들른 동안 기쁜 기색 없이 무표정으로 일관했다. 어떻게 해서든 조선 왕실에 일본 피를 섞으려 물밑에서 온갖 방법을 동원했던 사람이 바로 이 황태후였다. 이우와 찬주의 결혼식 날짜가 잡힌 며칠 전까지도 칙허가 떨어지지 않는 불상사가 벌어진 이유가 황태후 사다코 때문이란 이야기도 돌았다. 그래서 박영효가 마지막으로 담판을 짓고자 그녀에게 전한 어떤 소식이, 그나마 황태후가 염두에 둔 조건에 맞아 칙허가 떨어졌단 소문도 있었다.

이우와 찬주는 며칠 뒤 이세신궁과 모모야마 왕릉을 다녀왔고 한 달간 도쿄에서 신혼을 보내다 경성으로 떠났다. 경성에 도착해서는 짐을 풀자마자 조선신궁에 참배하고 의친왕을 배알했다. 이제 부부가 된 이들을 앉혀놓고 의친왕은 그저 평탄하게 잘 지내길 바란다는 말만 건넸다. 이우와 찬주의 혼인이 숱한 곡절 끝에 맺어졌기에 한 말이었다. 피로연은 조선호텔에서 열렸는데, 피로연이 끝나자 이우는 쉴 틈도 없이 화신백화점에 가서 남동생들과 누이들에게 여러 가지 선물들을 사주며 두루 챙겼다. 찬주는 백화점까지 따라가야 하나 고민하고 있었는데 이우가 궁에서 쉬도록 배려해주었다. 그렇게 짜인 일정을 전부 소화하고 나니 도쿄로 갈 날이 이틀밖에 남지 않았다.

"쉬고 계실 줄 알았는데 여기까지……."

진환이 방 앞에 서 있는 찬주를 발견하고 말했다. 찬주는 실크블라우스에 허리가 잘록한 스커트를 입고 올림머리를 하고 있었다. 진완이 피아노 의자에서 일어나자 뒤에 서 있던 사동 여동생들인 해원과 해춘을 포함한 서넛도 금세 자리에서 일어났다.

"반나절을 꼬박 쉬었는데 활동할 때도 됐지요. 듣기로 피아노를 잘 치신다기에 한번 와보았습니다."

찬주가 방에 들어서며 나긋하게 말했다. 찬주는 궁 안에서 들려오는 피아노 소리와 여자애들이 떠드는 소리에 이로당을 지나치지 못하고 발걸음을 한 것이었다.

"마침 잘 되었어요. 저는 도쿄 예식 때 다녀왔지만 사동궁 동생들이 비 전하를 뵙고 인사드리고 싶다고 이야기하던 중이었거든요."

진완도 활짝 웃으며 찬주를 맞았다.

"아가씨, 비 전하가 아니라 그냥 언니라고 불러줘요. 새언니라고 해요."

"네? 비 전하는 전하신데 어떻게……."

찬주의 말에 진완이 난감한 표정을 지었다. 비 전하한테 새언니라 부르다니. 사동궁이야 워낙 후궁들과 자식들이 많아 편안한 호칭으로 부를 때가 있지만 운현궁은 이희 공비와 이준 공비처럼 공비 전하가 둘이나 있어서 호칭에는 깍듯할 수밖에 없었다.

"그게 더 편할 것 같아요. 아가씨도 사동 아가씨들도 새언니라고 불러주세요."

진완은 편하게 대해달라는 찬주를 조금은 안쓰러운 표정으로 보았다. 앞으로 대부분 도쿄에서 지내고 이곳 운현궁에는 자주 올 일이 없겠지만, 찬주가 운현궁의 시어머니 눈치와 꺤스런 시선들에서 벗어나기는 힘들어 보였다. 정식 절차를 밟고 비 전하가 되었어도 운현궁 사람들은 은연중에 객식구 대하듯 딱딱하게 굴고는 했다. 시간이 지나면 당연히 사라질 벽이라고 여겼지만 찬주는 행여 흠 잡힐까 긴장한 탓에 실수도 여러 번 했다. 운현궁의 큰 어른인 두 분 공비에게 이야기를 듣는 자리에서 국화차가 담긴 찻잔을 엎기도 했다. 또 방을 나와 디딤돌에서 양혜를 신다가 발을 헛디뎠다. 옆에 서 있던 이우가 손을 잡아주지 않았다면 꼼짝없이 다쳤을 것이었다.

"그럼 그렇게 할까요. 새언니?"

여기서 더 거절하는 것도 예의가 아닌 것 같아 진완은 가만 보고 있다가 찬주를 새언니라고 불러보았다. 찬주는 웃으며 긍정의 의미로 고개를 끄덕였다.

"새언니라고 부르니까 더 가까워진 느낌이에요. 그렇지?"

사동궁에서 온 여동생들 가운데 해춘이 맞장구치며 말했다. 해춘은 의친왕의 셋째 딸로 찬주와 이우의 혼사가 성공적으로 치러진 이후, 찬주의 동생인 찬범과 넌지시 혼담이 오가고 있었다.

"그럼 저도 한번 쳐봐도 될까요?"

"당연하죠. 새언니가 피아노를 잘 친다고 학교에 소문이 자자했었다구요."

찬주가 피아노를 쳐봐도 되냐고 묻자 기다렸다는 듯이 진완이 자리를 비켜주었다. 진완의 검정 피아노는 예전에 이우가 미스코시에서 사준 것으로 'YAMAHA'(야마하)라는 일제 상표가 박혀 있었다. 비싼 만큼 피아노 소리가 여전히 맑고 좋았다. 진완은 원선과 결혼하면 운현궁에 올 일이 없을 거라 여겼지만 그렇지 않았다. 오라비도, 어머니도 방을 없애지 않고 그대로 둘 테니 자주 와서 얼굴을 비치라 했던 것이다. 원선도 매제로서 이우와 따로 연락할 정도로 절친했다. 그렇게 자주 들락거려서인지 방 안에 사람 손이 탄 물건들은 상하거나 녹슬지 않고 그대로였다.

"저희가 학교에 다닐 때에도 새언니의 피아노 실력은 유명했어요. 학교뿐인가요. 부내에서도 유명했죠."

"연애도 신식으로 하고. 대표적인 신여성이시잖아요."

해춘이 장단을 맞춘 말은 사실이었다. 사동 시누이들은 진완이보단 어려서 늦게 경성여고보에 입학했는데도 이미 졸업한 찬주에 대한 이야기를 전해 들었다. 그만큼 찬주가 여생도들의 부러움의 대상이었던 것이다. 찬주는 시누이들의 칭찬 세례를 받으며 온화한 미소를 지었다. 그리고 악보도 없이 그 자리에서 '엘리제를 위하여'를 쳐내며 실력을 뽐냈다. 언제 들어도 슬프고 처연한 곡조에 모두가 자연스럽게 집중했다.

"언니는 누구한테 배우셨기에 피아노를 이리 잘 치세요?"

찬주가 연주를 마치자마자 해원이 박수를 치며 감탄했다.

"가정교사한테 배웠지요."

"저도 선생님이 있었지만 언니가 훨씬 잘 치시는 거 같아요."

진완이 언제 봐도 대단하다는 듯 양손을 맞대며 거들었다.

"피아노가 좋아서 그래요."

시누이들은 새언니의 겸손한 태도까지도 마음에 쏙 들었다.

"그런데 다들 옷이라도 맞춰 입은 건가요? 원피스가 다 예쁘네요."

찬주도 가만히 있기 뭐해 그들이 입고 있는 비슷한 원피스들을 보며 칭찬했다. 허리를 잘록하게 잡은 원피스는 몇 년째 유행하는 스타일이었다.

"아 이거, 오빠가 엊그제 다 같이 백화점 갔을 때 사주신 거예요."

엊그제라고 하면 이우가 피로연이 끝나고 두 분 비마마와 사동 식구들, 운현궁 식구들을 모아서 백화점에 다녀온 일을 말한다. 백화점에서 이우는 식구들에게 전부 원하거나 어울리는 선물을 한두 개씩 사주었다.

"맞다. 새언니는 몸살이 나서 같이 못 갔었죠?"

진완이 생각났다는 듯이 말했다. 이우는 늘 소화해온 **빡빡**한 일정이었지만 찬주에게는 무리였기에 몸살이 난 탓이었다.

"이게 미제 원피스여서 나실거리는 것이 예쁘긴 하지만 학교를 다니니 입고 갈 곳이 없어요."

해원이 밝게 말했다. 해원의 말대로 예쁜 원피스는 어디 근사한 일이나 있으면 차려입을까, 보통은 개량한복을 입고 지내서 다들 약간씩은 어색해했다. 반면 찬주는 양장이나 기모노가 더 익숙해서 다른 옷을 입으면 이상할 정도였다.

"참, 새언니는 선물로 뭘 받았어요?"

해원이 참으로 궁금하다는 듯 찬주 옆에 바싹 붙어 앉으며 물었다.

"저희는 선물 하나씩 받고 나서, 오라버니가 새언니한텐 뭘 줬을까 궁금해서 난리법석이었거든요. 뭘 받으신 거예요? 저희들한테 자랑 좀 해주세요."

순간 찬주는 난감한 표정을 숨길 수가 없었다. 백화점에 다녀오고 며칠이 지났는데 지금까지도 이우에게 받은 선물이 없었기 때문이다.

"……오빠는 아직도 여기저기 불려 다니시니 선물을 주실 기회가 없었나 봐요."

한참 동안 대답이 없는 찬주의 낯빛을 살피던 진완이 급히 말을 돌렸다. 진완이 뒤에 서 있던 여동생들은 말없이 서로를 물끄러미 쳐다보았다. 그들은 순간 왜 오라비가 새언니에게 선물을 안 주었는지 머릿속으로 고민했다.

"괜한 걸 물었어요. 두 분이 알아서 하실 텐데……."

해원도 진완의 말에 한마디 덧붙였다. 찬주는 그저 피아노의 건반들만 바라보았다. 좀체 허한 속이 숨겨지질 않았다.

"주시겠지요. 설마 선물로 소박이야 맞히시겠어요."

대답을 기다리는 그녀들을 위해 찬주가 애써 웃어 보이며 말했다. 진완과 동생들은 말없이 서로를 쳐다보며 눈빛을 주고받았다.

혼사를 치르고 도쿄로 오자마자 이우는 원대에 복귀했다. 결혼 전과 마찬가지로 일주일의 대부분을 수업과 실기에 매달리고 주말에 집에 돌아오는 식이었다. 찬주는 이우가 없는 동안 화초를 가꾸거나 화족 부인들과 함께 조촐한 다과회를 열었다. 초대된 부인들은 학습원에 다닐 때 만났던 동창들로 대부분 궁내성의 허락을 받아 찬주보다 일찍 결혼한 상태였다. 그들은 찬주에게 깍듯이 비 전하, 비 전하 하며 잘 따르곤 했다. 그러다가 주말이 다가와 이우가 별저에 오면 이우와 찬주는 다정한 부부의 모습으로 간단한 식사와 대화를 하며 보냈다.

"전하, 많이 바쁘신가요?"

찬주는 주말에도 줄곧 서재에서만 지내는 남편을 보러 일부러 서재에 들렀다. 남부러울 것 없는 일상. 그러나 찬주는 왜인지 허무감이 밀려오곤 했다.

"보다시피 그렇소만……."

이우는 책상 위에 어제 배운 포공 관련 자료를 펼쳐놓고 눈도 떼지 않은 채 말했다. 찬주는 그런 이우를 물끄러미 바라보았다. 포병과는 실기수업이 많았지만 가끔 서면으로 제출하는 과제가 생길 때면 이우는 책과 씨름하느라 서재에서 나오지 못하기 일쑤였다. 그런 일상은 결혼 전과 크게 달라지지 않았지만 요즘 찬주는 자꾸만 서운한 마음이 들었다.

"뭔가 필요한 것이라도 있는 것이오?"

이우는 그렇게 말하면서도 고개를 지면에 바짝 댄 채 찬주에게 시선을 주지 않았다. 축척을 구하려고 자로 지적도의 길이를 재고 있었던 것이다. 찬주는 대답하지 않고 문 앞에서 이우를 바라보다 고개를 떨구었다. 어떻게 된 게 두 사람의 관계가 결혼 전보다 가깝지 못한 것도 같았다. 이우는 몰랐지만 사실 찬주는 결혼식을 치르기 전부터 당혹감을 느끼고 있었다. 찬주는 결혼 전 운현궁에서 오래 일했던 상궁 몇몇이 이우의 결혼 준비를 위해서 도쿄로 왔을 때 자기들끼리만 쑥덕이던 걸 우연히 들었다. 영친왕이 일본인 황녀 마사코와 결혼할 때 식장에서 입이 귀까지 걸려 연신 싱글벙글했다는 것이었다. 이는 조선 창덕궁에도 다 퍼진 이야기이며 이우 공 전하는 스스로 원해서 조선 여자와 결혼했으니 얼마나 더 좋아하시겠냐는 말들을 했다. 하지만 상궁들의 쑥덕임과는 달리 이우는 결혼식 당일 내내 그저 굳건히 자리를 지키는 데만 의의를 둔 것 같았다. 천황 내외와 황태후가 덕담이라고 한 마디씩 건넬 때에도 이우는 원래 말이 없는 사람인 양 고개만 꾸벅할 뿐 일절 말을 하지 않았다. 찬주는 영친왕 내외의 이야기가 자꾸만 자신과 비교되고 기억 속에서 맴돌곤 했다.

"부인!"

이우는 찬주가 대답이 없다는 사실을 한참 지나서야 깨달았다. 고개를 들자 찬주가 눈물을 뚝뚝 흘리고 있었다. 이우가 놀라 문 앞으로 달려나왔다.

"내가 무슨 실수라도 한 것이오?"

"아니요. 그런 것은 아닌데…… 전하 얼굴을 보니 괜히 눈물이 난 모양입니다. 신경 쓰지 마세요."

찬주는 이 상황을 외면하고 싶어 고개를 돌린 채 서럽게 울기만 했다. 찬주는 자신이 이렇게 눈물 많은 여자인 줄 이우와 결혼하고 나서 알았다. 이우와의 혼인이 결정되고 나서는 어떤 일에도 굳건하겠다고 각오하지 않았던가. 시어머니는 할아버지와의 악연 때문에 당연히 자신을 미워할 것이고, 찬주 자신이 붙임성 좋은 성격도 아니라 운현궁 내에서 좋은 평을 들을 생각은 전혀 하지 않았다. 그런데 경성 방문 때 선물 하나 때문에 시누이들 앞에서 망신 아닌 망신을 당한 것도 그렇거니와 믿었던 이우의 태도마저 너무 차가워서 견디기 어려웠다.

"미안하오. 요즘 진급을 앞두고 있어 온통 그쪽으로만 정신이 쏠리는 바람에 부인을 챙기지 못했나 보오."

변명 같이 들릴지 몰라도 이우의 말에는 거짓이 없었다. 그는 올해 10월 다케히코와 함께 진급을 앞두고 있었다. 육사 내 황족이나 왕공족들은 성과가 없어도 당연히 진급되었으나 지위가 높아질수록 육군 내부에서 요구하는 게 점차 많아질 것이었다.

"정말로, 무엇이 되었든 다 미안하오."

이우는 찬주를 안아주며 달래보았다. 그런데도 찬주는 더 크고 서럽게 울기만 했다. 이우는 그저 찬주를 안은 채 어찌 해야 할 바를 몰랐다.

"참, 내 여태 깜빡하고 주질 못한 게 있는데, 한번 보겠소?"

이우가 이제야 떠올랐다는 듯 잠시 찬주를 품에서 떼어놓았다. 그리고 장식용 테이블 서랍을 열어 포장지로 곱게 싼 작은 상자 하나를 꺼내 찬주에게 건넸다. 찬주가 겨우 울음을 멈추고 조심스럽게 리본을 풀어내자 속에 녹빛으로 반짝이는 작은 에메랄드 브로치가 들어 있었다.

"경성에서 동생들을 데리고 잠시 백화점 다녀올 때 산 것이오. 분명히 부인한테 잘 어울릴 것 같아 샀는데 깜빡했지 뭐요.

잊고 있다가 이제야 주는 것을 용서하시오. 부인도 알다시피 요새 내가 많이 바쁘지 않았소?'

머쓱한 듯 덧붙이는 이우의 말에 찬주는 눈물을 그치기는커녕 오히려 더 서럽게 눈물을 쏟아냈다. 이우가 자신을 생각하지 않은 것인가 하여 혼자 마음고생을 하며 쩔쩔맸는데 사실은 그게 아니었다니. 설움이 폭발해 울기만 하는 찬주를 이우가 가만히 토닥였다. 이우도 이제 자신이 한 선택을 믿고 앞으로 나아가야 하는 자리에 서 있었다. 한 일가를 이룬다는 것은 그런 의미였다. 이 일을 계기로 이우도 밀려오는 기억들을 끊어내고 한 여인의 남편으로서 살고자 마음먹었다.

그로부터 3년 후, 1938년 7월.

새벽녘에 덜컥 베란다 문이 열리며 한 여자가 밖으로 나왔다. 느슨하게 하나로 묶은 머리, 어두운 계열의 쪽빛 치파오 위에 얇은 여름용 숄을 걸친 여자는 녹슨 난간에 섰다. 찬 공기가 가라앉은 난간 바로 아래 골목에는 주홍색 가로등 불빛이 새벽 시장의 푸른 기운을 깨우고 있었다.

석 달 전 임정이 머물던 장사(창사) 턱 밑까지 일본군이 쫓아오자 임정은 거처를 옮겨야 할 필요성을 느꼈다. 최종 목적지는 곤명(쿤밍)이었지만 중간에 사정이 생기는 바람에 임정 식구들은 발이 묶여 광주(광저우)의 아세아여관에서 머물고 있었다. 여관이 자리한 곳은 어지간한 빈촌이었다. 늘 베란다 문을 닫고 생활했지만 여름의 시장통에서 올라오는 냄새 때문에 새벽에도 상쾌함을 느낄 수가 없었다. 전쟁통에 빈촌 시장에서 파는 물건들은 상하기 직전의 비린내 나는 생선들과 시들한 풀떼기가 전부였다. 유일한 운반수단인 목수레가 새벽 시장의 질척이는 진흙길을 지나가고 있었다. 중일전쟁이 본격적으로 시작된 이후 더욱 혹독해진 중국민들의 삶의 무게를 임정도 함께 견뎌야만 했다.

정희는 "하아" 하고 심호흡을 해보았다. 그동안 아버지를 찾느라 겪은 고생들을 어떻게 말로 다 표현할 수 있을까? 정말이지 진저리나게 고생스러웠던 4년간의 시간이었다. 정희는 처음 상해에 도착했을 때부터 중국어와 영어를 공부하기 시작했다. 그해 말에 의친왕이 챙겨준 노잣돈이 떨어졌지만 정희는 아버지를 만나는 것과 공부하는 것 중 어느 것도 포기하지 않았다. 그녀는 세탁일이나 여러 가지 궂은일을 해가며 일본의 손아귀를 피해 상해에서 남경으로 거처를 옮겼다. 그때 국민당 정부의 수도는 남경(난징)이었기 때문에 정희는 국민당 계열의 민간학교에 등록했다. 그리고 학교에서 독립운동을 하는 뜻이 맞는 중국 친구들을 만나 함께 지내며 역시 국민당정부를 따라 이동했다. 정희가 떠난 직후에 일본군이 남경에서 벌인 대학살극은 중국 전체를 공포로 몰아넣기에 충분했다.

임시정부는 국민당정부에게 일정 금액을 후원받고 있었기 때문에, 그 사실을 알게 된 정희가 국민당정부를 따라 움직인 것은 다행한 일이었다. 온갖 일을 전전하던 그녀는 임정이 소극적으로 시작한 초모공작(중국에 있는 조선 청년들을 모으는 작전)을 통해 1년 전에 겨우 임정에 합류할 수 있게 되었다. 정희는 임정에 합류하고 나서도 조금도 게으름을 피우는 법이 없어서 곧 임정에서 꼭 필요한 청년 요원이 되었다.

"아버지!"

덜컥 하고 방문이 열리는 소리가 들리자 정희는 뒤를 돌아보며 밝게 웃었다. 아버지 윤익환이 장포를 입고 방으로 들어섰다. 판공처에 다녀온다던 아버지의 얼굴을 근 한 달 만에 보는 것이었다.

"이제 여기도 더 오래 못 있는 건가요?"

익환이 의자에 앉자 정희가 마주 앉으며 나지막이 물었다.

"어제 판공처 근방에 일본군의 공격이 있었다."

"······!"

익환이 심각한 표정으로 딸에게 어제 있었던 일을 전해주었다. 그는 일본이 판공처의 정확한 위치를 찾지 못해서 뒤지고 다니는 틈을 타 겨우 살아서 온 것이었다.

"이제 여길 떠나서 유주(류저우)로 가야만 한다. 오늘 회의에서 시급히 결정된 내용인데 조금 있다가 발표될 테니 너도 미리 짐을 싸두거라."

"정말 갈 수 있는 곳이 유주뿐인가요? 그곳은 공습이 훨씬 심하다고 들었습니다."

정희가 걱정이라는 듯 말했다.

"지금은 다른 수가 없구나. 이렇게 모여 있는 것도 당분간은 위험하니 유주에 도착하면 전부 뿔뿔이 흩어져서 지내야만 할 거다."

정희가 걱정스레 물은 것은 고작 석 달 머물렀던 이곳이 정이 들어서가 아니다. 한 번 거처를 옮길 때마다 임정의 많은 식구들이 한 명도 빠짐없이 밀정의 눈을 피해 다녀야만 했기 때문이었다. 거처를 옮기지 않는 것도 위험하지만 이 같은 유랑 생활 자체가 임정의 기반을 흔들고 사기를 떨어뜨렸다.

"그건 너나 나나 마찬가지니 마음 단단히 먹거라."

그 말에 정희의 얼굴이 더욱 어두워졌다. 어떻게 만난 아버지인데 또 다시 헤어질 위험에 처하다니.

"곧 네 어미 기일인데 챙기지 못하고 떠날 것 같아 마음에 걸리는구나."

익환이 잠시간의 침묵을 깨고 말했다. 일부러 잊으려 노력했던 아내의 기일이었다. 정희가 임정에 합류하고 얼마 되지 않아 정희 엄마는 폐병으로 세상을 떠났다. 아버지를 만난 것을 기뻐할 겨를도 없었다. 당시 폐병이 흔하기도 했거니와 일본군을 피해 상해에서 남경으로 또 다시 남경에서 임정을 찾아오는 동안 심신이 약해질 대로 약해져 어떤 약도 듣지 않았다. 당시 정희가 엄마의 간호를 자처하자 폐병이 옮는다며 임정 내에서 반대가 심했다. 하지만 정희는 아랑곳하지 않았다. 며칠 밤을 새며 간호하던 중 엄마가 더는 숨을 쉬지 않자 정희는 충격에서 헤어나질 못했다. 정희는 자신이 경성에서 떠나온 것이 문제였다고 자책하다 그대로 죽어버릴까 생각하기도 했다.

"네가 여기까지 온 이유를 잊지 말아라. 그리고 독립이 되면 나를 꼭 조선 땅에 다시 묻어다오."

정희가 지금까지 살아낼 수 있었던 것은 엄마의 마지막 당부와 부탁 때문이었다. 마지막에 엄마와 했던 약속을 지키기 위해 정희는 죽지 못해 살았다. 정희는 이제 엄마의 이야기가 나와도 더 흘릴 눈물이 없었다.

"한데 이제 네 나이도 스물셋인데 정말 결혼 생각은 없는 게냐?"

침울해진 분위기를 바꿔보고자 익환이 다른 화제를 꺼냈다.

"듣기론 관웅이 녀석이 널 좋아한다던데."

관웅은 정희와 같은 나이로 임정 내에서 평판이 좋고 건실한 청년이었다. 정희는 관웅과 인연이라고 하기에 뭣한 사건이 있었다. 임정에 합류하기 직전에 관웅은 좀처럼 정희에게 의심을 풀지 못했다. 가족이라면 처음부터 함께 조선에서 건너왔을 텐데, 말단으로 들어온 정희가 갑자기 수뇌부에 있는 익환을 만나게 해달라며 나섰기 때문이었다. 이런 의심 때문에 추궁하던 중 관웅은 정희의 목에 칼을 들이댔다. 이후 정희와 정희의 엄마가 익환을 만나 소회할 때 관웅이 이에 대해 수차례 사과했고 정희도 깨끗이 용서했다. 그럼에도 당시 관웅이 정희의 목에 그은 상처는 뚜렷하게 남아 있어 정희는 늘 목까지 올라오는 옷을 입거나 신분을 숨기기 위해 입는 치파오를 평복처럼 입었다.

"동지로만 여기고 있습니다."

정희가 딱딱하게 답했다. 관웅이 건실한 청년인 것처럼 정희도 젊은 여자 요원들 중에서는 외국어에 가장 능통하고 신뢰받는 청년이었다. 마침 결혼시기를 놓친 미혼들이기도 하고 흔치 않은 선남선녀이기에 임정 내에선 둘을 엮는 일이 많았다. 그럴 때마다 관웅은 멋쩍은 듯 관두라고 하고 정희도 상대하지 않았다. 그런데도 관웅은 윤익환이 직접 임정으로 데려와 가르친 익환의 사람이라 정희와도 자주 얼굴을 맞댈 수밖에 없었다. 사실 정희도 사상을 두고 토론할 때 뜻이 잘 맞고 여러모로 관웅이 마음에 들었지만, 시간이 흘러도 그 이상은 가까워지지 않았다.

"그래? 관웅이가 들으면 섭섭해하겠구나."

익환이 아쉽다는 듯 말했다. 만나서 산 지 얼마 되지 않았지만 익환은 이제라도 정희를 결혼시키면서 부모 역할을 하고 싶었다. 관옹이라면 자신이 후견인으로 직접 길렀기에 사윗감으로도 적절했다. 하지만 정희는 결혼에 대해 전혀 생각이 없어 보였다.

"똑똑."

낮은 노크 소리에 부녀의 대화가 멈췄다. 누군가 문 앞에 서 있었다. 익환이 반가운 얼굴을 본 듯 자리에서 일어났고, 정희도 얼른 따라 일어나 손님을 맞았다. 문 앞에 선 이는 상해의 최대 부호라도 되는 듯 근사한 양장 차림이었다.

"만석아, 여기까지 어떻게 왔느냐? 광주에서 떠나기 전이라고 하기에 전보를 보냈더니 이곳까지 달려 와준 것이냐?"

익환이 만석의 두 손을 덥석 붙잡으며 말했다. 상해에서 비밀리에 창립된 혁명단의 단장을 맡고 있는 송만석은 익환과는 몇 년 전 상해에서 산발적으로 벌어진 중국 친일명사 저격사건을 계기로 연이 닿아 면식이 있는 사이였다. 익환은 그가 창립한 혁명단의 활동에 깊은 관심을 갖고 있었고 단장인 그를 신뢰했다.

"마침 심천(선전)에 들른 중에 연락을 받고 오게 되었습니다."

"그래, 잘했다. 우리 임정 식구들의 양장은 다 네가 고생해서 지은 것이지."

"동지들 옷을 만들어 보내는 게 무슨 대수라고 칭찬하십니까?"

만석은 깍듯한 태도로 말한 뒤 테이블 근처로 다가왔다.

"여기는 내 딸 윤정희라고 한다."

"따님이시라. 처음 뵙지만 동지라 불러도 되겠습니까?"

만석은 정희를 처음 봤으면서도 서슴없이 말했다. 그는 풍채가 좋고 대범해 보였다.

"그러십시오. 동지를 뵙게 되어 저도 반갑습니다."

정희도 웃으며 함께 자리에 앉았다.

"숫자는 도대체 얼마나 되는 것이냐?"

"셀 수 없을 정도입니다."

자리에 앉자마자 만석이 들려준 이야기는 생각보다 심각한 것이었다. 지금 임정 코앞까지 일본군이 뒤쫓아온 것은 결코 우연이 아니었다. 일본은 점령 지구 중에서 중국의 항일운동 거점이나 인원들을 차근차근 소탕해나가고 있었다.

"이번을 기점으로 적국(일본)은 점령 지구마다 군사나 헌병 수를 급격히 늘리고 있습니다. 피신할 때도 주의하셔야 합니다."

"국민당정부와 함께 움직이는 것도 문제가 있다고 보느냐?"

"아마 국민당정부도 이번 일본군 개편으로 큰 타격을 입을 것입니다."

중일전쟁이 한창인 상황에서 만석이 일본군에 대해 이처럼 빠삭한 것은 이유가 있었다. 몇 년 전 경성에서 넘어온 만석은 양장을 만드는 기술과 손재주를 살려 상해에 양복점을 열어 큰 이익을 봤다. 그 이익은 고스란히 혁명단 재창립과 지원에 쓰였는데, 그럴 수 있었던 것은 그가 일본군 쪽에도 꾸준히 로비를 해왔기 때문이었다. 일부 사회주의 계열에서는 이런 만석의 행동을 보고 배신자라 낙인찍기도 했다. 만석은 이념을 싫어했다. 뭐가 되었든 아무래도 상관없었다. 중요한 것은 동지들과 살아남는 것, 결국 살아남아 투쟁하는 것이라고 생각했다. 그래서 혁명단이 갑자기 일본군 수색에 맞닥뜨린 때에도 만석은 미리 확보한 정보들을 이용해 동지들을 살아남게 했다. 그렇게 하기 위해 만석은 지금까지 위험천만한 외줄타기를 하며 살아왔다.

　"그러니 지금 임정은 우리 혁명단이 합류하고 말고를 따질 때가 아니라는 것이지요. 전보에 그 말이 들어 있기에 신경 쓰지 마시라고 전하고자 여기까지 왔습니다. 무조건 유주까지 숨도 쉬지 말고 달려가야만 살아남으실 수 있습니다."

　만석은 진정으로 임정이 걱정되어 우국지심으로 익환에게 말했다. 상황이 심각한 줄은 알고 있었으나 만석의 말을 들은 정희는 한층 더 걱정이 되어 아버지의 표정을 살폈다.

　"……."

그런데 문득, 정희는 만석의 오른손에 난 흉터에 눈길이 갔다. 흉터는 독특한 모양으로 나 있었다.

"이게 궁금하십니까?"

정희의 시선을 느낀 만석이 물었다.

"죄송합니다. 그런 모양의 흉터는 처음 봐서……."

"제게는 자랑스러운 상처니까 죄송해하실 필요 없습니다."

만석이 소탈하게 웃으며 말했다.

"예전에 용산 총독관저에서 폭탄을 던질 때 생긴 자국입니다. 제가 직접 만든 수제 폭탄은 특수해서 작지만 효과가 큰 반면, 불을 붙인 직후 바로 터지는 게 아니었습니다. 화상을 입어도 손에 몇 초간 꼭 쥐고 있다가 던져야 했죠."

용산 총독관저에 폭탄이 투척된 것은 역사상 단 한 번뿐이다. 그날은 이우의 성년 축하연이 열린 날로, 정희도 그 자리에 있었다. 그리고 결국 범인의 행방을 찾지 못한 채로 수사가 종결되었다. 그런데 그 사건의 주인공, 그날 폭탄을 던진 사람이 정희의 눈앞에 있었다.

"당시 저도 경성에 있었는데 범인을 잡지 못했다고 들었습니다."

정희는 자신도 그 자리에 있었다고 말하고 싶었지만 아버지 앞이기에 일단은 말을 아꼈다.

"그날 은인을 만나 무사히 도망갈 수 있었습니다. 이건 그분께 받은 시계입니다."

만석은 벌써 수년이 흘러버린 그날의 일을 떠올리는 듯 한참 동안 회중시계를 바라보았다.

1932년 12월 31일 밤. 용산 일대는 정전으로 온통 암흑에 휩싸여 있었다. 전기를 공급하던 발전기가 폭파되어 이를 복구하기 위해선 최소 며칠이 걸릴 상황이었다. 그 어둠을 틈 타 총독 관저에 폭탄을 투척한 만석은 건물에서 빠져나오며 누군가 자신을 쫓아오고 있다는 사실을 알게 되었다. 어둠 속이지만 자신을 목격한 이가 한 명도 없을 거라고는 생각하지 않았다. 만석은 총을 장전하며 급히 화단으로 숨었다.

"나오시오. 당신이 무슨 일을 했는지 알고 있으니."

쫓아온 이가 만석이 숨은 동백나무 근처로 다가와 말했다. 그런데 행여나 들킬까 싶어 조심스레 말을 걸어오는 것이 이상했다.

"이건 '무슨 일' 따위가 아니라 민족 반역자를 처단하는 일이다."

만석이 목소리를 높이지는 못해도 사납게 으르렁댔다.

"알겠소. 그럼 내 하나만 묻지. 단독으로 한 것이오, 아니면 배후가 있소?"

"내 배후는 이천만 명의 동포들이다!"

만석은 이 말을 하며 화단에서 나와 모습을 드러냈다. 조선에서 관저에 폭탄을 투척하거나 고위급 친일파를 저격하는 사건은 종종 있어 왔기에 놀랄 일이 아니었다. 다만 오늘은 그 무대가 이우의 성년 축하연이고 용산 총독관저라는 점만 달랐다.

"나는 당신이 도망갈 준비가 되어 있는지 물은 것이오."

조명도 없는 겨울 밤. 총구를 겨눈 만석과 상대방은 서로의 얼굴을 확인할 수 없었다. 빛이라고는 오직 구름에 가려진 엷은 달빛뿐이었다. 만석이 차가운 총구를 겨누자 맞은편에 선 이가 항복의 의미로 양손을 들었다. 그러나 만석은 총을 겨누고도 주변을 둘러볼 정도로 경계를 철저히 했다.

"내가 당신을 경찰에 넘기려고 했다면 진작 헌병대를 불렀겠지."

만석은 쫓아온 자를 유심히 살폈다. 그는 혈혈단신이었고, 헌병대나 경찰에 연락하려는 어떠한 움직임도 보이지 않았다. 그래도 만석은 총을 거두지 않았다. 여차하면 그를 쏘고 떠나야 했다.

"당신의 배후가 이천만의 동포라면……."

상대는 여전히 무장해제 상태로 두 손을 든 채 말했다.

"내게는 이천만의 조선민이 있소. 당신도 그중 한 사람이지."

조선에서 조선민이라는 단어를 쓸 수 있는 사람은 왕족이라는 극히 한정된 지위의 사람들뿐이다. 구름이 조금 걷히자 만석은 상대가 누구인지 알아보았다.

"당신은 운현궁에 그…….."

"맞소. 하지만 지금 중요한 건 그게 아니라 당신이 무사히 조선을 빠져나가는 것이겠지."

이우는 축하연 행사 중에 나온 것이었기에 당장 떠나야 하는 만석에게 아무것도 줄 것이 없었다. 유일하게 지니고 있는 것이 회중시계였다.

"이걸 가지고 가면 인천항에서 지금 당장 떠나는 배를 구할 수 있을 것이오."

이우는 만석에게 다가가 이화 문양이 박힌 시계를 주머니에 넣어주었다. 만석은 여전히 어안이 벙벙한 채 이우를 바라보았다. 상당히 비싸 보이는 시계는 아마 준재와 자신의 뱃삯은 물론 몇 사람 삯까지도 지불할 정도의 가치가 있을 것이었다.

"손을 보니 재주가 많아 보이오. 그러니 가기 전에 내 부탁하나 하지."

이제 구름이 완전히 걷혀 달이 청영했다.

"뒷일은 내가 알아서 할 테니 나를 쏘고 달아나시오."

이우는 여전히 불이 꺼진 채지만 점점 시끄러워지는 연회장쪽을 바라보며 말했다.

분명 이화 문양이었다. 만석이 테이블에 내려놓은 회중시계 뒷면에는 선명하게 운현궁의 이화 문양이 찍혀 있었다. 정희는 운현궁 여기저기에 이런 무늬가 많이 있었던 것을 기억했다. 비스킷을 담아온 식기, 자동차, 심지어 이우가 입고 있던 옷까지 웬만한 물품에는 모두 이화 문양이 찍혀 있었다.

"그날 제가 도망칠 수 있도록 전하께서 시간을 벌어주셨습니다. 어깨를 빗맞게 쏴 달라고 하신 건 저의 어떤 점을 믿으셨기 때문인지 모릅니다. 하지만 그 일을 겪고 나니 차마 전하가 주신 시계를 팔 수 없어서 방을 뺀 돈으로 배를 탔습니다. 전하께서 반드시 새벽이 아닌 밤에 출항하는 배를 타야 한다고 당부하셨는데 그것도 사실이었습니다. 저희가 떠나고 나자마자 인천항으로 헌병대가 코앞까지 쫓아왔지요. 전하가 군에서 일하시니 헌병대가 어찌 운영되는지 아셔서 그랬겠으나, 이제 막 성년이 된 분이 어찌 그런 통찰력을 가졌는지 놀라고 말았습니다. 아마 이우 공 전하가 아니었다면 저는 지금 이 자리에 없을 것입니다. 그러니 이 시계 값이 제 목숨 값보다 귀한 것입니다."

익환과 정희는 말없이 자신들의 기억 속에 있는 이우의 모습을 떠올렸다.

'전하께서는 예전에 내게 자금을 전달하셨을 때의 모습과 달라진 것이 조금도 없구나.'

익환은 석파정에서 보았던 이우를 떠올렸다.

"만일 폭탄이 잘못 터져 이우 공 전하에게 해가 갔다면 제 목숨으로도 갚지 못했을 것입니다."

만석은 부끄럽다는 듯 말소리를 줄였다. 각자 함구하고 지냈던 이우와의 기억을 끄집어낸 세 사람은 잠시 침묵을 지켰다. 정희는 순간 물안개가 핀 경성 거리에서 우산을 건네주고 돌아서던 그의 뒷모습을, 꽃잎이 흩날리는 석파정에서 나누었던 대화를, 그리고 지금 이 순간까지도 가슴에 묻어둘 수밖에 없는 '그 사람'을 떠올렸다. 쫓기듯 떠나온 경성이었다. 이제 이우는 자신을 완전히 잊어버렸을 것이었다.

이처럼 임정이 한창 중국 전선에 휩쓸려 계류하고 있던 그때 한여름 8월의 도쿄에는 아주 특별한 손님이 와 있었다. 독일의 총통인 히틀러가 일본과의 동맹을 굳건히 하기 위해서 도쿄를 방문한 것이다. 그가 머문 약 2주간 도쿄 거리 곳곳엔 나치를 상징하는 깃발이 걸렸다.

"아돌프 히틀러 반자이!"(아돌프 히틀러 만세!)

일본 국민들에게서 연일 히틀러를 환영하는 분위기가 일었다. 사람들은 거리에서 연설하는 히틀러에게 오른손 다섯 손가락을 딱 붙여 팔을 45도로 뻗어 올리며 봉영했다. 그 열렬한 광기가 모이고 모여 활활 타올랐다. 라디오 방송에서는 히틀러를 찬양하는 노래까지 나올 지경이었다. 이우는 마이크 앞에서 연설하는 히틀러 사진이 대문짝만하게 나온 신문을 보고는 그대로 덮어버렸다.

"오모사마—!"(궁중에서 사용하는 아버님의 높임말)

이우가 신문을 덮자마자 청이 쪼르르 달려왔다.

"세이(청)야!"

이우는 둥그런 안경을 벗고 일어나 청을 다정히 안아 올렸다. 이제 세 살 된 아들은 하얀 반팔 티셔츠에 멜빵바지 차림으로 제 방에서 놀던 중이었다. 청은 오밀조밀한 입을 꾹 다문 채 아버지에게 손에 쥔 비행기를 보여주었다. 톡톡 떼어내 조립하는 가벼운 비행기는 아들이 자주 가지고 노는 장난감이었다.

"이걸 세이 네가 혼자 만들었느냐?"

청이 고개를 끄덕거렸다. 이우가 그 모습을 다정히 바라보았다. 만일 자신이 일본 여자와 결혼해서 아이를 낳았다면 이토록 아들을 사랑할 수 있었을까? 아마 그랬다면 자신은 평생 동안 반쪽이 일본인인 아들을 두고 번민했을 것이다.

"아주 잘 만들었구나."

이우는 아들이 만든 조립식 비행기를 보며 칭찬했다. 아들은 또래 아이들에 비해 말수가 현저히 적었지만 가정교사가 하는 수업은 곧잘 따라갔다. 찬주가 저녁식사 준비를 마치고 거실로 나왔다. 그리고 소파 옆에서 이우가 청이를 다정하게 안아든 모습을 보고는 잠시 말을 걸지 못한 채 감상에 젖었다. 자신이 그토록 꿈꿔온 단란한 가정이 아니던가. 찬주는 그 모습을 제 손으로 깨기 싫어서 한참을 지켜보다가 이우에게로 다가 갔다.

"어제 이왕비 전하께서 대구를 보내주셨어요. 저희가 올해 초에 세자 전하 학습원 입학식 때 백화점에서 필요한 것들을 사서 아카사카로 보내드렸잖아요. 거기에 대한 답례라고 하셨어요."

"그랬소? 나는 모르는 이야기인데."

이우가 아들을 안고 함께 부엌으로 향하며 말했다. 청은 아버지의 팔에 편안하게 안긴 채 입으로 "쉬잉 – 슝–" 하는 소리를 내며 비행기를 가지고 놀았다.

"제가 챙기고 싶어서 보내드렸지요. 그런데 오늘 받은 대구가 제가 보낸 선물들보다 훨씬 좋아서 조금 부끄러웠습니다. 그래도 감사하다고 전화 드린 다음에 대구로 뭘 할까 고민하다가 특별히 매운탕을 끓여봤습니다."

찬주가 의자를 빼서 앉으며 단아하게 말했다. 원래 이우 혼자 살던 별저에서 이제 찬주와 청이까지 세 명의 가족이 함께 지냈다. 코바늘로 기교를 부려가며 뜨개질한 식탁보를 놓고 위에 유리를 덮은 식탁에는 자글자글한 매운탕과 각종 여름 나물, 정갈하게 담긴 동치미가 올라와 있었다. 이우가 일본 음식들을 좋아하지 않는다는 걸 잘 아는 찬주가 전부 직접 조선식으로 만들고 조리한 것들이었다.

"고맙게 들겠소."

이우는 여러 조선식 반찬 중에서 어디에 먼저 젓가락을 대야 할지 잠시 고민했다. 찬주가 차린 음식들은 언제나 수준급이었고 무엇보다 조선 음식이 그리운 이우에게 심리적 안정감을 주었다. 특히 청이가 태어난 후 별저에서 가족과 함께하는 식사 시간은 이우에게 큰 기쁨과 안식의 시간이었다. 혼인하기 전에는 식사를 담당했던 여관이 항상 경성의 운현궁으로 조선 음식 목록을 적어 전보를 쳤다. 그러면 이준 공비가 잘 상하지 않는 반찬들을 바리바리 싸서 배편으로 보냈다. 이우는 열한 살 때부터 일본에서 살았지만 식습관은 세월을 따라오지 못했다. 그는 식습관조차 일제에 동화되거나 교화되지 못한 조선의 왕족이었다.

"오늘은 제가 전하께 조금 어려운 말씀을 드려야 할 것 같습니다."

"무슨 일이기에 그러는 것이오?"

이우가 아들이 뜬 수저에 달걀말이를 작게 잘라 올려주며 물었다. 청은 기다렸다는 듯 아버지가 올려준 찬과 밥을 입에 가져다 넣었다.

"처녀 적에 제게 피아노를 가르쳐주신 선생님이 계신데, 오늘 그분이 전보를 보내왔어요. 그 선생님의 친구 분이 조선에서 학교를 세워 사람들을 가르치고 싶어 하는데 마땅한 곳이 없어 고민이라구요."

찬주는 경성에서 어릴 적부터 오랫동안 피아노를 가르쳐준 선생님의 전보를 받고 자신의 일처럼 고심했다. 그리고 이 일을 이우에게 말하면 분명히 해결책이 나올 것이라 여겼다. 적어도 이우가 가지고 있는 부동산 몇 개 중에 하나 정도는 대여해줄 수 있지 않을까 생각한 것이다.

"흠……. 생도 수는 몇 명이나 될 것 같다고 하오?"

찬주가 털어놓은 이야기에 이우가 신경을 쓰며 물었다.

"스무 명, 아니 더 될 수도 있다고 합니다."

"그럼 마땅한 건물이 하나 있소. 죽첨정에 서재가 있는데 그걸 하사하고 싶다고 전하시오. 벽돌 건물이니 그 정도의 인원이라면 충분할 거요."

생도 수를 듣고 난 이우가 시원하게 말했다. 이우는 언제나 교육을 위한 일이라면 고민하지 않고 기꺼이 지원해주었다.

"전하, 대관도 아니고 하사해주시겠다고 하셨나요?"

찬주가 놀라서 다시 한 번 물었다.

"정말…… 그래도 되는 것인지요?"

찬주는 그저 장소를 빌리는 것만으로도 큰 수확이라고 생각했다. 그런데 이렇게 쉽게 건물 하나를 학교로 사용하도록 하사한다는 건 상상도 못한 일이었다.

"물론이오. 교육을 위한 일이라면 걸림돌이 없게 해주어야 하지 않겠소? 자, 이제 진짜로 하기 어려운 부탁을 해보시오."

이우는 건물을 하사하는 이유도 간단히 말하고 농담도 덧붙였다.

"무려 건물을 하사해주신다니, 분명 선생님께서도 무척 놀랄 거예요."

살짝 상기된 얼굴로 찬주가 말했다. 대화가 무르익어가자 찬주는 경성에서 도착한 전보 속의 친지들 소식도 전했다. 전보는 찬주의 동생인 찬범이 보내온 것이었다. 찬범은 이우의 여동생인 해춘과 작년 이맘때 결혼해 부부가 되었다. 이우와 찬주, 해춘과 찬범의 혼사로 사동궁과 박영효가는 겹사돈이 된 것이다. 전보 내용은 해춘이 곧 아이를 낳을 것이라는 좋은 소식이었다. 이우가 바쁜 학기 중에는 이런 시시콜콜한 이야기는 전혀 나눌 수가 없었다. 그나마 지금처럼 하계방학에는 여유가 있어 대화도 하고 식탁 분위기가 좋았다. 청이도 아버지를 매일 볼 수 있어서 더 따랐고, 찬주도 남편을 보고 싶은 만큼 볼 수 있는 지금이 가장 행복했다.

"올해 말에 곧 육대에 입교하라는 교지가 떨어질 것 같소."

"벌써 그렇게……."

하지만 소소한 행복은 시샘 받기도 쉬운지 오래 가지 못했다. 이우는 올해 말에 포병 대위로 육군대학교에 입학할 예정이었다. 육군대학교는 일본이 서구 열강을 본 떠 만든 학교로, 일본 육군사관학교를 졸업한 자들이 임관 후에 갈 수 있었다. 육사를 졸업하더라도 모두 육군대학에 진학할 수 있는 것은 아니고, 육군대학을 나와야만 상급으로 진급할 길이 열렸다.

포병 대위가 되면 일이 없는 때는 시간적으로 비교적 여유로우나 지금은 중일전쟁터에 가서 시찰하고 천황에게 보고하는 일을 해야 했다. 일주일 중 주말에는 집에 올 수 있는 예전과 달리 전쟁 시찰은 장기간 자리를 비워야 하는 일이었다.

"앞으로 시찰을 가게 되면 오랫동안 도쿄로 오지 못할 거요. 시찰하지 않을 때는 과제 때문에 밤을 새야 하는 일도 많을 것이고. 하지만 그렇다 해도 절대 청이와 당신에게 소홀히 하진 않겠소."

찬주는 조금 섭섭했지만 금방 기분을 풀었다. 이우가 소홀히 하지 않겠다고 한 말이 진심이라는 것을 알기 때문이었다. 이우는 벌써 3년째 접어드는 결혼 생활 동안 해마다 도쿄의 뉴그랜드 레스토랑에서 결혼기념일을 챙겨왔다. 그 사이 중일전쟁이 발발해 육군이 비상사태로 바빴음에도 이우는 찬주에게 남편으로서 할 의무를 다한 것이다.

이듬해 5월. 일본군의 대대적인 공습으로 인해 중국 내륙에 위치한 중경(충칭)은 폐허가 되었다. 국민당정부가 중경을 임시 수도로 삼자 일본군이 보복하듯 민간인에게 폭격을 퍼부은 것이다. 중경에 대한 일본군의 폭격은 벌써 1년여 전부터 시작되었으나 안개가 많은 중경의 기후로 인해 보호받는 날이 많았다. 그러나 봄이 되면서 안개와 구름이 걷히자 공습이 재개되고 사상자가 속출했다. 이 일은 국제 사회에서도 큰 논란이 되었고, 국민당정부를 따르던 임정도 중경 바로 밑에 위치한 기장(치장)에 머물고 있었기에 중경의 상황을 가장 빠르게 전달받았다.

"이번 공습은 대부분 소이탄을 사용했어요."

"잔인한 놈들!"

임시 국무회의에서 튀어나온 소이탄이란 말에 웅성거림이 커졌다. 소이탄은 수천 도씨(℃)가 넘는 열을 내며 목표물을 불태우는 살상무기이다. 일본은 그런 비인간적인 무기를 민간지역에 퍼부어 벌써 수만 명이 부상을 당하고 사망했다. 그리고 앞으로도 더 많이 폭격할 예정이라고 삐라를 뿌리기도 했다.

"미국이 이런 일본을 그냥 두고 보지만은 않을 겁니다. 소이탄을 쓴 것도 반드시 똑같이 되돌려받게 될 테니 지켜보세요!"

정희가 남녀가 섞인 젊은 청년 요원들 사이에서 일어나 발언했다. 정희는 관록 있고 명망 있는 임정 통수부 사람들 앞에서도 전혀 기가 눌리지 않는 젊은 피였다. 그녀의 말처럼 공습 후에 미국은 재빠르게 일본에 대한 비행기 부품 무역을 제한해버렸다. 이는 미국이 일본에 가한 첫 경제제재였다. 그러나 일본은 아랑곳하지 않고 각 전선에서 공습을 멈추지 않았다. 천황은 군부가 날뛰도록 내버려두는 방관자이자 군대를 가호하는 신이었다.

한편 일본이 신의 뜻이라며 중경 민간인들에게 공습을 퍼붓던 그때, 도쿄의 적십자사에서는 정반대로 천황의 군대를 위해 황족 부인들이 위생교육을 받고 있었다. 그곳에서 찬주는 공비 전하로서 신분에 따른 공무를 수행했다.

"각 궁의 비 전하들께서는 국군장병들에게 지급될 붕대를 감아주시면 됩니다. 비 전하들께서 직접 감아 하사한다는 데 의의가 있는 것입니다."

적십자사의 오전 교육 시간은 여유로워서 간호부회 작업실에 모인 황족 비들은 네모난 테이블에 모여 앉아 수다를 떨며 붕대를 감았다. 그 붕대들은 황족들이 직접 감은 신의 하사품이라는 명목으로 전장으로 보내질 예정이었다. 하지만 이름도, 얼굴도 모르는 하급군인들이 이 붕대를 받고 신성하게 여기든 말든 황족 부인들은 별 관심이 없었다. 그들은 자신의 신상에 대한 이야기를 비롯해 중일전쟁의 전세에 대해 수다를 떠느라 여념이 없었다.

"황후폐하께서 결핵 때문에 고심하시는 모습은 몇 번 보았습니다만, 무려 결핵예방회라는 단체를 결성하실 줄은 몰랐습니다. 임신 중에 언제 그런 준비를 하셨을지……."

이번 수다의 화제는 일본 전역에서 발병하고 있는 결핵에 대응하기 위해 지난 5일에 황후가 결핵예방회를 결성한 일이었다. 황후는 예방회의 명예 총재직에 이 자리에 참석해 있는 지치부궁비인 세츠코를 앉혔다. 또 황후는 이 자리에 참석한 황족 비들을 위해 적십자사에서 활동할 때 입을 옷을 맞춤으로 만들어 각 궁으로 보내기도 했다. 그래서 찬주도 백색의 빳빳한 천에 적십자 마크가 중앙에 박힌 간호모와 같은 천으로 만든 발목까지 오는 긴 간호복을 입고 있었다.

"계획하고 결단하시는 것이 정말이지 예사롭지가 않아요. 이제 막 내친왕 전하를 낳으셨으니 이런 것까지 신경 쓰기 쉽지 않을 텐데 역시 섬세하신 분이세요."

아사카궁비인 치카코가 말했다. 치카코는 이우의 친구인 다케히코의 부인으로, 여러 사정상 반년 전에야 결혼식을 올려서 아직 신혼이었다.

"듣기론 천황폐하께서도 기뻐하시면서 지원을 아끼지 말라고 하셨다던데……. 황태후폐하는 나병 구제에 힘쓰시고 황후폐하는 결핵 예방에 신경 쓰시니 고부 사이도 외부에서 보기에 좋은 것 아니겠어요?"

옆에서 가야궁비 도시코가 큰 눈을 동그랗게 뜨며 주변에 동의를 구했다.

"결핵은 이제 거의 국민병이 될 정도이니 진작 뭐라도 대책이 나왔어야 하지요. 이렇게 많은 사람들이 죽어나가니 일본의 어머니로서 국민들 후생에 신경 쓰시는 것이 당연합니다."

다른 궁비들보다 제법 나이가 있는 히가시쿠니궁비 도시코가 말했다. 그녀는 붕대를 가장 많이 감았지만, 그 와중에도 정말 해야 할 쓴 소리를 빠뜨리지 않았다. 그녀는 메이지 천황의 딸로 태어나 황족과 결혼해 태어나서부터 지금까지 항상 전하로 살아온 콧대 높은 황족 비였다. 그래서인지 때로는 그 누구의 눈치도 안 보고 호통도 잘 치는 독설가였다.

"그나저나 세츠코 비 전하께서 결핵예방회 총재 자리에 앉게 되셨는데 취임사를 듣질 못해 어떡하지요? 황후폐하께서 그런 막중한 임무를 맡기셨으니 축배 정도는 들어줘야 하는데, 우리들은 바보처럼 붕대만 감고 있네요."

매사에 거침없는 성격의 다케다궁비 미츠코가 한탄하자 테이블에 큰 웃음이 터졌다. 자신을 위해 해주는 말에 총재를 맡게 된 세츠코는 저도 모르게 더 크게 웃고 말았다.

"결핵예방회가 애들 장난도 아니고, 다들 체통을 지키세요."

도시코가 근엄하게 말하자 화기애애한 분위기가 금세 사라졌다. 결핵은 한번 걸리면 뚜렷한 치료법이 없어서 고통만 받다가 죽음에까지 이르는 병이었다. 그런데 이런 병을 다루는 예방회의 감투를 쓴 것이 신날 일인가. 도시코는 몇몇 황족 비들의 행동과 언사가 너무 가볍다고 여겼다.

"결핵이라는 병이 예방한다고 해서 안 걸리는 것도 아니지 않아요? 걸리고 나서도 고생만 하다가 죽으니 이런 병을 치료하는 약은 세상에 없을지도 몰라요."

미츠코가 조금 수그리든 채로 황족 비들을 두루 둘러보며 말했다. 결핵은 쉽게 걸리고 쉽게 죽는 병이었다. 실제로 총재를 맡은 세츠코의 남편인 지치부가 바로 다음해에 결핵에 걸려 사망하기도 했다. 황족이라고 해서 빗겨가는 병이 아니었다. 때문에 일본은 물론 식민지인 조선의 피해는 상상하기조차 어려웠다.

"제가 알기로는 작년에 프랑스 외신에서 새로운 약 성분으로 폐렴을 치료했다는 기사를 내보낸 적이 있었습니다."

말석에 앉아 조용히 붕대를 감던 찬주가 한마디했다. 아버지가 폐렴으로 투병했을 때 찬주는 폐렴에 관한 외신을 찾아 읽고 어떤 정보든 수소문해서 알아보고 다녔다. 그때 외신에서 폐렴을 치료하는 양약이나 새로운 기술, 수술법에 대한 보도가 종종 나왔다. 그중 가장 대단한 것이 페니실린계 항생제가 발견되었다는 소식이었다. 하지만 그렇게 샅샅이 조사하고 약을 찾았지만 결국 찬주는 아버지를 잃었다. 이후 찬주는 주변의 누구든 폐병에 걸릴 수 있다고 여겨 관심을 끊지 않고 지금까지도 외신을 계속 찾아서 읽어왔다.

"외국에서도 상당히 반향이 있었던 내용이지요. 이름이 티로트리신이란 약이에요. 폐렴에 효과가 있는 약이 개발되었으니 결핵도 수년 안에 완치할 수 있는 치료법이 나오지 않을까 싶습니다."

찬주는 일본인이라 해도 믿을 만큼 수준급의 일본어를 구사하며 자신의 의견을 피력했다. 당시 기사를 읽던 찬주는 폐병약이 개발되면 결핵 치료제도 나올 가능성이 있다고 생각했다. 찬주는 폐병에 대해서는 누구보다 더 공부를 많이 했다고 자부하고 있었다. 실제로 프랑스에서 티로트리신이 발견된 1938년부터 1950년대 초까지는 많은 항생물질이 발견되었다. 찬주의 예상대로 결핵 치료제가 수년 안에 개발될 가능성이 충분했다.

"……."

찬주의 소신 있는 발언에 일부 비들 사이에서는 묘한 기류가 흘렀다. 이미 테이블에 빙 둘러 앉을 때부터 그들은 암묵적으로 자기들끼리만 이야기를 나누면서 찬주를 소외시켰다.

"나도 예전엔 〈뉴욕 헤럴드 트리뷴〉이 집에 도착할 때마다 읽었는데, 내가 봤던 일자엔 그 내용이 없었나 봐요. 아니, 나왔다 하더라도 그 부분은 빼먹었을 수 있죠."

미츠코는 어떻게 해서든 자신이 조선 부인보다 못나지 않다는 걸 드러내려고 했다. 찬주는 딱히 대꾸하고 싶지 않아서 계속 붕대만 감았다. 어린 애들의 장난도 아니고 어른들이 대놓고 대화에 끼워주지 않는 건 찬주로서도 조금 당혹스러운 일이었다.

"공비 전하께서도 폐병에 관심을 갖고 있고 잘 알고 계시는 것 같습니다. 관심이 있으면 언제든지 결핵예방회에 들어와서 함께 일본 국민들의 결핵 예방에 힘써주세요."

은근히 따돌리는 분위기 속에 세츠코만이 찬주의 말을 받아주었다. 찬주는 그 제안에 대해서는 가타부타 말하지 않고 상냥하게 고갯짓만 했다. 세츠코는 영친왕비 마사코의 사촌 여동생으로 이왕가와 교류한 적이 있었기에 비교적 다른 황족 비들보다는 찬주에게 친근했다. 또 세츠코는 외교관인 아버지를 두었고 영국에서 태어났기에 영어에 능통해서 외신을 읽는 것이 일상이었다. 그래서 찬주가 말한 티로트리신에 대해서도 어렴풋이 들어본 적이 있었다.

황족 비들은 또 다시 자기들끼리만 잘 알고 있는 황궁 내부의 이야기들로 화제를 바꾸었다. 아마 이럴 때 찬주 옆에 영친왕비인 마사코나 이건 공비 세이코가 있었다면 함께 말도 섞고 좋았겠지만 그 둘은 웬일인지 이번 적십자사 공무에는 참석하지 않았다. 찬주는 제 앞에 쌓여만 가는 붕대들을 보며 새삼 할아버지를 떠올렸다. 찬주가 이 자리까지 올라올 수 있도록 할아버지가 그토록 노력했으나 이곳에는 또 다른 투명한 벽이 찬주를 기다리고 있었다.

"비 전하, 이 일을 어찌하면 좋습니까!"

찬주는 오후 늦게야 공무를 마치고 차에 올랐다. 그런데 별
저에 도착한 찬주가 막 유리로 된 현관문을 밀고 들어서자 상
궁 하나가 기다렸다는 듯 급히 뛰어나왔다.

"무슨 일인데 그러지?"

찬주는 챙이 넓은 모자를 벗으며 태연히 물었다. 그녀는 무
슨 일이 있든 쉬고 싶다는 생각뿐이어서 상궁의 호들갑이 반갑
지 않았다. 이번 공무에서 이지메를 당한 것도 그랬지만 몇 시
간 동안 위생 관련 영상을 시청하고 중간에 오찬을 한 후에 또
위생 영상을 시청하는 강행군을 하고 나니 체력이 고갈된 탓이
었다.

"비 전하의 할아버님께서 위독하시다 합니다!"

할아버지의 소식을 들은 찬주는 큰 충격을 받고 쓰러질 듯
휘청거렸다. 상궁이 옆에서 그녀를 부축했다. 그녀가 당장 눈
앞의 일상에 치여 힘겨워할 때 더욱 감당하기 힘든 시련이 다
가와 있었던 것이다.

찬주는 할아버지의 소식을 듣자마자 궁내성에 경성으로 할
아버지 문안을 가겠다는 청부터 넣었다. 그리고 매달 숭인동에
다녀오기 시작했다. 병환이 심각한 상황이었기에 궁내성이 특
별히 허락한 것이다. 찬주가 숭인동에 다녀온 서너 달 동안 박

영효는 병상에서 건강이 점점 더 악화되어갔다. 그러다 9월이 끝나가던 어느 날, 한밤중에 곤한 잠을 깨우는 전화 한 통이 걸려왔다. 전화기 너머로 옛날부터 자신을 모셨던 어린네가 "아가씨, 아가씨" 하며 찬주를 부르며 우는 소리가 들려왔다.

"청량리에는…… 전화해본 거야?"

상황을 직감한 찬주의 목소리가 가늘게 떨렸다. 그녀는 마지막 지푸라기라도 잡는 심정으로 아버지가 돌아가셨을 때 의지했던 삼촌에게 연락해보았느냐고 물었다.

"진작 오셨어요. 지금 옆에서 지키고 계신데 이제 더는 손쓸 도리가 없으시대요. 흐윽……. 찬범 도련님께서 비 전하께 이미 숨이 다하셨다고 전하라고……."

찬주는 수화기를 내려놓았다. 눈을 깜빡이자 눈물 한 방울이 레이스 스커트 위로 툭 떨어졌다. 이우는 찬주와 함께 경성으로 조문 갈 채비를 했다. 아내의 아버지도 아닌, 아내의 할아버지 장례식에 이우가 참석할 수 있는 것은 일본 당국이 귀선을 허락할 정도로 박영효가 거물급 친일파이기 때문이었다.

할아버지, 이제 저는 어떻게 살아가야 하나요? 찬주는 상복을 입는 것마저 상궁들이 일일이 도와줘야 할 만큼 넋이 나가 있었다. 이우와 함께 장례식장의 상석에 선 찬주는 계속 손수건에 눈물을 쏟았다. 박영효가 죽기 전 남긴 유언에 따라 시신은 박문사로 운구되어 있었다. 박문사는 장충단공원에 자리한 사찰로 예과 시절 이우가 찬주를 정식으로 처음 만난 곳이었다. 찬주는 이우의 분향이 끝난 다음 두 번째로 앞에 나가 향을 피웠는데 그때도 상궁 하나가 옆에서 그녀를 부축해야만 했다. 그녀는 아버지가 돌아가셨을 때보다도 더 슬피 울었다. 찬주 다음으로 분향을 한 이는 조선 전체를 통솔하는 미나미 조선총독이었다. 그 뒤에 일렬로 분향을 기다리고 있는 사람들은 나카무라 군사령관, 오노 정무총감, 중추원 의장, 조선 귀족 대표와 경기도지사 그리고 경성부윤까지 조선에서 최고 실세인 일본인 관리들이었다.

이우는 내색하지는 않았으나 복잡한 심경이었다. 그는 오늘로서 처가의 배경을 잃었다. 결혼한 지 약 4년 만에 맞은 박영효의 사망은 앞으로 어떻게든 이우에게 좋지 않은 영향을 끼칠 것이었다. 실제로 몇 년 후에 이우가 히로시마로 발령이 났을 때, 조선에 머물게 해달라는 필사적인 찬주의 청원을 총독부와 조선군사령부가 딱 잘라 거절해버렸다. 만일 대친일파인 박영효가 이우의 처조부로 살아 있었다면 그런 식으로 매정하게 청원을 묵살하긴 어려웠으리라. 또한 박영효도 손녀를 위해서 이우가 조선에 머물 수 있도록 백방으로 애써주었을 것이다. 이모든 것은 가정일 뿐이지만, 1945년에 이우가 히로시마로 떠날 수밖에 없는 상황은 이날로부터 시작되었다고 해도 틀린 것은 아니었다.

"어어, 동생아. 왔느냐? 거기 편한 데로 앉거라."

이우는 모처럼의 휴식기간에 이건 공가에 들렀다. 이우가 속관의 안내를 받아 양탄자가 깔린 응접실로 들어서자 길게 난 유리창 앞 테이블에 앉아 있던 이건이 이우를 맞았다. 이우는 경성에서도 사동궁 동생들은 물론이거니와 찬주의 형제들도 모두 챙기는 습관이 있었다. 그래서 이건이 이우의 별저에 잘 오지 않아도 이우는 간혹 이건 공가에 들렀다. 그는 형이 어떻든 자신은 마땅히 할 도리를 다하려고 했다.

"뭘 보고 계셨습니까?"

이우가 소파에 앉으며 물었다. 이건은 동그란 안경을 끼고 창으로 들어오는 햇살을 받으며 책을 보고 있었다. 평소 형이 책 읽는 것을 거의 본 적이 없어서 이우는 그 모습이 조금 신기했다. 그들이 앉아 있는 둥그렇고 넓은 테이블 위에는 황갈색 종이책들이 여기저기 펼쳐져 있었다.

"이번에 조선미술회에서 도록을 많이 보내 왔지. 별로 할 것도 없고 심심해서 읽던 중이었다."

조선미술회의 도록이라면 이우도 해마다 한 묶음씩 별저에서 받아보곤 했다. 다만 이우는 그들이 보내오는 도록을 딱히 읽고 싶지 않았다. 그 안에 있는 작품들이 죄다 조선 식민지 정책을 찬양하는 것들뿐이기 때문이다. 중간중간 들어 있는 천황에 대한 일편단심을 주제로 한 미술품들도 볼 가치가 없는 것들이었다.

"네가 온다는 연락을 받고 도착하면 물어보려고 했다. 제수씨는 좀 어떠냐? 이번 추도회에도 참석하지 못하겠지?"

이건이 '근대조선미술'이라는 제목의 도록 첫 장을 넘기며 물었다. 이우는 잠깐 볼까 하고 들었던 도록을 도로 내려놓았다. 반 년 전, 할아버지가 돌아가신 직후부터 찬주는 쭉 도쿄의 별저에서 칩거했다. 청이를 보살피거나 이우를 챙기는 것 외에는 화초 가꾸기만 할 뿐 어디에도 나가지 않았다. 이우는 찬주가 하고 싶은 대로 할 수 있도록 내버려두었다. 나가사키에게 찬주가 요청하는 게 있으면 자신보다 먼저 챙기라는 말도 잊지 않았다. 그렇게 지내다 보니 찬주도 조금씩 마음을 추슬러서 얼마 전부터는 곧 있을 청이의 생일 준비에 여념이 없었다.

"많이 좋아졌습니다. 추도회에 꼭 참석해야만 하는 것은 아니니 편히 있게 하고 싶습니다."

"그래. 세이코가 안부를 물어달라고 하기에 말해보았다."

역시 이건이 궁금해서 가족의 안부를 묻는 것이 아니었다. 이건의 부인인 세이코는 비 전하들이 양장으로 꾸미고 참석하는 공무 중 하나인 추도식을 은근히 즐겼다. 전쟁에서 죽은 이들을 참배하는 것은 뒷전이고, 자신이 비 전하로서 황족 비들과 함께 행사에 참석하는 것 자체에 관심이 있는 것이다. 추도식에서 가장 말단에는 항상 세이코와 찬주가 나란히 서곤 했는데 작년부터는 찬주가 참석하지 않았기에 공비인 세이코 혼자만 맨 마지막 줄에 서야 했다. 그래서 세이코는 언제쯤 찬주가 공무에 나오는지 궁금해한 것이다.

"그런데 올 여름에 중국으로 몇 달 시찰이 잡혀 있는 것을 아직 알리지 못했습니다. 그 사실을 알면 분명히 힘들어할 것이라 걱정입니다."

이우는 다른 형제들에게 하듯 자신의 소소한 일상을 전했다.

"역시 네 부인은 조선인이라 그런가 보구나. 우리 세이코는 내가 시찰을 간다고 하면, 어디 놀러가는 것도 아닌데 좋아 하던데……. 내가 시찰을 다녀올 때마다 자꾸 뭘 사들고 오니 그러는 모양이긴 하다만."

남편이 전쟁터로 시찰을 가는데 아내가 좋아할 수 있을까? 의문스러웠지만 형님이 대수롭지 않게 말하기에 이우는 그냥 수긍하고 말았다. 이건은 대충대충 도록을 넘기다가 마지막 장에 한복을 입은 여성들이 일본 고위 관리에게 금비녀를 헌납하는 그림을 보며 말했다.

"흠, 이걸 보니 지난번에 조선에 갔을 때 오오노 정무총감이 했던 말이 떠오르는구나. 일본의 조선통치가 성공적이라는 증거로 이 그림을 쓰겠다고 했었지."

이건은 이우 앞에서 별 뜻 없이 크나큰 실언을 하고 말았다.

"방금 뭐라고 하셨습니까?"

형이 내뱉은 불쾌한 말에 이우는 자신이 잘못 들었나 싶어 되물었다. 이건의 말은 도저히 조선 왕족의 입에서 나올 소리가 아니었다.

"이 그림이 일본이 조선을 성공적으로 통치하고 있는 증거라고 신이 나서 말하더구나."

이건은 이제 '근대조선미술'을 덮어버리고 다른 도록을 집어들며 무심히 말했다. 이건은 그 말을 이우에게 전달하는 것조차 천연덕스러웠다. 이우가 잘못 들은 것이 아니었다. 이우는 이건이 내려놓은 '근대조선미술'을 펼쳐서 이건이 보던 그림을 찾아냈다. 그림 하단에 '금차봉납도'라는 제목이 적혀 있었다. 그리고 그 아래에 3년 전에 애국금차회가 경성여고보에서 만들어졌을 때 회원인 여성들이 나라를 위해 미나미 총독에게 비녀를 바치는 것이라는 설명이 적혀 있었다. 애국금차회는 당시 친일 여성들이 주축이 되어 만든 여러 모임들 중 하나였다.

"……."

그 자리에서 화를 내도 모자랄 말을 태연하게 전하다니! 이우는 화가 나서 앞에 앉은 이건을 노려보았다. 이건은 이우가 화가 났다는 사실을 아는지 모르는지 노랫가락을 흥얼대며 도록을 넘겼다. 설명으로 보건대 마땅히 분노해도 모자랄 그림이 아닌가?

"그걸 가만히 듣고만 계셨습니까?"

이우가 가슴속에서 치밀어오르는 것을 꾹꾹 누르며 참았던 말을 내뱉었다. 그 목소리에는 경멸감이 가득했다.

"오오노가 그렇게 신이 나 있는데 내가 거기다 대고 뭐라고 한단 말이냐?"

"형님!"

이우가 책상을 쾅 치며 일어났다. 그제야 슬렁슬렁 도록을 넘기며 대충 대꾸하던 이건이 깜짝 놀라 동생을 올려다보았다. 아무리 일본에 잡혀 있다 하더라도 자신과 형은 조선 왕족이며 그건 영원히 변치 않을 사실이었다. 일본이 조선을 침략하지 않았더라면 분명 조선의 왕족으로 당당히 자리를 지켰을 것이다. 정체성을 잃어버린 채 일본군에서 일하며 왕공족이라는 꼭두각시 지위로 살아가고 있는 현실이 형님은 정녕 좋은 것인가?

"'우리'의 존재가 대체 무엇입니까?"

이건은 동생이 왜 이렇게까지 화를 내는지 이해하지 못했다. 거기에 대고 정체성에 대한 근원적인 물음을 던져보았지만, 역시 이건은 동생의 질문조차 알아듣지 못했다.

"우리는!"

이우는 이를 악물었다. 그는 단 한 번도 자신의 정체성에 대해 고민해본 적이 없어 보이는 형에게 왕공족이 어떤 존재인지

적나라하게 까발릴 작정이었다.

"일본이 시키는 대로만 해야 하는 꼭두각시이자……."

자신의 처지를 정확하게 인지하는 것은 비참한 일이었지만, 이우는 오늘 형님을 위해 낱낱이 밝히려고 했다.

"기약 없는 일본 제국의 인질입니다."

이우는 일본이 망하지 않는 한 조선으로 돌아갈 수 없는 왕공족의 처지를 전부 읊었다. 이것은 '그런 주제에 왜 아직도 살아 있느냐'라며 스스로에게 욕지거리를 하는 것과도 같았다.

"이런 우리에게 무슨 인격이 있습니까!"

결국 그는 형 앞에서 분통을 터뜨리고 말았다. 그제야 이건은 움츠러들며 침을 꼴깍 삼켰다. 그는 차마 동생을 보지 못하고 원탁의 중심만 쳐다보고 있었다. 볼모 주제에 식민지 조선을 악랄하게 지배하는 일본의 정책이 잘되고 있다, 없다 말할 자격 따위가 있을 리 없었다. 게다가 왕족인 이건은 나라가 이렇게 된 것에 책임을 통감해야만 할 위치였다. 하지만 그는 현실을 외면하고 자신에게 주어진 것만 보려고 했고 그런 행동을 아무도 저지하지 않았다.

'너희가 누구인지 잊어라. 심지어 조선 왕족이었다는 사실마저도.'

일본은 이처럼 조선 왕족들에게 자신의 진짜 위치를 잊어버리는 삶을 끝없이 종용해왔다. 하지만 정신이 깨어 있던 이우만큼은 달랐다.

"그런 이야기를 하는 형님을 다시는 보고 싶지 않습니다."

이우는 한참을 말없이 서 있다가 돌아서서 겨우 한마디 남겼다. 그는 형에게 단단히 화가 났지만 한편으로 스스로 가슴을 할퀴는 아픔을 느꼈다. 하지만 이건은 자신이 말실수를 해서 이런 사달이 벌어졌다고 여기기는커녕 동생은 언제나 골칫거리이며 자신과는 맞지 않는다고 생각했다.

"너는 내게 늘 화를 낼 뿐이지! 네가 그렇게 잘났느냐?"

이건이 몸을 부들거리며 일어나더니 나가려던 동생의 뒤통수에 대고 벌컥 화를 냈다. 이우가 돌아보자 이건은 자신도 많이 참았다는 듯 속사포처럼 말을 쏟아내기 시작했다.

"난 예전에 네가 육사에서 조선말을 써댈 때 그러다가는 당국의 눈 밖에 날 것이라며 조언한 적이 있다. 그런데 너는 어떻게 했더냐? 그때도 형인 내게 줄기차게 화만 냈었지?"

당시 형의 이야기를 들은 이우는 '다른 사람도 아니고 형님이 그런 말을 하다니, 제정신입니까?' 하며 불같이 화를 냈고, 이건은 그러한 이우의 태도를 마음에 담아두고 있었다.

"그 일이 있은 후에는 무슨 일이 벌어졌더냐? 네가 경성에 있는 독립운동가를 지원했다는 말이 돌았지? 너는 그때 내가 얼마나 힘들었는지 알긴 하느냐? 나는 도무지 고개를 들고 다닐 수가 없었다!"

"형니임!"

이우는 결국 큰 소리를 내고 말았다. 피가 거꾸로 솟는다는 것이 이런 기분일까? 민중이 나라를 잃고 온갖 수모를 겪고 있는 마당에 이우가 독립운동을 지원했다는 것 때문에 자신의 육사 생활이 힘들었다고 어리광을 피우는 꼴을 보고 있으니, 이우는 모든 걸 다 엎어버리고 싶은 심정이었다.

"너는 꼭 아버지 같다! 자기만 생각하고 다른 사람이 겪을 일은 생각하지 않지! 아버지도 옛날에 가족이고 뭐고 다 버리고 상해로 독립운동을 한다며 가버리려고 했었다! 그 독립 때문에……. 그런데 너는 왜 아직도 여기 있느냐? 너도 가버려라! 그렇게나 일본이 싫으면!"

이건도 가슴에 담아둔 것을 폭발시키고 말았다. 이건은 아버지 의친왕이 지난번에 도쿄에 와서 자신과 이우를 만나 식사했을 때의 일도 가슴에 담아두고 있었다. 이건은 의친왕이 이우에게만 말을 걸고 화기애애하게 대화를 나누면서 자신은 아들이 아니고 이우만 아들인 것처럼 대한다고 느꼈다. 또 동생이 자신에게 화를 내고 소리를 지르는 것을 항상 못마땅하게 여기고 있었다. 이건의 눈에 이우는 아버지의 사랑을 등에 업고 잘난 체하는 동생으로만 보였다.

"예! 자알 알겠습니다! 이제 형님의 진심을 알았으니 저도 다 관두겠습니다!"

완벽히 틀어졌다. 당분간은 물론 차후에도 이우는 형님을 찾아올 일이 없을 거라고 다짐했다. 그는 다신 형님을 보지 않을 것처럼 등을 돌리고 문으로 향했다.

"어머, 안녕하세요. 우 전하."

그런데 이우가 문을 열자 바로 앞에 이건의 부인 세이코가 서 있었다. 그녀는 과일을 깎아 들고 응접실을 찾았다가 형제 간에 언성이 높아지자 밖에서 대화를 엿듣고 있었던 것이다. 그러다 이우가 문을 열자마자 정면으로 마주치고 말았다. 세이코는 자신을 무표정하게 내려다보는 이우를 새초롬하게 쳐다보고는 옆을 지나쳐서 응접실 안으로 들어갔다.

"과일을 가져왔는데 우 전하께선 그새 가시려나 봐요."

세이코는 대화를 엿들었다는 사실을 숨기지 않은 채 천연덕스럽게 말했다. 기모노를 입고 총총걸음으로 남편이 앉아 있는 곳까지 간 세이코는 과일접시를 담은 쟁반을 테이블에 올려 이건의 주의를 끌었다. 세이코는 이건이 자신을 보자 생글생글 웃으며 그를 달랬다. 이건은 뭐가 그리 화가 나는지 씩씩대고 있었다.

"여보, 딱딱하고 재미없는 동생님 얘긴 그냥 흘려버려요."

이우는 더 이상 이곳에 머물고 싶지 않았다.

"저번에 사토 백작 부부하고 진탕 마셔보기로 한 거 잊지 않았죠?"

세이코는 이우에게 보란 듯이 이건의 목에 다정하게 팔을 감았다. 세이코가 입고 있는 기모노의 보드라운 천이 이건의 목을 감쌌다.

"맞아, 백작 부부는 친절한 사람들이야. 나한테 잘 대해주지."

이건은 금세 얼뜨기로 돌아와 일본인 백작 부부의 전화번호를 찾기 위해 조그만 수첩을 꺼내 뒤적이기 시작했다. 직전까지도 동생이 울분을 토해내며 자신과 언성을 높이고 싸웠던 것을 그새 잊은 모양이었다. 그는 단순하게도 이우는 자신에게 매번 화만 내는 동생이고, 일본인 백작 부부는 자신에게 친절하고 잘 대해주는 사람이라고 여기는 듯했다.

"그럼요. 어서 전화를 걸어보세요. 분명히 반갑게 맞아줄 거예요. 백작 부부가 워낙 우리 부부를 좋아하잖아요?"

세이코는 비웃기라도 하듯 이우를 보며 싱긋 웃어 보이기까지 했다. 옆에서 부추기는 세이코 탓에 이건은 다시 온순한 양이 되어 동생이 가든지 말든지 신이 나서 수첩을 뒤지고 있었다. 그 꼴을 더 두고 볼 수가 없어서 이우는 문을 쾅 닫고 나와 버렸다.

"형님은 이다지도, 이리도 뭘 모른단 말인가!"

이우는 욱하고 올라오는 화를 겨우 삭여냈다. 일본인들에게는 혼네(本音. 본심)와 다테마에(建前. 겉모습)가 따로 있다. 겉과

속이 다른 일본인을 파악하지 못하고 겉모습만 본 채 친절하고 잘 대해준다고 여기다니! 게다가 아까의 실언은 아무리 일본 생활에 젖어버린 형님이라 하더라도 도무지 납득할 수 없는 것이었다.

이우는 화가 난 채 별저로 돌아왔다. 찬주가 거실 소파에 앉아 이우가 돌아오길 기다리고 있었다. 그녀는 이우가 별저 문을 열고 들어오는 소리가 들리자 짧게 심호흡을 한 뒤 결심한 듯 자리에서 일어났다. 소파 옆에는 분갈이를 제때 잘 해둔 계절 화초가 파릇하게 자라고 있었다.

"다녀왔소."

이우는 평소 하던 대로 웃옷을 찬주에게 넘기며 말했다. 그는 방금 전 이건 공가에서의 일 때문에 무척 감정적이었으나, 그걸 부인에게까지 전가할 필요는 없다고 생각했다. 그는 한숨 돌리고 바로 서재로 올라가려고 했다.

"서재에 있을 테니 필요한 게 있으면……."

"전하, 제게 조금만 시간을 내주실 수 있으신가요?"

찬주는 평소와 조금 달랐다. 이우의 뒷말을 자르면서까지 할 말이 있다며 시간을 내달라고 했다.

"무슨 일인데 그러는 것이오?"

이우는 계단으로 향하던 걸음을 뚝 멈추고 찬주를 보았다. 부인은 다소곳이 자신을 바라보는데 웃고 있는 것도 같고, 머뭇거리며 언사를 조심하는 것도 같았다. 이우는 찬주가 저렇게 뜸을 들이는 일이 무엇인지 궁금했으나 채근하지 않았다. 그는 무슨 이야기든 들어줄 용의가 있다는 듯 찬주가 말할 때까지 차분히 기다렸다.

"······아기가 생긴 것 같습니다."

찬주가 양 입술을 안쪽으로 말며 조금 뜸을 들이다가 입을 열었다. 아주 조심스레 꺼낸 이야기였다.

"아니 그게······ 그게 정말이오?"

이우가 깜짝 놀라며 되물었다. 기쁜 마음을 숨기지 않은 채였다.

"실은 오늘 전하께서 형님 별저에 가셨을 때, 궁내성에 연락해뒀던 의사가 들렀습니다. 그래서 진료를 받았는데 이제 3개월이라고 합니다."

"진정 잘되었소. 이 소식을 지금 듣다니, 이럴 줄 알았다면 형님 별저에는 절대 가지 않았을 것이오."

찬주는 이우가 진심으로 기뻐하자 그제야 자신도 환하게 따라 웃었다. 그녀는 예전에 자신이 청이를 가졌을 때 이우에게 그 사실을 알렸던 날을 떠올렸다. 이우는 그때도 지금과 마찬가지로 처음엔 놀라다 점차 기뻐하는 모습을 보였다. 그 모습을 보며 찬주는 일말의 불안을 느꼈다. 하지만 막상 청이를 낳고 나서는 세상에 하나뿐인 아들을 넘치게 사랑하는 이우를 보며 안도했다.

상궁들은 하나같이 아들이 생기면 찬주도 전하의 사랑을 함께 받을 테니 부럽다고 입방아를 찧었다. 그런 말들은 실로 위로가 되면서도 한편으로는 서글프게 다가왔다. 만일 조선 여인과 혼인하겠다는 이우의 결심이 아니었다면 제 아무리 조선 최고 친일파의 손녀라고 해도 자신이 공비가 될 수는 없었을 것이다. 궁내성은 다른 조선 왕족들처럼 일본 여인들을 부인감으로 밀어붙였지만 이우는 끝끝내 거부하고 찬주를 택했다. 찬주에게 그것은 꽤 만족할 만한 선택이었다. 이우는 남편으로서 성실했고, 청이를 사랑했으며, 조선의 왕족이라는 긍지를 잊어본 적이 없었다. 좋은 남편이었다. 그래서 자신한테 조그마한 거리를 두는 것을 애써 감내해왔다. 고작 한 뼘의 거리가 좁혀지지 않는다고 해서 가슴앓이를 할 정도로 그녀는 어리지 않았다. 자신이 이우의 부인이며 죽어서 함께 묻힐 사람이라는 것은 변치 않는 사실이었다.

"이제 우리 세이에게 동생이 생길 거예요, 전하."

찬주가 웃으며 말했다. 그리고 마음속으로 생각했다.

'그러니 기뻐해주세요. 지금까지 그랬던 것처럼요'.

'조선'이 뭐예요?

❀

    1940년 9월은 가을을 앞두고 그해 더위가 가장 극성을 부린 달이었다. 데일 것 같은 늦더위에도 이우는 준황족으로서 모범을 보이기 위해 흙먼지 자욱한 중국 전선을 시찰하고 있었다. 왕공족들도 전선을 시찰하고 독려하는 전선 시찰의 의무가 있었기 때문에 이우도 명령에 따른 것이다. 그는 북경에 도착해 정해진 석 달간의 시찰을 마친 다음 도쿄로 가서 보고하기로 되어 있었다.

    "이번에 시찰을 오는 사람이 황족 전하가 아니라 조선 왕족이라던데 그게 사실이었군."

    북경 시찰단의 수뇌부 말단을 따르던 하세가와 중좌가 옆자리 동료에게 말했다. 그는 황족 전하 중 한 명이 시찰을 한다고 해서 잔뜩 기합이 들었다가 도착한 이가 조선 왕족이라는 말에 힘이 빠져 있었다. 그는 평소 존경하던 다케다궁 츠네요시가 오기를 손꼽아 기다리고 있었던 것이다.

"아직도 조선 왕족을 전하로 모셔야 하다니, 제기랄!"

하세가와는 노골적으로 불만을 드러냈다.

"하세가와! 조선은 이미 본토(일본)가 된 지 오래되었어. 그걸 모르나? 하지만 이씨 조선은 오래되어서 왕족을 없애기 뭣하니 폐하께서 온정을 내려주신 거라고."

그들은 이우에게 들리지 않을 것이라고 생각하고 수군댔다.

'온정을 내려준 것이 아니라 멋대로 침략해 남의 나라를 빼앗은 것이다.'

이우는 그들의 말을 들으며 주먹을 꽉 쥐었다. 아무리 꼭두각시 왕족으로 효시(梟示)되어 있는 처지라지만 이우도 그런 수군거림은 견디기 어려웠다. 그는 치밀어 오르는 울분을 간신히 참으며 나머지 시찰일정까지 마쳤다.

시찰 지역은 주로 중국에서도 북경 근방의 위험하지 않는 곳이었다. 황족은 전사 위험이 적은 내지 근무가 원칙이어서 그게 시찰에도 적용된 덕분이다. 그래서 시찰이라고 해봐야 그들이 준비해둔 곳만 돌아다니며 확인하는 형식적인 수준이었다. 그래도 이우는 3개월 내내 물도 맞지 않는 중국 전선을 돌아다니며 풍토병에 시달려야했다. 또 귀국한 후에는 천황 내외를 마주하고 시찰 내용을 보고해야 했다. 조선의 마지막 황제 순종이 여행 명목으로 도쿄까지 끌려가 일본 천황과 황후 알현을 강요당했던 것과 영친왕 이은이 일본군에서 근무하며 2·26사건 때 황궁을 보호했던 것과 비슷한 상황이었다. 조선의 왕족이 일본 천황의 가신으로 일한다. 이보다 더 상하관계를 극명하게 나타낼 수 있는 방법이 있을까? 차라리 조선 왕족들을 전부 죽여버린다면 이보단 덜 이용당한 채 끝날지도 모른다. 하지만 일본은 그런 방법을 선택하지 않았다.

"건강하게 다녀와 주셔서 다행입니다. 전하."

내내 걱정했던 찬주가 무사한 이우를 보며 반갑게 맞았다.

"부인도 고생이 많았소."

이우는 찬주를 안아주었다. 산달이 한두 달밖에 남지 않은 그녀는 배가 많이 불러 있었다.

"세이가 얼마나 전하를 기다렸는지 몰라요. 꼭 아버질 보고 잔다는 걸 달래서 막 재웠습니다."

이 시간까지 기다린 게 어디 청이뿐이겠는가? 찬주도 책 한 권을 들고 거실에 앉아 이우가 올 때까지 하염없이 기다렸을 것이다. 이우는 찬주의 말을 듣고 청이 방으로 올라갔다. 아들은 기다리다 지쳤는지 이우가 침대에 앉아 얼굴을 바라보고 있어도 잠에서 깨지 않았다. 잠든 아들의 얼굴을 보며 이우는 시찰의 마지막 일정에서 겪었던 일을 떠올렸다.

"저녁에 북경으로 출발하기 전까지 잠시 짐을 재정비하고 쉬는 시간을 갖도록 하지."

산동성 시찰을 끝내고 이우는 일행에게 잠시 휴식시간을 주었다. 그들은 이곳 산동성을 끝으로 3개월의 시찰을 마친 뒤 근방의 가장 큰 도시인 북경으로 가서 일정을 마무리하기로 되어 있었다. 그리고 다음날 오전 북경에서 만철을 타고 안전지대인 경성으로 가서 비행기를 타고 도쿄로 향할 예정이었다. 이우는 휴식시간 동안 일행과 떨어져 황하강 하류의 갈대밭 물결 사이에 홀로 서 있었다. 일본군이 열차 길을 놓으려 지은 큰 교각 아래 갈대밭은 오후의 황혼에 젖어 금빛으로 물들어 있었다.

이번 시찰은 중국이라는 거대한 나라를 일본이 어떻게 삼키려고 했고 또 어떻게 삼키고 있는지 두 눈으로 직접 확인한 자리였다. 이렇게 큰 나라가 망가지다니……. 일본에 점령당해 가고 있는 중국은 조선의 강제합병 상황과 별다를 것이 없었다. 이런 저런 생각에 잠겨 이우는 좀처럼 황하 강에서 눈을 떼지 못했다. 그런데 이우의 시야에 때 묻은 천주머니 하나가 떨어져 있는 게 보였다. 이우는 갈대 밑동에 떨어진 그 허름한 주머니를 주웠다. 그리고 보니 아까부터 바람이 부는 것도 아닌데 갈대밭 사이에서 바사삭거리는 소리가 들렸다. 처음엔 동물인가 했으나 근처에 주머니가 떨어져 있는 걸 보니 사람인 듯도 했다. 이우는 조심스레 수풀을 헤치며 소리가 나는 곳 근처로 다가갔다. 갈대밭 사이를 헤쳐보니 바닥에서 뭔가를 캐고 있는 사내아이의 등이 보였다.

"일본군! 일본군이다!"

이우가 걸어오는 소리에 뒤를 돌아본 까까머리의 중국인 아이가 실성한 듯 소리쳤다. 이우가 말을 걸려고 했지만 까까머리 꼬마는 순식간에 수풀 사이로 꽁지 빠지게 내뺐다.

"꼬마야, 나는!"

이우가 불러봤지만 꼬마는 알아들을 수 없는 중국어로 소리치며 내달렸다. 어찌나 날쌔던지 이우가 잡을 틈도 없었다. 앞이 잘 보이지 않는 갈대밭 사이로 쑥쑥 잘도 내빼는 걸로 보아 이곳을 잘 아는 근처에 살고 있는 꼬마인 듯했다. 이우는 일본군의 군사지역에서 민간인을 마주친 적이 없었다. 그건 아마 상대도 마찬가지였다. 소년은 지금까지 가끔 군수물자를 나르던 일본군 한둘이 내려와 갈대밭에 오줌을 싸고 가는 걸 숨어서 본 것을 빼고는 이번처럼 군인을 정면으로 마주친 적이 없었다.

꼬마는 갈대숲에서 먹을 만한 풀이나 나물을 닥치는 대로 캐고 있었다. 군대와 인접하지 않는 안전한 곳의 먹을거리는 이미 다른 사람들이 다 먹어버려서 죽음을 불사하며 군사지대까지 몰래 들어온 것이다. 그런데 그만 무장한 군인, 이우와 맞닥

뜨린 것이다. 그는 일본군을 만나 살해당하는 것도 두려웠으나 살아 있으면서 배를 곯는 일이 더 두려웠으리라. 꼬마는 심장이 튀어나와 터지기 직전까지 달려 이우가 자신을 따라오지 않는다는 것을 확인하고 나서야 생채기 난 발을 멈추었다.

이걸 돌려주려고 했는데……. 이우는 자신이 주운 천주머니를 물끄러미 보았다. 꼬마가 소리친 말은 중국어였지만 이우는 꼬마가 자신을 뭐라고 칭했는지 바로 알아들었다. 일본군. 어린 꼬마에게 일본군복을 입은 이우는 그저 자신을 죽이려 하는 일본군일 뿐이었다. 이우가 아무런 행동도 하지 않았지만 꼬마에게는 일본군이라는 것만으로도 끔찍했을 것이다. 자신의 생각이 짧았음을 뒤늦게 깨닫고 이우는 후회했다. 그리고 무심결에 꼬마가 허리춤에 찼을 주머니를 열어보았다.

'……!'

꾀죄죄한 주머니 속에는 먹을거리라고는 할 수 없는 뻣뻣한 풀과 방아깨비 같은 자잘한 곤충들이 들어 있었다. 그걸 보고 있자니 이우는 욱하고 부아가 치밀어 올랐다. 저 어린아이가 얼마나 굶주렸을지, 얼마나 살육에 대한 공포에 질려 있었을지 상상조차 할 수 없었다. 비단 그 아이뿐만이 아니다. 수많은 중국인이 고통받고 있었다.

이우는 시찰을 할 때마다 중국에서 활동하는 일본군이 거의 반은 미쳐 있는 상태라고 느꼈다. 일본은 조선에서 끝없이 인적, 물적 착취를 한 것을 발판삼아 중국에서 수많은 학살과 생체실험, 인간사냥을 자행했다. 그리고 그런 것들이 중국에서 이룬 눈부신 성과라고 홍보하며 일본 아이들에게 천황폐하의 고무공을 하사했다. 바로 이런 일들이 일본이 말하는 성전(聖戰)이자 만세일게 천황의 은덕을 온 세계에 알리는 일이었다. 이우는 이 끝도 없는 살육전쟁의 폭주를 누구도 막을 수 없을 것 같았다.

"탕, 탕, 탕!"

멀리서 세 발의 총성이 갈대밭의 허공을 울렸다. 새들이 총성에 놀라 푸드덕거리며 날아올랐다. 전시 상황에 총소리가 들리는 것은 그리 놀랄 일이 아니다. 수년간의 훈련을 통해 단련된 이우는 즉시 주위를 둘러보며 상황을 파악했다. 멀리 꼬마가 도망간 쪽에서 서너 명의 일본군이 갈대밭 근처에 차를 세우고 서 있는 것이 보였다.

설마! 저들이 쏘고 있는 것이 무엇이건 간에 이우는 어떻게든 저지해야만 했다. 그는 상황을 목격하자마자 필사적으로 "다메! 다메!"(안 돼!) 하고 외치며 갈대밭을 달렸다. 그러나 멀리 떨어진 그들은 이우의 외침을 듣지 못했다. 강둑의 갈대를 벤 빈 공간에 서 있던 중국인 꼬마를 발견한 군인들은 단지 작은 유흥거리를 찾았다고 생각했다. 뒤늦게 차에서 내린 상등병 하나가 총구를 갈대밭에 댄 채 그대로 난사했다. 일순 바람이 멎었다. 이우는 무자비하게 흩뿌려진 총성에 한 발자국도 더 움직일 수 없었다. 고작해야 청이와 비슷하거나 한두 살 많은 아이였다. 난사된 총성이 오랫동안 이우의 귀에서 떠나지 않았다.

이우는 그때의 기억을 떠올리며 자고 있는 청이의 손을 꼭 붙들었다. 중국 시찰의 악몽 같은 기억은 한동안 이우의 머릿속에서 진득한 혈흔처럼 엉겨 붙어 떨어지질 않았다.

슬픈 일은 기쁜 일로 잊히는 것일까? 아니면 슬픈 일 다음엔 언제나 기쁜 일이 기다리고 있는 것일까? 지금은 너무도 많이 뒤바뀌어 그 차례를 가늠하기 어렵지만 이우에게 한 가지 기쁜 일이 생겼다. 시찰일정을 마치고 별저로 돌아온 지 한 달쯤 지났을 때, 이우는 별저의 거실에서 초조해하며 찬주가 둘째를 출산하기를 기다리고 있었다. 늦은 오후가 되어갈 무렵, 새벽부터 계속된 진통에 찬주가 실신하지 않는 것이 이상할 정도였다. 이우는 너무 걱정된 나머지 자신이 직접 방으로 들어가 뭔가 도움을 줄 수 없을까 하는 말도 안 되는 생각까지 하고 있었다. 바로 그때 의사가 나오더니 남자아이를 낳았다고 전했다.

"이름은 소우라 지어두었소."

이우가 기뻐하며 찬주에게 말했다.

"소우라……. 무슨 뜻인가요, 전하?"

"세이가 삼수 변에 맑을 청(淸)을 썼으니, 소우는 물소리 종(淙)을 쓴 것이오."

이우가 하얀 레이스로 꾸며진 찬주의 침대 옆에서 아기를 안아든 채 말했다. 찬주는 무슨 생각을 하는지 그런 이우의 모습을 한참 바라보았다.

"그럼 둘의 이름을 합치면 '맑은 물소리'가 되겠네요. ……정말 좋은 이름입니다."

가만히 생각하던 찬주가 환한 얼굴로 말했다.

"세이야. 네 동생 이름은 소우라고 한단다. 앞으로 잘 대해주겠니?"

어머니의 다정한 말에 침대에 양 팔을 걸친 채 동생을 신기하게 바라보던 청이도 환하게 웃었다.

"이제 다른 시찰은 내년에나 있을 것이오. 그동안 소우를 보겠다고 입대시기를 미뤘으니 이제 가야만 하오. 내가 없는 동안 잘 부탁하오."

이우가 시찰을 끝내고 돌아온 지 한 달이 지나자 37부대에 입대하라는 명령이 내려왔다. 이제 큰 시찰은 끝났으니 돌아와 할 일을 하라는 것이었다. 하지만 그는 입대를 계속 미루고 있었는데, 입대시기가 찬주의 산달과 겹쳤기 때문이었다. 이우는 부인을 독려하고 이틀 만에 육군대학생 신분으로 부대에 입대하기 위해 기숙사로 떠났다. 찬바람이 불기 시작하는 11월,

이우가 없는 별저에서 찬주는 두꺼운 천에 감싸인 채 조용히 잠들어 있는 아이를 보았다. 자세히 살펴보니 어쩌면 청이보다 종이가 이우를 더 닮은 듯했다. 찬주는 아이를 다시 놓지 않을 것처럼 품에 꼭 끌어안았다. 이 아이로 인해 자신과 이우 사이에는 또 하나의 끈이 연결되었다. 그 사실이 얼마나 찬주를 안심시키는지 아마 이우는 모를 것이다.

이우는 운현궁 양관 1층 방에서 화선지를 펼쳐놓고 무언가를 그리고 있었다. 청이는 아버지 옆에 붙어 앉아 그림 그리는 걸 지켜보았다. 작년 여름 육군대학교를 졸업한 이우가 경성부에 위치한 조선군사령부에 배속되면서 찬주와 아이들을 데리고 조선으로 들어와 운현궁에서 지내게 된 것이다. 육군대학교는 참모를 육성하는 곳으로 졸업생들은 각 진영의 참모본부로 발령받았는데 이번엔 조선으로 가고 싶다는 이우의 요청이 받아들여졌다.

청이는 커서는 조선에 온 것이 처음이었고 종이도 마찬가지였다. 그동안 조선에서 지내며 청이는 해를 넘겨 이제 일곱 살이 되었다. 청이가 학습원에 가야 할 나이가 되었고, 이우도 곧 연구부로 배속될 예정이어서 경성에서 지낼 수 있는 시간도 얼마 남지 않았다. 이우는 도쿄로 갈 날을 며칠 남겨두고 오랜만에 아들과 운현궁에서 시간을 보내던 중이었다.

이우는 그림을 다 그린 후 오른쪽 상단에 세로쓰기로 '朝鮮 雲峴宮 李鍝'(조선 운현궁 이우)라고 적었다. 그리고 바로 밑에 염석(念石)이라고 새겨진 아호 도장도 찍었다. 염석은 이우의 아호로, 생각하는 돌이라는 뜻이다. 이는 흥선대원군의 아호가 석파(石坡)였던 것에서 한 글자를 따와 지은 것이었다.

"이게 무엇인지 알겠느냐?"

이우는 그림을 다 그린 후 청이 앞에 펼쳐 보이며 물었다. 청이는 도리질을 하고는 아버지를 보았다.

"도쿄 마구간에 있는 쿠모카제(雲風)다. 이마에 있는 다이아몬드 모양을 보면 알 수 있지."

그림은 실제 이우의 말들 중 하나를 역동적으로 그린 것이었다. 아버지가 설명해주자 청은 도쿄에 있는 운풍을 떠올리며 고개를 끄덕였다. 운풍은 이우의 말들 중 두 번째로 늠름하고 기상이 뛰어난 조선 명마였다.

"위에 있는 글씨는 조선 운현궁에서 이우가 그렸다는 뜻인데, 밑에 도장은 아비의 또 다른 이름이기도 하다."

이우는 아들에게 그림 위에 적은 글과 낙관까지 짚어가며 하나하나 설명해주었다. 이우는 말을 좋아해서 승마를 즐겼고 말을 그리는 것도 좋아했다. 그가 가장 아끼는 미술품 중에는 조선을 건국한 태조 이성계의 여덟 마리 준마를 그린 '팔준도첩(八駿圖帖)'이 있었다. 이우는 말 그림을 그리기 전에 '팔준도첩'

을 종종 꺼내 보았다. 태조의 여덟 마리 말 중에서 이우가 가장 좋아한 늠름한 말은 유린청과 용등자, 사자왕, 현표 네 마리였다. 네 마리는 전부 태조 이성계가 왜구를 토벌할 때 탔던 말이었다.

"오모오사마……."

그런데 청은 그 말에 고개를 갸웃하며 이우를 불렀다. 이우는 아들이 평소 말이 많지 않은 대신 자신이 궁금한 한 가지만 묻는 버릇이 있다는 걸 떠올렸다. 도쿄에서 청이와 함께 시간을 보냈을 때, 하루는 청이가 지금처럼 아무 말도 하지 않다가 '황하강을 진짜로 보셨어요?' 하고 물었다. 이우는 그 질문을 받고 나서 자신이 비행기 창문에서 황하강을 찍은 사진을 보여주었다. 이우는 그때를 기억하며 아마 지금도 비슷한 질문을 할 것이라고 생각했다.

"쵸오센가 나아니?"(朝鮮がなあに?)

"……."

심장을 꺼내 반으로 썰어버린다면 이런 느낌일까? 청은 '조선이 뭐예요?' 하며 이름처럼 맑은 눈으로 아버지를 바라봤다. 조선이 뭐냐고 묻는 아들의 눈은 한없이 깊고 선량했다. 청이는 태어나서부터 지금까지 조선이 어떤 단어인 줄로만 알고 한 나라의 이름인 것은 알지 못했던 것이다. 이우는 잠시 마음을 다잡고 어떤 것이라도 아들에게 말해주고 싶었다. 아니, 실은 아들에게 '조선은 네 나라다'라고 말하고 싶었다. 그러나 가슴 께에서 그 말이 콱 막혀 나오질 않았다. 청은 아버지가 조선이 무엇인지 가르쳐주기를 기다렸지만 이우는 끝내 대답할 수가 없었다. 이제 조선이라는 나라는 세상에 존재하지 않기 때문이 었다.

"청아…… 청아……."

이우는 무너지는 가슴으로 아들을 끌어안은 채 이름을 부르 며 대답을 대신했다. 청은 고개를 갸웃하였다. 일본에서 태어 나 일본에서 생활하고 세이 공자(淸公子)로만 불린 청은 조선말 을 알지 못했다. 그래서 아버지가 자신이 알아들을 수 없는 단 어를 말하고 있다고 여겼다. 내 이름은 리세이인데……. 모두 나를 세이라고 부르는데…… 청은 평소 같으면 아버지가 볼에 입을 맞추거나 안아주려 하면 도망가기 일쑤였지만 오늘은 왜 인지 그럴 수도 없었다. 청은 그저 아버지의 품에 꼭 안겨 있었 고, 이우는 아들에게조차 조선의 존재를 알릴 수 없음에 절망 했다.

"……."

오랜만에 함께 있는 남편과 아들을 위해 오렌지주스와 쿠키 를 쟁반에 담아온 찬주는 그만 밖에서 모든 대화를 듣고 말았 다. 이우가 가까스로 눈물을 삭이는 기척이 느껴졌다. 그러나 이번 일만큼은 참고 싶다고 해서 참아지는 것이 아니었다. 그는 아들이 눈치챌까 봐 소리도 내지 못한 채 숨죽이며 몸을 떨었다. 방에서 나온 모든 소리를 여과 없이 들어버린 찬주도 가슴이 아리는 것은 마찬가지였다. 이우는 한참 동안 아들을 놓지 못했다. 찬주도 차마 안으로 들어가지 못하고 발걸음을 돌리고 말았다.

그날 저녁 세 사람은 오랜만에 이준 공비나 이희 공비가 함께한 이로당이 아닌 양관 식탁에서 식사를 했다. 도쿄와 달리 다이닝 룸이 없어서 1층의 방 하나에 식탁과 의자를 놓아 사용했는데, 상당히 좁은 공간이었다. 게다가 음식을 들고 나르는 것도 보통일이 아니어서 평소에는 자주 사용하지 않았다. 하지만 오늘은 찬주가 특별히 세 명만 식사를 하자고 이우에게 제안했다. 좁은 식탁에 앉은 이우의 얼굴에는 수심이 깊게 드리워져 있었다. 오늘 청이에게 조선이 뭐냐는 말을 들었을 때부터 줄곧 그랬다. 찬주는 남편에게 청이가 어떤 의미인지 알고 있었다. 그녀는 예전에 이우와 함께 청이를 데리고 조선에 왔을 때의 일을 떠올렸다. 청이를 낳고 나서 1년이 막 지났을 무렵이었다.

'세이를 데리고 조선에 가시겠다고 하셨나요?'

당시 찬주는 몹시 걱정스럽게 물었다. 남편은 아직 갓난아기인 청이를 데리고 3일 넘게 열차와 배를 타고 조선에 가겠다고 했다. 찬주로서는 이해하기 어려웠다.

"두 살밖에 안 된 아이를 데리고 조선까지 가는 것은 무리가 아닐까요?"

그런 강행군은 분명 아기의 건강에 좋지 않을 것이었다. 그런데 찬주가 더 걱정한 일은 따로 있었다. 영친왕의 첫째 아들인 이진(李晋)처럼 변고가 생기지 않을까 하는 걱정이 든 것이다. 이진은 영친왕 내외가 낳은 지 얼마 되지 않아 조선을 방문했을 당시 정체불명의 사인으로 사망하고 말았다. 조선총독부와 궁내성, 일본 당국은 진이 너무 어린 탓에 여독으로 죽었다고 고시했으나 이우는 이를 미심쩍은 일로 여기고 있었다. 만약 조선에서 개입해 진을 죽인 낌새가 있었다면 일본 당국은 어떻게 해서든 진범을 찾아냈을 것이다. 하지만 그렇게 하지 않았다. 조선 왕족의 피가 반, 일본 왕족의 피가 반씩 섞인 진이 죽어야만 했던 이유는 분명 일본 당국에 있을 것이라고 이우는 생각했다. 도대체 왜? 진이 왜 죽었어야만 했는지 이우로서는 알 수 없었다. 그럼에도 그 일 이후로 이우는 조선 왕실이 농락당한 것 같아 몹시 분노했다.

"그렇기에 더 가야 하는 것이오. 고작 뱃멀미 때문에 세이가 무슨 일을 겪을 것 같지는 않소."

만약 청이가 건강하게 경성에 다녀온다면 진이 뱃멀미나 여독으로 죽은 게 아니라 누군가 독살했다는 것을 증명할 수 있을 것이라고 이우는 생각했다.

"하지만 그럴 가능성이 조금이라도 있다면 가지 않는 것이 옳은 게 아닐까요? 전하."

"나를 믿으시오. 그 누가 음해하려 한다 해도 세이는 내 아들이고, 절대로 죽지 않소! ……그토록 허무하게 죽게 내가 내버려두지 않을 것이오."

이우는 결국 갓난아기인 청이를 데리고 귀선하기로 결정했다. 찬주는 아기침대 옆에 앉아서 청이의 꼬무락거리는 손을 살짝 그러쥐었다. 남편이 이렇게 나오는 이상 그녀도 따를 수밖에 없었다. 그리고 며칠 후 청이는 무사히 조선 땅을 밟았고, 이우는 청이와 찬주를 데리고 경성을 벗어나 그렇게 싫어하던 시찰까지 다녀왔다. 아직 갓난아기인 청이를 데리고 시찰을 하는 게 어떤 의미가 있을까 싶지만, 이우는 민중들에게 일본인이 아닌 조선인 엄마가 있는 왕족 3세도 있다는 걸 보여주고자 했다. 이는 이우가 형식적으로나마 남아 있던 왕위에 오를 가능성을 염두에 두었기에 한 행동이기도 했다. 그렇게 길러온 아들이었는데 청이가 조선이란 나라를 알지 못하는 것을 알았을 때 얼마나 충격을 받았을지 찬주로서도 어렴풋이 짐작할 수 있었다. 그래서 찬주는 아까부터 자신이 이우를 위해 할 수 있는 일이 없을까 생각하고 있었다.

"전하, 드릴 말씀이 있습니다."

식사가 거의 끝나갈 무렵, 찬주는 세 사람만 있는 식사 자리에서 조심스레 이우에게 말을 꺼냈다. 청이는 엄마가 무슨 말을 할지도 모른 채 식탁에 앉아 포크로 음식들을 집었다 놨다 반복하고 있었다.

"우리 세이에게…… 조선말을 가르쳐볼까 합니다."

이우는 젓가락질을 뚝 멈췄다. 난데없이 그런 말을 해놓고도 찬주는 그저 태연한 표정이었다.

"그런 말은 하지 않는 게 좋을 것 같소."

살짝 열린 문 사이로 상궁들과 일본인 시종들이 서 있는 것을 본 이우가 말했다. 이런 일은 금세 새어나갈 수밖에 없다는 걸 이우는 알고 있었다. 찬주가 갑자기 왜 이런 말을 하는지 알 수 없었지만, 왕족인 청이에게 조선어를 가르친다면 반드시 문제가 생길 것이었다. 지금 조선에서는 형식적으로나마 존재했던 조선어 과목이 완전히 폐지되었다. 학교에서도 조선어를 사용할 수 없도록 금지해 일상의 모든 것들이 일어로 적혀 있었다. 조선어는 사실상 조선 어디에서든 공식적으로는 사용하지 못하는 사어였다. 그런데 언제나 주목받는 왕족의 아이에게 조선어를 가르친다면, 그때부터는 이우뿐만 아니라 찬주와 청이도 더 심한 감시를 받게 될 것이었다.

"가르치고 싶어요, 전하. 허락해주세요."

여러 가지 문제가 있다고 판단한 이우는 찬주의 애원에도 묵묵부답이었다.

"갑자기 왜 그러는지 나로서는 이해가 잘 안 되오."

결국 그는 식사를 다 마치지 못한 채 식탁에서 일어나고 말았다.

식사를 마치고 청이를 2층에 재워놓고 내려온 찬주가 이우에게로 향했다. 아니나 다를까, 이우는 찬주가 들어오자마자 밖을 확인한 뒤 문을 닫았다. 그리고 방 안에서 찬주를 붙잡고 다신 그러지 말라고 신신당부했다.

"나는 부인이나 세이가 지금보다 심한 감시 대상이 되는 것을 바라지 않소. 내가 받고 있는 감시만으로도 충분하오."

사실 부인과 아들이 걱정되기도 했지만, 그는 아까 청이에게 '조선이란 네 나라다' 하고 당당하게 말할 수 없는 현실에 크게 좌절했다. 이런 상황에 조선말을 가르친다고 해서 무엇이 달라질까.

"7년 전에……."

찬주는 자신의 양 어깨를 잡고 있는 이우의 손을 밀쳐내며 말했다. 그녀는 뭔가를 결심한 듯 확고한 태도였다.

"저는 많은 사람들을 제치고 전하의 부인이 되었습니다. 전하께서 절 선택해주셨지요."

찬주가 선택될 수 있는 위치에 가기까지는 할아버지의 힘이 절대적이었다. 찬주는 조선 최고 친일파의 서손녀로 일본어와 기모노에 익숙한 삶을 살아왔고 스스로도 거부감을 느끼지 않았다.

"그토록 어렵게 부인이 된 만큼, 저에게는 전하가 무척 소중합니다."

찬주가 과감하게 익숙한 삶을 버리게 만든 건 단 하나, 이우뿐이었다. 부인에게 자신이 소중하다는 고백을 받은 이우는 그저 찬주를 가만히 바라보았다.

"그래서 앞으로는 제가 할 수 있는 일은 다 해볼까 합니다."

찬주가 자신의 뜻을 분명히 밝혔다. 하지만 마지막에 '전하를 위해서요'라는 말은 차마 내뱉지 못했다.

"……조선말을 내일부터 조금씩 가르치겠습니다."

그렇게 말하고 찬주는 먼저 방을 나왔다. 이우는 찬주가 방을 나갈 때까지도 끝내 조선말을 가르치는 것을 허락하지 않았다. 이 일로 부인과 아들이 더 많은 일을 감당해야 할 것을 염려한 탓이다. 하지만 찬주는 이번만큼은 자신의 뜻대로 밀어붙이려 했다.

'다른 무엇보다 전하께서 슬퍼하시는 건 보기가 힘듭니다.'

찬주는 문을 닫고 나와서 이우가 서 있을 방문 옆에 기대어 섰다. 그녀의 눈에는 눈물이 맺혀 있었다. 이우와 청이의 대화를 들었을 때부터 참았던 눈물이었다. 어쩌면 자신의 이런 마음이 평생 이우에게 전달하지 못하더라도, 지독한 짝사랑이어도 좋았다. 찬주는 이우가 더는 가슴 아플 일이 없기만을 간절히 바랐다.

"형님! 그새 저를 잊어버리신 건 아니지요?"

"형길아!"

경성에서 도쿄로 오고 나서는 좀처럼 보기 힘들었던 이가 이우의 별저를 찾았다. 가족 모임에도 얼굴을 잘 비치지 않던 일곱 번째 동생인 해청이었다.

"아무래도 큰형님보단 형님이 더 뵙고 싶어서 여기로 왔습니다. 역시 형님 얼굴을 뵈니 좋습니다."

해청은 학습원을 졸업한 후 동경제대에 진학한 수재로, 제 뜻이 확고하고 여러 동생들 중에서 가장 장래가 촉망되는 동생이었다. 이우는 친동생인 수길이 도쿄에 왔을 때 자신의 별저에서 지냈다고 하면서 별저에 머물라고 권했지만 해청은 마다했다. 좋아하는 형님에게 기댈 만도 했지만 해청은 원체 누구에게든 폐 끼치길 싫어했다.

"잘했다, 정말 잘했어. 나도 형길이 너를 보니 다시 없이 반갑구나."

이우는 해청을 덥석 안고서 격려하듯 등을 두드려주었다. 해청은 다른 동생들처럼 '길'자 돌림을 써서 형길이란 이름이 있었으나 자신이 해청이라는 호적명으로 불리길 원했기 때문에 이우도 그를 해청으로 불렀다. 하지만 습관이란 늘 흔적처럼 남아 있는 것이어서 이우는 종종 반가운 동생을 아명으로 부르곤 했다. 이내 응접실로 들어서서 마주앉은 형제는 근황 이야기에 여념이 없었다.

"큰형님께선 제가 찾아가면 싫은 내색을 하십니다. 저번에 제가 찾아가 뵈었을 때도 별저에 있으면서 저를 보러 나오지 않아 형수님만 보고 왔지요. 그 뒤로는 큰형님을 보고 싶어도 가기가 어렵습니다."

일전에 해청은 큰형님을 만나러 이건 공가에 들렀다. 그런데 이건은 예전부터 아버지의 자식들, 즉 형제들이 찾아오면 귀찮아하며 자신은 없다고 해버리거나 형제들과 사이가 어색한 세이코를 응접실로 내보내기 일쑤였다. 몇 번 그런 일을 겪은 뒤로 해청은 이건 공가에 발을 들여놓기를 주저했다.

"이번에 분위기가 심상치 않고 공습이 올 것 같아 형님이 걱정됐으나 나도 인사차라도 가보진 않았다."

이건은 전혀 그렇지 않았겠지만, 이우는 서로 언성을 높이고 싸웠어도 핏줄이라고 형님을 조금은 걱정하고 있었다. 그런데 차마 가보거나 표현하지 못하고 있다가 해청에게 털어놓은 것이다.

"형님께서는 큰형님과 자주 이야기도 나누시고 함께 하실 일이 많으실 텐데, 무슨 연유인지요?"

해청은 이건과 이우 모두 공 지위를 갖고 있으니 이래저래

같이 공무를 할 때가 많은 걸 두고 말했다. 해청이 물어오자 이우는 예전에 자신이 도저히 이해할 수 없었던, 금비녀 헌납 그림이 발단이 되어 서로 얼굴을 붉혔던 일에 대해 말했다. 이우는 그날 이후로 이건과 공식적으로는 종종 만났으나 예전처럼 친밀히 이야기하지도 않았거니와 함께 있는 것이 편치 않을 정도였다. 그래서 이우는 해청에게 그 일에 대해 말하는 내내 감정을 다스려야만 했다.

"모두가 형님 같을 수는 없지 않겠습니까?"

자초지종을 들은 해청이 뼈 있는 말을 했다. 해청은 그렇게만 말하고 홍차를 한 모금 마신 뒤 잔을 내려놓았다. 이우 정도나 되니 일본을 거스르며 살 수 있는 것이지 여간한 성격으로는 어림도 없는 일이라고 생각한 것이다.

"큰형님은 유약한 분입니다. 오죽하면 큰형님께서 하셔야 할 사동궁 일들까지 전부 형님께 맡기겠습니까?"

해청은 꽤 날카로운 관찰력으로 큰형님에 대한 의견을 피력했다. 이건은 태생적으로 나약한 사람이었다. 어릴 적에도 그랬다. 이건과 이우가 함께 칠판에 그림을 그리면 이우는 형의 자리까지 넘어가며 큼직큼직 그림을 그리는 반면, 이건은 소심하게 자기 앞에서 끄적이고 말았다. 그런 모습이 해청의 눈에는 아버지의 사랑은커녕 차별을 받는 걸로 보이기도 했다. 그래서 해청은 큰형님에 대해 어느 정도 연민을 갖고 있었다.

"그래. 네 말도 옳다만 나는 지금도 화가 나는 것을 어쩔 수가 없구나."

성장과정을 이해한다고 해서 이건이 친일 성향을 띠면서 아버지와 자신을 비난하는 것을 이우는 용납할 수 없었다. 그 부분에서까지 유약한 성격을 핑계 삼을 수는 없는 노릇이기 때문이다.

"지금은 분명 큰형님께서 잘못된 생각을 갖고 있지만, 큰형님도 그걸 깨닫는 날이 조만간 올 것입니다. 형님께서도 일본이란 나라를 잘 아시지 않습니까……."

이우는 형님이 깨닫게 될 거라는 해청의 의견이 어느 정도는 옳다 여겼다. 이우는 많은 사동 동생들 중에 해청이와 가장 뜻이 잘 통했는데, 많은 여동생들 중에 진완이와 가장 가깝게 지낸 것과 비슷했다. 수길이처럼 같은 어머니를 둔 친형제들과 가까운 것과 별개로 진완이와 해청이는 배다른 남매, 형제인데도 마음이 잘 맞았다. 해청은 자주 보지 못하는 동생 축에 들었으나 같은 신념을 가진 사람들은 언제고 이어지는 법이었다.

"나는 지금도 너같이 크게 될 아우를 계동궁으로 보낸 아버님의 뜻을 이해할 수가 없구나. 몇 번을 물어도 설명조차 해주시지 않으니."

의친왕은 가장 똑똑한 동생이라 여겼던 해청을 계동궁 이주용의 양자로 보내버렸다. 그건 지금도 이우가 납득하기 어려운 일로 남아 있었다. 이우는 예전에 운현궁을 찾아온 이주용을 혼쭐내 보내버린 일을 떠올렸다. 그 뒤로 이주용은 이우가 무서워 운현궁에 얼씬도 하지 않았다. 이주용의 평판과 배포가 형편없다는 것을 알면서도 의친왕은 이주용을 꾸짖거나 매섭게 호통을 쳐가면서 가까이 두었다.

"이미 어릴 적 끝난 일, 화내실 것도 없습니다."

그들은 한참 말이 없었다.

"그리고 한낱 제 앞날보다 조선이란 나라의 앞날이 점점 어두워지니 그게 더 가슴이 아픕니다."

한참 있다 입을 연 해청은 몹시 자조적이었다. 이우는 해청을 걱정스럽게 보았다. 염세적인 성격의 해청은 생각이 많아서인지 이우가 운현궁으로 동생들을 부를 때에도 잘 참석하지 않았다. 이우도 형으로서 단속하며 왜 참석치 않느냐며 닦달할 법도 한데, 이심전심이라고 해청이 속 깊은 것을 알기에 내버려 두었다. 해청은 누가 뭐래도 이우를 가장 따르고 존경했지만 절대 대놓고 자신의 속마음을 내비치지 않는 성정이었다.

"하지만……."

차갑게 식어버린 찻잔을 만지작거리던 해청이 말했다.

"포기할 수 없겠지요."

포기란 없다며 단언할 때 해청의 눈빛에 꿈틀대는 무언가가 보였다.

"어떻게든 살아서, 반드시 이뤄내야지요."

독립을 이뤄내야 한다고 강하게, 벅차게 형님 앞에서 말하고 싶었으나 해청은 끝내 독립이라는 단어를 입에 담지 못했다.

"나 또한 절망했던 적은 있었으나 포기한 적은 없다."

뜻이 전해졌는지 이우가 동생의 손을 굳게 다잡으며 말했다. 해청은 속으로 뜨거운 눈물을 흘렸다. 독립이란 단어를 입밖에 내지 않아도 형님이 말뜻을 알아준 것이다. 해청은 며칠더 별저에 머물면서 이우와 많은 대화를 나누고 돌아갔다. 그때 해청은 대대적인 학도병 징집을 앞둔 상태였다. 그동안은 고등 학력이어서 면제되었지만 전쟁이 심화되면서 해청도 지원해야만 하는 상황에 처해 있었다. 그런데도 해청은 돌아갈 때까지 형님에게 징집 이야기는 한마디도 꺼내지 않았다. 단지 마지막 선택을 하기 전에 존경하는 형님의 얼굴을 보고 싶었을 뿐이었다. 해청은 이우와 회포를 푼 뒤 그 길로 돌아가 학도병 징집을 거부했다. 조선 왕족으로서 일본을 위한 전쟁에 참여할 수 없다는 소신을 지킨 것이다. 그러나 그 때문에 해청은 혹독한 대가를 치렀다.

"전쟁에 나가기 싫으면 공장에서 일이라도 해!"

징병을 거부하는 해청을 일본 당국은 공장으로 끌고 가 강제 징용을 시켰다. 그는 공장에서 인간 이하의 취급을 당하며 일하다 결국 영양실조와 신경쇠약에 걸렸다. 이강 공비가 그 먼

곳까지 찾아와 친아들처럼 그를 간호하며 애달파했으나 해청은 원수인 일본 외에는 무엇도 증오하지 않았다. 단지 그는 나라가 망한 것에 대해 자신의 탓인 것처럼 항상 죄책감을 느꼈다. 그것이 형인 이우와 같았기에 이우와 친형제만큼이나 어우러질 수 있었던 것이다. 진정한 왕족이란 민중들의 고통을 함께 나누는 것이 마땅하리라. 해청은 더러운 공장 바닥에서 동경해 마지않던 형 이우와 도쿄 별저에서 나눴던 이야기를 떠올렸다. 그때 이우는 동생에게 꿈이 있느냐 물었다.

"앞으로 그날이 오면 우리 조선의 외무부에서 일해 보고 싶습니다. 그 꿈을 이룰 수 있을지 의문이 많지만요."

해청은 아주 어릴 때부터 외교관이라는 꿈을 가졌지만 누구에게도 밝힌 적이 없었다. 하지만 이우에게는 스스럼없이 밝혔다. 해청은 일본의 지배를 받는 외무부가 아니라 온전한 조선의 외무부에서 일하고 싶었다. 그런 동생이 대견해 이우는 해청에게 용기를 주었다.

"해청아. 네가 그런 포부를 가지고 있었는지 미처 몰랐구나. 네가 꼭 공부를 마치고 싶다면 조선으로 가 편입학하는 것도 나쁘지 않을 거다. 그래야 네가 하고 싶은 일을 조선에서 할 수가 있어. 내 말이 무슨 뜻인지 알아들었지?"

이우는 해청의 손을 꼭 붙들고 그러겠다는 다짐을 듣고 나서야 놔주었다. 해청을 더 잘 이해해주고 조언해주는 것은 아버지보다 형님인 이우였다. 해청은 이우의 소중한 조언을 잊지 않고 있다가, 해방이 된 다음 해에 서울대 국문학과에 들어갔다. 졸업한 이후에는 학교에서 강의를 하다가 마침내 외무부에서 일하게 되었다. 자신이 가진 소망을 이룬 것이다. 그러나 그는 외무부에 발령받은 지 채 한 달도 되지 않아 요절했는데, 그때 해청의 나이 32세였다. 형인 이우가 사망했을 때와 비슷한 나이였다. 애석하게도 큰 뜻과 생각을 품었던 해청을 하늘이 일찍 데려가버린 것이다.

1942년의 마지막 달. 주기적으로 전쟁미술전을 개최하고 있던 〈아사히신문〉은 이번 전시회의 주제를 태평양전쟁으로 잡았다. 이는 대대적인 전쟁 홍보의 일환으로, 이번에는 국가 예산을 지원받아 미술관까지 새로 지어서 일선 학교와 일반인에게까지 공개할 예정이었다. 신축된 전쟁미술관 외관에는 대동아전쟁미술전(大東亞戰爭美術展)이라고 쓴 큰 현수막이 세로로 길게 붙어 있었다.

이건과 세이코, 이우와 찬주는 이번 대동아미술전 전시회에 특별초청을 받아 미리 관람하는 중이었다. 일반 관람객들에게 미술관을 개방하기 전에 황족과 왕공족이 먼저 관람할 수 있게 한 것이다. 하지만 도쿄에서 이렇게 한가한 전시회나 하고 있을 때, 태평양 과달카날 섬에서는 일본군이 4개월째 미국과 혈투 중이었다. 지금까지 함정 수십 척은 물론, 전투기도 미국에 의해 일방적으로 격퇴당하고 있었으나 대본영과 언론은 승전보를 울리며 불리한 것들은 일체 보도하지 않았다.

일본은 더 많은 것을 잃고 패배해야 한다. 이우는 전시를 보는 내내 이런 생각을 했다. 군대 내부의 뻔한 사정을 알고 있던 그는 전시회의 모든 것이 역겹기만 했다. 그는 작년에 운현궁에서 도쿄로 오자마자 맞았던 미국의 둘리틀 공습을 기억했다. 도쿄에 떨어진 첫 공습 때문에 일본은 큰 충격에 빠졌다. 일반인들로서는 전쟁에서 이기고 있다는데 왜 수도인 도쿄가 공습을 받아야 하는지 몰랐을 정도로 정보통제가 심했던 탓이다. 그런 최악의 상황에 이우는 필리핀 바탄반도까지 시찰을 다녀와야만 했다. 나라의 수도가 공격받은 마당에 그곳에 가서 무엇을 격려하고 오라는 것인가? 그럼에도 이우의 강제 공무는 하루 이틀이 아니었고 점점 더 많아졌다. 그래서 이번 전시회도 아예 참석하지 않거나 빨리 끝내고 돌아가고 싶었지만 어쩔 수 없이 참고 견디고 있었다. 그나마 다행인 것은 대동아전쟁 공무들 중에 미술전 관람이 가장 평범하고 빨리 끝난다는 사실이었다.

"이 작품은 참 웅장하고 멋있는 것 같아요. 그렇지요, 비 전하?"

세이코가 찬주에게 경칭을 붙이며 물었다. 네 사람은 한쪽

벽면을 전부 차지한 큰 그림 앞에 서 있었다. 세이코는 12월 초의 추운 날씨에 얇은 블라우스 위에 숄 하나만 걸치고도 몹시 발랄했다.

"그런 것 같네요. 이 앞에 서니 제가 한없이 작아진 느낌이에요. 이렇게 커다란 그림은 도쿄미술관에서 한번 보고 못 봤는데요."

세이코의 것과 비슷하게 생긴 챙모자를 쓰고 허리가 잘록한 코트를 입은 찬주가 그림을 올려다보며 말했다. 찬주는 일전에 도쿄미술관에서 '나폴레옹전'을 열었을 때 이우와 함께 관람한 적이 있었다. 그때 이우와 찬주가 보았던 벽면을 채운 큰 그림은 '워털루 전쟁'이었다.

미술작품을 둘러보던 그들은 이번엔 카미카제 특별전시실로 들어섰다.

"카미카제(神風. 신의 바람. 전투기를 타고 적국 전투기에 돌진하는 자살특공대)라니…… 이름부터 정말이지 감동적이에요."

현판을 읽던 세이코가 뜻을 풀이해보더니 몹시 감탄하면서 말했다. 특별전시실에는 자살특공대의 늠름한 모습과 특공대원들이 신궁에 참배하는 장면을 그린 그림, 마후라(머플러)를 두른 특공대원을 조각한 작품 등 공을 많이 들인 수준급의 작품들이 전시되어 있었다.

"우리 특공대원들은 용감하게도 천황폐하를 위해 옥쇄(玉碎.

옥처럼 부서지다)하는 걸 당연하게 여기고 있군요. 일본 청년들은 물론 조선 청년들의 용기가 여기까지 전해져요."

조소 작품 앞에서 세이코가 힘이 난다는 듯 장갑 낀 손으로 주먹을 불끈 쥐며 말했다. 찬주는 그것이 좀 과하다 여겼으나 대꾸하지 않고 넘겼다. 그러자 세이코가 관심을 끌고 싶었는지 시키지도 않은 말을 하기 시작했다.

"저는 결혼 전에 어머니와 함께 도미한 적도 있었어요."

"미국에 다녀온 적이 있었단 말인가요? 여행이었나 보죠?"

찬주가 조소 작품 옆을 돌면서 기계적으로 물었다.

"열여덟 살 때였는데 딱히 여행은 아니었어요. 관동대지진이 난 다음에 미국이 우리 일본을 구호해주었기 때문에 답례 차 몇몇 여학생들과 함께 다녀온 거예요. 전 그때 후버 대통령(미국 13대 대통령)을 만났었죠."

"잠깐, 후버 대통령을 만나보셨다니……. 그럼, 우리가 지금 대단한 분을 마주하고 있는 건가요?"

찬주가 관심을 보이며 대꾸했다.

"그냥 얼굴만 가까이에서 보고 온 걸요. 영어를 잘해야 갈 수 있었지만 전 그저 어머니가 가니까 따라가고 싶다고 졸라서 따라갔어요. 그때는 정말 아무것도 모르는 철부지 아가씨였다니까요."

세이코가 옛 기억에 빠져 신나서 말했다.

"하지만 이제 우리 일본도 그때 미국 못지않게, 아니 미국보다 훨씬 강한 나라가 되고 있다는 걸 알 수 있는 나이가 됐어요. 그러니 일본 국민들은 이런 천황폐하의 나라에 태어난 걸 자랑스러워해야 해요."

세이코는 일본도 미국 같은 강한 나라가 되어간다며 이것저것 주워들은 대로 주장했다. 군국주의가 판을 칠수록 일본 대본영 당국이 통제된 정보를 국민들에게 주입하면서 정세에 관심이 없는 사람들마저 세뇌당하고 있었다. 이제 일본은 미국을 대놓고 배척했다. 영어를 적성어로 규정해 사회 전반적으로 영어 사용이 급격하게 줄었으며 영어를 가르치는 것도 금지되었다. 영어를 썼던 유명한 브랜드나 잡지 이름들도 영어를 빼고 순수 일본어로 바꾸자는 움직임까지 일고 있었다. 찬주는 이런 대화엔 딱히 관심이 없어서 다른 작품을 보는 양 세이코에게서 조금 떨어졌다. 그러자 세이코의 찬양일색에 대꾸해주는 사람이 아무도 없었다.

평소 같으면 세이코의 말에 맞장구를 쳐주던 이건이 묵묵한 것이 이상했다. 이건이 세이코의 행동과 말에 냉담한 것을 이우는 오늘 그들 부부를 만났을 때부터 줄곧 느낄 수 있었다. 처음 별저 앞에서 이건과 세이코를 만나 미술관에 동행할 때도 그들은 서로 쳐다보지도 않았던 것이다. 둘 사이가 틀어져 있다는 걸 모두가 눈치챌 정도인데, 세이코는 혼자 아무 일도 없다는 듯 뻔뻔하게 굴고 있었다.

"형님, 무슨 일이라도 생겼습니까?"

전시회를 마치고 나오며 이우가 이건에게 물었다. 석조로 지어진 미술관은 높은 곳에 위치해서 꽤 많은 계단을 내려가야 했다. 이건은 계단을 내려가지 않고 서서 찬주와 세이코가 먼저 내려가는 뒷모습을 보았다. 그때 세이코가 찬주의 팔짱을 낀 채 흘끗 뒤를 돌아보았다. 그녀는 여전히 자신은 아무 죄가 없다는 듯한 얼굴이었다. 예전 같으면 세이코를 향해 바보같이 웃어주었을 이건이 시선을 옆으로 피했다. 그 모습을 지켜보던 이우가 형님의 사무관인 구로자키와 자신의 속관인 나가사키를 먼저 아래로 내려보냈다.

"네 말이 다 맞았다. 성길아……."

"그게 무슨 말씀입니까?"

사무관들도 내려가고 이우만 남자 이건은 밑도 끝도 없이 네 말이 다 맞았다며 인정하고 나섰다. 이건은 허탈한 말투였으나 이우가 여태 봤던 많은 날들 중에 가장 진중한 모습을 보였다.

"나는 더 이상 부인을 믿을 수가 없어!"

하늘이 무너지듯, 이건은 그 큰 키로 미술관 앞에 털썩 쭈그려 앉았다. 혼기가 찼을 때 이건은 이우와 달리 일본이 정해준 일본 여자와 당연한 듯 아무런 저항 없이 결혼했다. 그런데 이제 와서 가장 신뢰하고 가까워야 할 부인을 믿을 수 없다니?

"우리 충이가…… 충이가……."

차마 말을 못 잇겠다는 듯 이건은 고개를 푹 숙였다. 이충은 이건의 장남으로 이건이 결혼하자마자 낳은 아이였다. 이우도 삼촌으로서 충이에게 승마를 가르쳐주며 놀아준 적이 있었다.

"내 아들이 아니라고 판명 났다!"

도저히 믿기지 않는 말이 이건의 입에서 튀어나왔다. 누군가에게 흠씬 얻어맞은 듯 이우는 그 말에서 헤어나오지 못했다. 형님이 10년이 다 되어가도록 친아들로 기른 적장자가 다른 남자의 아이라니.

"이번 혈액형 검사로 다 밝혀졌어!"

괴로운 듯 양손으로 머리를 쥐어뜯던 이건이 소리쳤다. 혈액형 검사라고 하니 이우의 머릿속에도 스치는 것이 있었다. 얼마 전 태평양전쟁 때 피가 부족할 수 있다는 이유로 어린애들부터 시작해 시부야에 있는 사람들 전체가 혈액형 검사를 받았다. 시부야에는 이건 공저, 이우 공저가 있고 그날은 이우와 찬주도 청이와 함께 혈액형 검사를 받았다. 검사가 끝난 후 먹으로 이름 등의 신상과 함께 혈액형을 배부된 흰색 헝겊에 명기했다. 대대적인 검사였으니 당연히 그날 이건 공가의 사람들도 전부 검사를 했을 것이다.

"검사는 다시 해보셨습니까?"

이우는 침착하고자 노력했으나 그럴 수 없었다. 그럼에도 만에 하나라도 있을 가능성을 위해 이건에게 조언하는 걸 잊지 않았다. 정확한 판단을 내리기 위해선 제대로 된 근거를 가지고 있어야 한다. 이우가 한 조언은 현실적인 것으로, 실제로 태평양전쟁 당시 혈액형 검사는 정확도가 많이 떨어졌다.

"다시 해볼 필요가 뭐가 있단 말이냐!"

이건은 이우의 신중하라는 말을 단번에 잘랐다.

"내가 추궁하니 결혼 전부터 만났던 남자와 지금까지도 만나고 있다고 순순히 털어났다. 그건 충이뿐만 아니라 다른 아이들도 내 애가 아닌 걸 인정한다는 게 아니냐? 일본 남자의 아이를 내 아이라고 철석같이 믿고 기른 나만 바보가 되었어. 나만⋯⋯."

신세 한탄을 하던 이건은 자리에서 일어나려고 하지 않았다. 사실 여부와 관계없이 세이코는 이건을 속이고 자신이 낳은 다른 일본 남자의 아이를 이건의 아이로 기르려고 한 것이다. 이것은 일본 당국의 태도와 함께 너무나 소름끼치는 일이었다. 결혼 전부터 다른 남자를 만나온 세이코의 외도를 왕공족 혼혈결혼에 열을 올린 황태후나 뒷조사해온 일본 당국이 몰랐을 리 없었다.

다 알고도 결혼을 시키다니⋯⋯! 이우는 분노가 치밀어 입술을 씹었다. 앞선 진의 살해사건도 그렇고 이우는 왕족으로서 이렇게 수치를 당할 바에야 차라리 죽는 게 낫겠다고 여겼다.

일본에 순응적으로 살아온 형님이 이 정도의 일을 겪었다면 이우 자신이 모르는 일이 또 얼마나 많을 것인가?

절대 벌어져서는 안 될 일이 벌어졌다. 이 일은 수습이 불가능했다. 이우는 서 있기조차 힘들어 먼저 계단을 내려왔다. 이우가 내려오자 나가사키가 기다렸다는 듯 차의 뒷문을 열어주었다. 이건은 이우가 떠난 뒤에도 한참을 계단 위에서 쭈그려 앉아 있었다. 잘 보이지 않았으나 울고 있는 것도 같았다.

"전하, 형님과 무슨 말씀을 나누셨습니까?"

이우가 인상을 쓰며 차에 타자 찬주가 물었다. 다행인지 두 사람의 대화 내용이 들리진 않은 모양이었다.

"지금은 말하고 싶지 않으니 나중에 이야기해주겠소."

사랑하는 아들이 자신의 친자가 아니라니. 이보다 더 불행하고 등골이 서늘한 소식이 또 있을까? 차를 타고 돌아가는 동안 이우는 찬주에게 한 마디도 하지 않았다. 자신이 전하지 않아도 언제든 알게 될 일이었다.

'지금은 분명 큰형님께서 잘못된 생각을 갖고 있지만, 큰형님도 그걸 깨닫는 날이 조만간 올 것입니다. 형님께서도 일본이란 나라를 잘 아시지 않습니까⋯⋯.'

이우는 해청이 별저에 들러서 했던 말이 사실이 되었음을 실감했다. 형님에게는 다시 검사를 해보라고 말했으나 이미 큰일이 벌어진 것만큼은 사실이었다. 그리고 이런 일이 형님한테만 벌어질 것이라고 여기기 어려웠다. 일본이 떠미는 결혼을 했다면 자신도 얼마든지 겪었을 수 있는 일이었다. 어떻게 해서든 일본에게 반기를 들고자 했던 자신의 선택이 틀리지 않았다. 단지 그것이 옳았다는 사실이 이토록 빨리 증명될지는 이우 자신도 몰랐다.

그 후 일 년이 어떻게 흘렀나? 이우는 1943년을 떠올리면 앨범 속에 그 부분만 비어 있는 것처럼 별다른 기억이 나지 않았다. 그저 매일 정신없이 바빴던 기억뿐이다. 전쟁이 계속될수록 남는 것은 고통뿐이었다. 이제 신분이 높은 사람들도 정장을 입는 것이 금지되고 평상복을 입어야 했다. 물자 부족이 심각해 제대로 된 식사조차 할 수 없고 심지어 식탁에 삶은 옥수수가 올라올 때도 있었다. 찬주는 적십자사며 어디며 여기저기 불려 다니며 톱니바퀴 굴러가듯 공무를 봤다. 이우도 마찬가지였다. 수많은 전쟁터를 전전하며 공무를 시행하는 것이 그의 임무였다. 그래서 이우와 찬주 둘 다 동시에 별저에 머무른 때는 손에 꼽을 정도로 함께 있는 것조차 힘든 해였다. 게다가 그해 겨울에는 그 어떤 일보다 중요한, 조선의 미래를 결정짓는 회의가 외국에서 벌어지고 있었다. 이집트 카이로에서 처음으로 '적절한 시기'에 조선을 자유 독립국가로 승인하겠다는 결의가 통과된 것이다.

운명의 이면

❀

사관학교 재학 당시 오이타현에서 온 요시나리는 모범생이
자 친구들 누구와도 두루 친했다.

"요시나리! 넌 항상 휘파람을 그렇게밖에 못 부는 건가?"

"원래 요시나리는 휘파람에는 젬병이라고!"

가끔 그가 운동장에서 잘 불지 못하는 휘파람을 후후 불며
지나가면, 동기들이 부리나케 달려와 놀리며 머리통을 한 대씩
치고 달아났다. 그건 어디까지나 장난으로, 요시나리는 친구
들이 그럴수록 못 부는 휘파람을 더 보란 듯이 불며 연습하곤
했다. 백날 연습해봤자 그다지 실력이 나아지진 않았지만.

"이야, 벌써 중좌라니! 요시나리 네가 우리 중에 승진이 가장
빠른걸."

"휘파람은 못 불지만 다른 건 다 잘하지. 그럼그럼!"

요시나리는 동기 중에서 가장 빨리 중좌라는 큰 직책에 올랐다. 이제 뒤통수를 치며 장난을 치지는 않지만 각 전선에서 도쿄로 돌아올 때마다 만나는 동기들이 그에게 축하인사를 건넸다. 소좌일 때가 엊그제 같은데 벌써 중좌가 된 것이다. 별 두 개가 당당히 달린 중좌 계급장은 요시나리가 앞으로 더 큰일을 해내 가문에 영광을 가져올 것이라는 상징과 같았다. 이제 오이타현에서 요시나리의 이름을 모르는 사람이 없었다. 부모님에게도 자랑스러운 아들이 된 것이다. 요시나리는 앞으로도 자신이 죽을 때까지 천황폐하의 군대를 통솔하며 성전을 이끄는 역할을 할 것이라 다짐했다.

"요시나리, 육사 45기 이우 공 전하라고 알고 있나?"

"예! 저보다 훨씬 아래 기수인 걸로 알고 있습니다!"

요시나리는 오늘 사령부로 불려갈 때 내심 기대감에 부풀어 있었다. 이번엔 도대체 어디로 발령이 나는데 자신만 따로 사령부로 불러내는지 궁금했던 것이다.

"네가 공 전하를 맡아 태원(타이위안)으로 가야겠다."

요시나리는 처음에 제 상관이 자신의 어깨를 잡고 하는 말을 잘 알아듣지 못했다. 그래서 평소 같은 군기 잡힌 대답 대신을 머뭇거리며 서 있기만 할 뿐이었다.

"이번 전보는 네가 경성으로 이우 공 전하를 따라가고 난 뒤에 공표되겠지만 미리 말해주는 것이다."

걸으로 보기엔 그저 왕공족 부무관의 자리였지만 사령부는 부무관의 자리를 배치하는 데 심혈을 기울였다. 이우는 조선 왕족들 중에서 돌발행동을 할 위험이 가장 높은 이였기에 대본영과 도쿄의 사령부는 태원으로 이우를 보내기 전 여러 차례 회의를 했다. 만약 부무관이 이우보다 포공에 관한 지식이 적거나 판단력이 떨어진다면 절대 부무관에 세울 수 없다는 의견이 만장일치로 나왔다. 멀리 떨어진 태원에서 불미스러운 일이 생기더라도 이우를 꺾을 수 있는 능력이 있는 인물이어야 한다고 결론내린 것이다. 당시 전선에서 돌아와 쉬고 있던 요시나리는 사령부가 찾던 가장 적합한 인물이었다. 그들은 철저하고 치밀한 과정을 거쳐 요시나리를 부무관에 배치하기로 며칠 전에 결정했고, 오늘에서야 그에게 통보했다.

이는 천황폐하의 가호로 성전을 이끌겠다는 꿈을 가진 요시나리에게 날벼락 같은 이야기였다. 자신은 오이타현의 자랑이고, 중좌라는 높은 계급에 오른 지 얼마 되지 않았다. 그런데 황족도 아닌, 고작 조선 왕족의 뒤치다꺼리를 해야 한다니! 전장에서 공적을 세워서 이름을 날리고 싶은 요시나리는 이 결정을 어떻게 받아들여야 할지 당혹스러웠다.

"앞으로 전하를 그림자처럼 모시되, 필요할 경우 잘 구슬려야 할 것이고 또한 잘 감시해야만 한다. 이게 바로 천황폐하가 네게 주신 사명이다. 요시나리!"

"예, 알겠습니다!"

천황폐하께서 주신 사명이라는 말에 요시나리는 즉시 이렇게 대답할 수밖에 없었다. 방금까지도 번민하던 그는 바로 자세를 바꿔 차렷 자세를 취했다. 떠밀리듯 이우의 부무관 자리를 맡겠다고 동의한 것이다. 그러나 막상 이우에게 보고하러 참모본부에 도착하니 좀처럼 내키지가 않았다. 요시나리는 '이우 공 전하'라는 문패 앞에 서서 노크를 하려다가 몇 번이나 머뭇거렸다. 시골의 가난한 집안 출신인 자신이 부무관 같은 자리를 맡아서는 절대 출세할 수 없다는 것을 알고 있었다. 요시나리는 왜 하필 자신이 조선 왕족을 맡게 되었는지 억울하기만 했다.

"신 요시나리 히로시, 명을 받들어 왕공족 부무관으로서 이우 공 전하를 모시게 되었습니다. 앞으로 잘 부탁드리겠습니다!"

요시나리는 이우에게 인사하러 들어가서도 억울하고 불편한 감정이 가시지 않았다.

"이렇게 인사하러 와줘서 고맙군, 요시나리."

이우가 허리를 숙이고 있는 요시나리를 보며 말했다. 요시나리는 아무 대답도 하지 않고 최경례도 풀지 않았다.

"……."

처음 만난 사이에 무조건 시선을 피하는 것은 예의가 아니다. 그런데도 요시나리는 이우와 시선을 맞추지 않았다. 사실 이우로서도 요시나리가 달갑지는 않았다. 자신보다 높은 계급, 많은 나이, 게다가 같은 병과의 선배…… 황족이나 왕공족의 부무관은 통상 더 계급이 높은 사람이 맡는 경우가 대부분이라 특별한 일은 아니었으나, 이우는 요시나리의 첫인상을 보고 꽤나 위협적인 인사 단행이라고 여겼다. 요시나리는 지금까지 이우의 부무관들 중 어느 누구보다 완고하고 줏대가 세 보이는 인물이었다.

"혹시 제게 부족하거나 모자란 부분이 있다면, 지금 바로 무엇이든 말씀해주십시오."

요시나리는 처음 만난 상관에게 자신의 부족한 부분을 말해달라고까지 했다. 그래서 이우는 사정은 알 수 없으나 요시나리가 자신을 미워하고 있다는 것을 금세 눈치채고 말았다.

"오늘 처음 본 사람의 모자란 부분을 어떻게 찾아야 할까?"

상대가 자신에게 불편한 마음을 갖고 있으면 자신도 그 감정을 똑같이 느끼게 된다. 벌써부터 자신에게 거리를 두며 딱딱하게 대하는 요시나리를 보며 이우는 살짝 한숨을 쉬었다.

"그 말은 뭐라도 꼬투리를 잡아서 자넬 내쫓아달라는 소리인가?"

조선인이고, 조선 왕족이라는 이유로 은연중에 멸시받는 것은 이우가 예과 시절부터 겪은 일이라 익숙하지만 부딪칠 때마다 버거운 것이 사실이었다. 일본에서 볼모생활을 하면서 자신에게 다가오는 일들 중에 쉬운 것은 하나도 없었다. 단 하나도. 그는 이제 막 자신의 부무관을 맡아 보고하러 온 사람이 심통 난 이유가 무엇이든 간에, 그 화살은 언제나 자신을 향한다는 사실을 알고 있었다.

"그건……."

이우에게 속마음을 들켜버린 요시나리가 급하게 변명하려 들었다.

"그런 의도는 아니었습니다. 전하."

요시나리는 솔직한 심정으로는 이우가 자신을 마음에 안 들어 해서 내쫓아주기를 바랐지만, 이우에게 그런 속마음을 들킨 것이 부끄러워 부정했다.

"그런 게 아니라면 다행이네."

이우는 대수롭지 않게 말하며 목둘레에 털이 달린 망토를 여몄다.

"나는 자네가 마음에 드니까 말이야."

"예?"

요시나리는 처음으로 고개를 들었다. 하지만 이우는 특별한 뜻을 담고 한 말이 아니었다. 어떤 사람이 부무관으로 오더라도 그들은 전부 일본인이고 자신은 조선인이기에 스스로 많은 것을 감내해야 했다. 그들을 다독이는 것은 온전히 이우의 몫이었고, 왜 이런 사람을 붙여주느냐고 투정해봤자 달라질 것이 없었다.

"부족한 점을 찾는다면 지나치게 흠이 없는 게 탈이겠지."

요시나리는 이우를 처음 만난 순간부터 자신의 사적인 감정을 내비치는 불충한 태도를 보였지만 이우는 그저 모든 걸 덮을 수밖에 없었다.

"그러니 조금은 긴장을 풀어도 좋지 않겠나."

이우가 요시나리의 어깨를 가볍게 두드리며 말했다. 첫 단추가 잘못 꿰어졌지만, 이우는 자신의 인품으로 관계를 부드럽게 이끌고자 했다. 이것이 이우와 그의 마지막 부무관인 요시나리의 어색하고도 불편한 첫 대면이었다.

"이우 공 전하께서는 경성으로, 다니구치 대장님께선 필리핀 사단으로 전보발령이 나셨습니다. 건강히 잘 다녀오십시오!"

며칠 뒤, 사령부에서 일하던 몇몇의 전근 공지와 함께 사령부 인원들과 참모진들의 회동이 있었다. 요시나리는 시부야역으로 향하는 이우의 뒤를 따랐다. 그는 왕공족 부무관의 상징인, 어깨에서 가슴까지 여러 가닥으로 늘어뜨린 은색 장식용 술인 쇼쿠쵸(飾緒)를 착용하고 있었다. 부무관은 공식적으로는 이우의 비서였으나 그는 이우를 감시하는 임무도 맡고 있었기 때문에 두 사람은 시모노세키로 향하는 열차에서도, 부산으로 떠나는 배 안에서도 계속 붙어 있었지만 보고가 아니면 딱히 말을 섞지 않았다. 이우로서도 자신의 비서 겸 감시자인 부무관과 친밀할 것도 없거니와, 선후배로서 조언을 주고받는 사이는 더더욱 될 수 없다. 그래서 이러한 사무적인 관계가 오히려 당연했다. 하지만 이우가 지금까지 다른 부무관들을 인품으로 다스리며 평범한 관계라도 유지해온 걸 보면 요시나리와는 애초부터 서로의 기(氣)가 맞지 않았다는 게 더 타당하다.

'그러니 조금은 긴장을 풀어도 좋지 않겠나.'

처음 만난 날 이우가 그의 불충한 태도에 충분히 아량을 베풀었음에도 불구하고 요시나리는 여전히 사무적인 태도로 일관했다. 공적인 일은 철저히 보필하고 딱히 악의도 보이지 않았으나 이우를 마음으로 받아들이진 않았다. 이는 나이나 경험에서 우러나온 태도로, 사관학교 시절 마츠다가 이우에게 악의를 품고 함부로 대한 것과는 대조적이었다.

딱 지킬 것만 지키겠다는 듯 선을 긋는 요시나리의 태도는 경성에 도착하고 나서도 쭉 이어졌다. 그리고 마치 예정되어 있던 것처럼 이우를 태원으로 보낸다는 전근명령서가 운현궁으로 도착했다. 아마 그날일 것이다. 철저하게 일본인인 요시나리가 새로운 시선으로 이우를 보게 되었던 날이.

"많이 취하셨습니다, 전하. 벌써 몇 잔째인지 알고 계십니까?"

"놓으시오."

"전하!"

이우는 컷글라스를 놓게 하려는 찬주의 간절한 손을 뿌리쳤다. 반동으로 인해 컵 안의 액체가 카펫 위로 흩뿌려졌다. 남편이 이렇게 술에 취했던 적이 있었던가? 이우는 애초에 주당도 아니었고 술은 늘 적당한 선에서만 마셔왔다. 하지만 그는 어제부로 조선군사령부에서 보내온 전근명령서를 받고 서재에서 독한 데킬라를 들이붓던 중이었다.

"태원으로 발령이 확정되었소."

이우가 반은 쏟아버린 데킬라 글라스를 탁자 위에 탁 소리 나게 놓으며 말했다.

"그 말씀은……."

말뜻을 알아들은 찬주의 낯빛이 사색이 되었다. 1944년 초의 일본은 더 이상 진척이 없는 중국전쟁에서 발악하다시피 하며 버티고 있었다. 본토를 기반으로 한 중국군에게 곤욕을 치르면서도 산서성(산시성)의 태원은 가까스로 지켜내고 있었다. 그런 격전지에 이우를 보내는 결정이 어제부로 확정되었다. 이제 공 전하로서 내지 근무가 당연하던 시기는 지났다. 전세가 불리해져서 어느 부대든 사람이 부족한 이때, 이우도 실전에 뛰어들어야만 했다.

"일본을 위해 최전선에서 일해야 하는 자리요."

이우는 그 말을 뱉고 나서야 비로소 왜 아버지가 일생을 술과 함께했는지 이해했다. 취하지 않고 어떻게 이 미친 세상에서 제정신으로 살 수 있겠는가? 언제까지 일본이 원하는 대로 살아야 하는가? 점점 더 목을 옥죄어오던 일제는 이번에야말로 이우를 가만두지 않았다.

"이제 내가 시찰을 다니는 것만으로는 만족하지 못하는 모양이오. 내게 일본을 위해 싸우라고 명령한 것은 사형선고를 한 것이나 다름없소. 그러니 나는 죽더라도 여기 조선에서 죽는 것을 택할 것이오."

"형님! 그게 무슨 말씀이십니까?"

그때 문밖에서 웅성거리는 소리가 들리더니 사동궁 동생들과 운현궁 식구들 몇몇이 문을 열었다. 그들은 먼 길을 떠날 이우를 배웅하러 막 양관으로 넘어왔다가 방안에서 들려오는 소리를 듣고 말았다.

"아무도 들어오지 말라!"

이우는 식솔들과 동생 서너 명이 방으로 들어오려는 것을 강하게 저지했다.

"너희는 내가 죽거든 가서 총독부에 고해라. 열한 살 때 일본에 끌려가 20년도 넘게 볼모로 살았는데 이제는 나더러 일본을 위해 죽으라 하는구나! 오직 독립되기만을 기다렸건만 이제 더 이상 세상을 살아갈 이유가 없음이다."

단호하게 소신을 밝힌 이우는 망설임 없이 테이블 위에 놓여 있던 총을 장전했다. 눈앞에서 벌어진 비극에 가족 모두가 아연실색하고 말았다.

"전하! 그, 그걸 내려놔주세요. 전하께선 저와 아이들 생각은 조금도 아니 하신단 말씀이십니까?"

"오타사마?"(어머니?)

어른들과 함께 2층으로 올라온 청이 상황도 모른 채 놀라서 엄마에게 달려갔다. 찬주는 자꾸만 치맛자락을 붙잡고 자신을 안아달라고 보채는 청이를 껴안은 채 주저앉았다. 그 뒤로 청이의 동생 종이도 찬주의 품으로 파고들었다.

"전하께서 여기서 돌아가신다면, 저도 따라 죽겠습니다."

두 아들을 안은 찬주가 남편에게 등을 돌린 채 애달프게 말했다.

"전하가 없는 이 세상, 더 살아 무엇 하겠습니까?"

진실로 이우가 없는 세상은 찬주에게 아무 의미가 없었다. 이우가 없는 세상에 아이들과 남겨진다고 생각하면 끔찍하고 두렵기만 했다.

"네 어미도 따라 죽겠다 하는데 너희는 어찌할 것이냐?"

이우는 취했지만 정신만은 또렷했다. 그래서 더욱 비참했다. 찬주의 품에 안긴 청이를 바라보며 이우가 소리쳤다.

"저도 그러겠습니다."

"나도오."

청이 무슨 뜻인지도 잘 모른 채 자신도 그렇게 하겠다며 이우에게 경례했다. 그러자 종이도 형을 따라 했다. 그 모습을 지켜보며 식구들은 만감이 교차했다. 상궁 몇몇은 옷고름에 눈물을 찍기도 했다.

"금방…… 따라가겠소."

이우는 찬주와 아이들을 먼저 보내고 그 뒤를 따를 생각이었다. 그 말을 들은 찬주는 아이들을 더 꼬옥 껴안으며 눈물진 얼굴을 비볐다. 청이 자신을 안은 어머니의 등 너머로 아버지를 바라보았다. 아버지는 손에 무엇인가를 쥐고 자신을 향한 채였다. 모든 걸 체념해버린 얼굴이었다. 이우의 서슬에 동생들도 섣불리 끼어들지 못하고 안절부절못했다. 경성까지 이우를 보필해 따라온 부무관 요시나리 역시 그들과 함께 줄곧 이 상황을 지켜보며 서 있었다.

"이게 도대체 무슨 난리란 말이야?"

소식을 들은 진완이 한달음에 양관으로 올라왔다. 그녀는 오라비를 보러 식구들이 모였다는 말에 남편인 원선과 함께 막 운현궁에 도착했다. 좋은 일은 아니었지만 오라비를 멀리 보내는 것이니 나름 배웅하기 위해서였다. 그런데 한 상궁이 큰 변고가 났다며 우는 것에 놀라 한달음에 양관으로 달려온 것이다. 쪽문을 열어젖히니 상궁들의 흐느낌과 식구들의 말리는 소리가 한데 엉켜 난리였다. 계단을 오르면서도 필시 보통일은 아니라고 생각했지만 이토록 심각한 상황인 줄은 미처 몰랐다.

"오라버니!"

진완은 오라버니 내외의 망연자실한 꼴을 보자 망설일 틈도 없이 방안으로 뛰어들어 오라비 앞에서 양팔을 벌려 막아섰다.

"오라버니, 제발!"

"너도 비켜라."

이우가 가라앉은 목소리로 말했다. 진완이 총구 앞을 막아섰는데도 이우는 총을 거둘 기미가 없어 보였다. 지금 이 상황에서 진완을 제외하고 이우의 앞을 막아설 수 있는 사람이 누가 있겠는가.

"안 돼요. 제가 죽는 한이 있어도 못 비켜요!"

진완이 고개를 세차게 저으며 소리쳤다. 사정은 모르나 처자식에게 총부리를 겨누는 오라비의 심정은 어떨까? 그 심정을 감히 헤아리지는 못하지만 진완은 어떻게 해서든 오라비가 처자식을 죽이는 비극만큼은 겪게 하고 싶지 않았다.

"……살아야 하는 거잖아요."

진완의 목소리가 떨렸다.

"이 모진 세상, 한 사람이라도 더 살아남아야 하는 거잖아요."

누이의 눈에 고인 눈물이 볼을 타고 흘러내렸다. 진완의 깊은 호소에 상궁들과 동생들도 눈물을 훔쳤다. 이우는 가까스로 떨려오는 손을 다잡았다.

"그래도 죽이시려거든…… 절 먼저 죽이세요."

진완이 눈물이 그득한 눈을 질끈 감았다.

"형님, 저희도 이리 빌겠습니다. 제발 그만둬주십시오!"

뒤늦게 윤원선과 사동궁 동생들이 다가와 이우를 붙잡았다. 그리고 이우가 진완을 보고 잠시 망설인 틈에 동생들이 달려들어 저지했다. 총구가 내려가자마자 덜덜 떨고 있던 찬주가 그만 정신을 잃었다.

"비마마!"

긴장이 풀리면서 혼절한 찬주를 상궁들이 다급히 침실로 옮겼다. 뒤늦게 소식을 들은 이준 공비도 거의 실신할 지경이었다. 자신이 이우를 어찌 길렀는데, 원수의 손녀라 찬주를 예뻐할 수는 없었지만 손자들은 끔찍이 아꼈는데……. 아무리 나이가 들고 별별 일을 겪어온 이준 공비라 하더라도 이런 일은 처음이었다. 이날의 일은 삽시간에 사동궁에까지 퍼졌다. 그러나 소식을 들은 그 누구도 차마 섣불리 입을 열지 못한 채 서글퍼했다.

찬주는 좀처럼 깨어나지 못했다. 그녀는 쓰러지는 순간까지도 청이와 종이를 꼭 안고 있었다. 목숨보다 중한 두 아들과 사랑해 마지않는 남편을 잃을지도 모른다는, 자신의 모든 걸 다 잃을지도 모른다는 충격이 그녀를 허물어뜨렸다.

"이렇게 오래도록 누워만 계시는 걸 보니 충격이 무척 크셨을 듯합니다. 깨어나신 다음에도 절대 안정을 취하십시오."

이우는 의원이 떠난 침실의 의자에 앉아 한참 동안 부인을 바라보았다. 결국 이우는 명령을 거부할 수 없었다. 이제 곧 북경으로 떠나야 했다.

"미안하오……."

이우는 마지막으로 아내의 뺨을 가만히 어루만졌다. 아내는 자면서 자신도 모르게 울었는지 뺨에 눈물 자국이 말라붙어 있었다.

"전하, 이제 출발하셔야 합니다."

아직 동이 트기 전인데도 요시나리가 떠나야 한다며 이우를 채근했다. 때맞춰 부임하기 위해서는 지금 당장 출발해도 빠듯했다. 이우는 잠들어 있는 찬주를 뒤로 하고 새벽 열차를 타기 위해 경성역으로 향했다. 요시나리는 만주로 떠나는 열차에 오르는 이우에게 경례를 한 뒤 그의 뒤를 따라 열차 계단을 밟아 올랐다.

"아아—."

아침 햇살이 창가로 들어올 때가 되어서야 찬주는 의식을 차렸다. 몸을 일으켜 앉으니 찌를 듯한 두통이 밀려왔다. 찬주는 반사적으로 이마를 짚었다. 남편이 볼에 손을 대며 무슨 말을 한 것 같은데……. 그녀는 어젯밤 일어난 모든 일이 꿈이라고 생각했다.

"비마마, 괜찮으십니까?"

미음을 들고 방에 들어온 상궁이 엔드테이블에 쟁반을 놓고는 그녀를 살폈다.

"전하께서는 지금 어디에……."

찬주는 다시 쓰러질듯 몸을 제대로 못 가누면서도 이우를 찾았다. 원래 더 사랑하는 쪽이 지는 것이라 했던가. 그런 거라면 찬주의 사랑은 번번이 지는 지독한 외사랑이었다. 아무리 망한 나라라 해도 제 남편은 이 나라의 왕족이고, 언제나 바르고 곧았으며, 친일파의 서손녀인 자신과는 애초에 맺어질 수 없던 사이였다. 그런 자격지심이 늘 찬주를 괴롭혀왔기 때문에 어제의 일이 더욱 비참했다.

"오늘 새벽에 북경으로 떠나셨습니다."

그런 사정을 훤히 알고 있는 상궁이 내심 찬주가 안쓰러워 나지막이 전했다. 찬주가 완전히 회복되기 전까지는 알리지 말라던 이우의 말을 어긴 것이다.

"그런데도 어째서 깨우지 않았던 거야?"

찬주가 아픈 중에도 애써 되물었다.

"전하께서 절대 비마마를 깨우지 말라고 이르고 떠나셨습니다."

그 말을 듣고 나니 찬주는 더욱 서글퍼졌다. 얼굴도 제대로 보지 못한 채 남편이 장기간 돌아오지 못할 길을 떠나버렸다.

"먼 곳으로 떠나시는 전하를 배웅하지도 못하다니……."

찬주는 서러움이 북받쳤다. 깊게 감은 눈에서 눈물이 떨어지는 것을 상궁이 옆에서 닦아주었다. 자신과 아들들을 죽이고 자신도 세상을 등지려 한 남편이지만 원망스럽지가 않아서 더 속이 으스러졌다. 대체 얼마나 오랫동안 이우를 보지 못할까? 아니, 살아서 돌아올 수는 있을까?

"비마마뿐만이 아닙니다. 전하께서 이 일은 기쁜 일이 아니니 환송하지 말라고 하시며 운현궁이든 사동궁이든 누구도 역에 나오지 말라 하셨습니다. 양쪽 궁이 이 일 때문에 뒤집히다시피 했으니 비마마께서라도 어서 털고 일어나주십시오."

가슴이 미어져도 이렇게 미어질 수가. 찬주는 이제 무너질 것도 없는 가슴을 몇 번이고 주먹으로 쳤다.

'부디 무사히 돌아와 주시기를…….'

아무리 왕공족 신분이라지만 중지나(중국 중부) 전선은 전쟁이 치열해 자칫 다시 돌아오지 못할 수도 있었다. 지금까지 시찰만 다니던 것과는 전혀 다른 상황이라는 것을 알고 있었기에 이우가 떠난 그날부터 찬주는 계속 눈물로 밤을 지새웠다.

이우는 2월 중순에 경성을 출발해 보름 정도 만철을 타고 중국의 중지나 전선으로 이동했다. 일본은 애초에 계획한 '만철의 꿈'을 완벽히 이루진 못했지만 조선의 부산에서 시작해 만주를 잇고 중국 영토 전역을 철도로 연결하는 계획을 어느 정도는 실현해냈다. 그래서 이우는 북쪽에 위치한 도시인 하얼빈, 장춘, 선양을 잇는 긴 구간을 달려 주요 거점지인 북경에 도착할 수 있었다. 여기서 다시 하북성의 석가장과 산서성 태원을 잇는 열차를 타고 들어가 1944년 3월에야 일정을 꽉 채워 중국 태원에 도착했다. 그가 도착한 태원의 중심지에는 중국식 주황색 등이 곳곳에 켜진 낮은 주택들이 많았다.

태원은 지리적으로 사방이 산에 둘러싸인 천연 요새로 따지고 보면 여러 이권이 묶여 있는 곳이었다. 그러나 깎아지른 절벽과 험준한 산맥이 방어막이 되어줄 것이라는 생각과 달리 오히려 중국군이 그 지형을 이용해 일본군을 공격하는 게릴라전을 펼치고 있었다. 그래서 이우가 부임한 지금 일본군은 별다른 성과 없이 이곳에 병력이든 무기든 들입다 쏟아 붓고만 있었다.

제1군사령부는 개중에 평탄한 곳인 쌍탑사(雙塔寺) 부근에 위치해 있었다. 쌍탑사는 '영원한 복을 비는 절'이라는 뜻의 영조사(永祚寺)라고 불리기도 했는데, 제1군사령부는 스스로를 유서 깊고 명망 있는 일본의 첫 번째 군대(first army)라 자처하고 영조사라는 이름을 성스럽게 여겨 그곳에 최대 근거지를 마련했다.

'나는 일본을 위해서는 결코 내 능력이나 지식을 사용하지 않을 것이다.'

이우는 사령부로 들어가기 전 쌍탑사가 보이는 입구에 멈춰선 채 다짐했다. 그는 이제부터 일본군의 참모로서 최전선에서 일해야만 했다. 그것은 이우 스스로 말했듯 자신에게 사형선고를 내린 것이나 다름없었기에 그런 결의를 가지고 부임한 것이었다. 그가 부임한 이후 일본군은 단단히 준비해온 대륙타동작전(일본 최후의 대규모 공격)을 실행에 옮겨 중국군을 섬멸하는 데 주력하고 있었다. 하지만 이우는 그런 때에도 자신의 역량을 발휘하지 않고 그저 누군가 시키는 일만 하기로 작정했다. 작전을 짜야 하는 참모지만 주로 무기를 점검하거나 화포를 수송하러 북경이나 석가장에 다녀오는 일을 맡았다. 회의 중에 의견을 낼 때에도 한없이 수동적이어서 이우가 부임한 지 몇 달도 안 되어서 일선 장교들 사이에서는 '조선 왕족 도련님 전하'라는 조롱을 받게 되었다. 당시 장교들은 실전 경험이 전무하고 군사적 능력이 모자란 젊은 황족들을 놀리는 뜻에서 '황족 도련님 전하'로 불렀는데 이우도 마찬가지였다. 그런데도 이우는 자신이 갖고 있는 군사적 역량을 증명하려 하지 않았다. 다른 황족들처럼 줄곧 일본 내지에서만 근무해서 실전 경험이라고는 없는 것처럼 행동했다. 육군장교라도 실전 경험이 없으면 최전선에서는 아무 쓸모가 없는 것을 의도적으로 이용한 것이다. 그래서 그는 점차 참모진 회동에서도 배제된 채 조용히 지낼 수 있었다. 일본을 위해 일하느니 차라리 무능하다는 평가를 받는 게 그가 원하는 바였다.

"화포 점검 시간이니 와서 같이 돕도록."

요시나리는 이우의 명령을 받고 조용히 뒤를 따랐다. 군인으로서 여러 전선을 전전할 때 요시나리는 감정적이거나 인간적인 것에 신경을 쏟는 사람이 아니었다. 그는 상관이든 부하든 능력으로만 판단하는 냉정한 실리주의자였다. 그래서 깡촌 출신인데도 중좌까지 올라갈 수 있었던 것인지 모른다. 하지만 경성에서의 사건 이후로 요시나리는 무슨 잡생각에라도 빠져 있는지 예전처럼 군기 잡힌 태도가 아니었다.

'금방…… 따라가겠소.'

요시나리는 이우와 함께 일할 때 자꾸만 그가 처자식에게 총을 겨눴던 광경이 드문드문 떠오르곤 했다. 조선 왕족 중에서도 수치를 알고 목숨을 내놓을 줄 아는 사람이 있단 말인가. 왕족이 부끄러움을 알고 가족과 함께 자결하는 것은 역사적으로 길이 남을 일이었다. 일본인들은 죄를 씻기 위해 할복하는 것을 신성시했기에 요시나리는 이우의 태도에 저도 모르게 강하게 매료되었다.

"그렇게 내 얼굴만 쳐다보고 있으면 포격 준비를 제대로 할 수가 없겠지. 안 그런가?"

이우는 산포를 살피다가 요시나리가 넋 나간 표정으로 자신을 보자 어이없다는 듯 말했다.

"죄송합니다."

자꾸 정신줄을 놓아 이우에게 혼이 난 요시나리는 이우가 보지 않는 곳에서 자책하곤 했다. 자신은 일본인이고, 천황폐하의 적자(嫡子)인 군인이다. 그렇다면 일본을 위해 부임하는 것을 거부한 이우를 적대시하는 게 당연하고도 옳은 처사가 아닌가. 그런데 죽음으로써 왕족이라는 마지막 자존심을 지키려 한 이우를 눈앞에서 보고 나니 요시나리는 도저히 이우를 인정하지 않을 수 없었다. 일본인 요시나리에게 그 일은 황족 부무관을 맡았더라면 명예라도 있을 텐데 하며 그동안 이우를 얕잡아 봤던 것을 반성하게 만든 큰 사건이었다.

'이우를 공경하되, 나라에 충성한다.'

요시나리는 수없이 번민한 끝에 이렇게 결론 내렸다. 하지만 나라에 충성하려면 이우를 철저하게 감시해야 한다. 조선 왕족인 이우를 공경하는 것과 감시하는 것을 동시에 할 수 있을까? 요시나리는 자신이 애초에 불가능한 목표를 가진 것은 아닌지 깊이 고민하지 않은 채, 소신대로 참모본부에서 일하는 이우를 그림자처럼 따르기 시작했다.

1944년 말. 임시정부가 한참 머물던 치장에서 중경으로 완전히 이주한 지 수년이 흘렀다. 약 5년 넘게 멈추지 않는 일본군의 중경 공습은 지금도 여전해서, 임정은 중경 내에서도 벌써 세 번의 이주를 감행해야 했다. 그동안 매일같이 콩나물국에 잡곡밥을 말아 끼니를 해결할 정도로 임정은 미칠 듯한 자금난과 국민당정부에 대한 외교적 능력의 한계에 부딪혔다. 그럼에도 마지막 이주이길 바라며 국민당정부가 마련해준 중경의 연화지(蓮花池) 38호라는 건물까지 왔다. 제철에는 큼직한 연꽃들이 잔뜩 피는 호수 근처에 위치한 건물이었다. '대한민국임시정부'라는 현판과 꼭대기에 꽂힌 태극기는 이곳이 대한민국의 정통한 정부임을 당당히 알렸다.

"절대 그럴 리가 없습니다!"

조선진공작전을 앞둔 어느 날 임정과 비밀리에 이어져 있는 가게로 한 통의 전보가 도착했다.

"분명히 일본군의 함정입니다. 임상원 요원과 연락이 끊긴 지가 언제입니까? 3개월이 넘었습니다. 그런데 이제야 살아 있다고 연락이 온 것을 믿어야 합니까?"

남자 요원이 자리에서 박차고 일어나 긴 직사각형 테이블에 앉은 젊은 요원들을 두루 보며 강하게 말했다.

"맞습니다! 임상원 요원은 이미 죽었다고 합동제사까지 지냈던 사람이에요. 다들 현혹되어선 안 됩니다!"

그에게 동조하는 요원들이 너도 나도 들고일어났다. 별안간 날아든 한 통의 전보는 석 달 전 북경으로 임무를 수행하러 떠난 뒤 연락이 끊긴 정보요원 임상원이 보낸 것이었다. 북경 내 한 음식점이 송신지인 전보에는 자신을 구해달라는 구조요청과 일본군에 관한 정보들이 들어 있었다. 가뜩이나 북경에 파견된 정보요원들이 전부 연락두절 상태가 되어서 특전전구에서 비밀리에 수색을 하던 중이었다. 이에 대해 꾸준히 논란이 불거지고 있던 중에 임상원의 전보가 토론에 불을 지른 것이다. 요원들을 다시 파견해야 한다는 의견과 파견했다가 이번처럼 모두 연락이 두절되면 어떻게 하냐는 의견이 맞섰다. 임상원의 전보에 대해서도 청년 요원들의 의견이 완벽하게 반으로 갈렸다.

"우리 모두가 알다시피 임정 비밀전보기 수신번호는 추적을 따돌리기 위해서 주기적으로 갱신되고 있습니다. 암호도 마찬가지구요. 그런데 임상원 요원의 전보는 이번에 새로 바뀐 번호로 수신되었어요. 이건 보름 전에 북경으로 보낸 정보요원들만 알고 있는 새 번호입니다. 임상원 요원이 비밀장소에서 그걸 확인하고 보낸 거라고 볼 수 있지 않겠습니까?"

정희가 일어나 논리적으로 설파하기 시작했다.

"그러니까 그걸 일본놈들이 임상원의 이름으로 보낸 게 아니라고 어떻게 장담한단 말입니까?"

"임상원은 자기가 지금까지 조사한 정보들도 꾸준히 보내고 있어요. 임상원이 보낸 정보는 국민당정부에서 근시일에 보내준 정보들과도 대부분 일치합니다. 아무리 함정이라지만 일본군이라면 실제 이런 정보들을 보낼 수 있을까요?"

첨예하게 대립한 채 딱히 이렇다 할 답이 나오지 않는 상황이 계속되었다. 그렇게 모두들 지쳐가고 있을 때, 정희의 주장에 점차 무게가 실리기 시작했다.

"이런데도 죽은 사람입니까? 좀 더 합리적으로 판단해야 하지 않겠습니까?"

모인 사람 전체를 두루 둘러보며 정희가 외쳤다.

"앞선 근거들로 보아 임상원 요원의 이번 전보는 순수한 구조요청일 확률이 아주 높은 상황입니다. 이럴 때 외면해버린다면 앞으로 누가 먼저 나서서 일본 점령지구에서 첩보활동을 하려고 하겠습니까?"

근거가 확실하면 판단이 흐려지지 않는다. 뜻을 굽히지 않는 정희의 주장에 일동 조용해졌다. 게다가 임상원은 국무위원이자 재무부장인 이시영 선생이 데리고 재무부에서 일할 예정이었던 임정의 인재였다. 그런데 일본군이 주기적으로 공습을 해대던 지난 11월, 이제 목숨을 걸고 일하겠다며 스스로 정보

요원의 임무를 맡아 북경으로 떠난 뒤 연락이 두절되었다. 정희는 이런 임상원의 요청을 거절해선 안 된다고 수차례 주장했다. 이제는 다들 정희의 의견에 수긍했으나 누가 그곳까지 구조하러 가느냐가 관건이었다.

"아무도 임상원 요원을 구하러 갈 사람이 없다면…… 제가 가겠습니다."

결국 정희가 나서서 자신이 가겠다고 말했다. 예상한 결과였다. 관웅은 그럴 줄 알았다는 듯 한숨을 쉬었고, 말석에 앉아 있던 누군가는 참았던 울음을 터뜨렸다. 눈물을 보인 사람은 상원의 누나 임상옥이었다. 이 먼 타국에서 피붙이만큼 중한 게 또 있을까? 남들이 죽은 사람이니 뭐니 해도 그녀는 기적같이 도착한 전보가 동생이 보낸 것이라고 믿고 싶었다. 단발머리에 이제 스물다섯인 상옥은 회의가 끝난 직후 정희를 붙잡고는 동생을 구하러 가자고 해주어 고맙다며 자신도 꼭 데려가 달라고 부탁했다. 만일 국무위원의 딸인 정희가 선뜻 가겠다고 나서주지 않았다면 이번 구출작전은 불가능할 것이다. 그렇게 정희를 주축으로 구출작전에 찬성하는 부대원들이 모이기 시작해 네 명이 되었다. 마지막에 당연한 듯 서관웅이 합류해 총 다섯 명의 요원이 북경으로 가기로 했다.

"관웅이한테 네가 북경에 간다는 말을 들었다."

급하게 계단을 올라오는 소리가 들리더니 익환이 정희의 방문을 열며 말했다. 정희는 한창 짐을 챙기던 중이었다.

"곧 조선으로 가서 진공작전을 해야 할 텐데 그게 무슨 소용이란 말이냐. 절대 가서는 안 된다!"

익환이 방으로 들어와 짐을 싸던 딸의 손을 붙들고 말했다. 그는 딸을 보내지 않을 작정이었다. 이번에 자신이 광복군사령부로 가게 되면 딸이 옆에서 자신을 보필해야 할 텐데 난데없는 공작이라니 익환으로서는 이해하기 어려웠다. 익환은 딸을 난로 근처에 있는 의자에 앉히고 자신도 옆 의자에 앉았다.

이번 공작에서 다섯 명의 부원들은 북경에서 활동하고 있는 요원들의 생사를 확인하고 임상원에게 일본군과 헌병대의 이동경로와 군 관련 정보들을 전달받는 것을 목표로 세웠다. 만약 이번 공작을 성공시킨다면 국민당정부가 주요 정보들을 걸러내고 제공하는 쭉정이 정보가 아닌, 순수한 임정만의 통합자료를 축적할 수 있었다. 그것을 확보하면 앞으로 광복군이 진격할 때도 많은 도움을 받을 수 있을 것이다. 정희는 아버지에게 이런 내용을 차분히 설명했다. 임상원을 구출하기 위해 가는 것이기도 하지만 다른 이득도 있다는 뜻이었다.

"나는 독립이 되리라는 믿음으로 수십 년을 믿고 버텨왔다. 그동안 많은 이들을 떠나보냈어. 이제 더는 잃고 싶지가 않구나."

정희는 임정에 합류한 7년 전부터 꾸준히 아버지를 보좌해

왔다. 그 세월만큼 정희는 큰 그릇이 되어 있었다. 아버지의 간절한 마음을 이해하지 못하는 것은 아니었으나 그녀는 이번 일을 꼭 성공시켜 국민당정부에 의존하지 않고, 누구의 간섭 없이 자립할 수 있는 광복군을 완성시키고 싶은 포부를 갖고 있었다.

"후대 사람들은 틀림없이 우리를 기억해줄 거예요. 그 사람들이 아니면, 그 다음, 다음에라도."

정희는 아버지의 손을 꼭 그러쥐며 단호히 말했다. 그렇지 않다면 이토록 많은 사람들이 고국도 아닌 곳에서 이름도 남기지 못하고 죽어나갔을 리 없었다. 부녀의 대화가 깊어가는 동안 난로에 올려놓은 주전자가 소리를 내며 끓고 있었다.

"제가 덜 위험한 일만 골라서 하려고 한다면 어떻게 아버지의 위신을 세우겠어요. 아버지께선 임정의 중심을 잡아주고 계세요. 아셨죠?"

정희가 말을 마치며 살짝 웃어 보였다. 그러자 막 임정에 들어왔을 때의 앳된 얼굴이 얼핏 보이는 것도 같았다. 아버지가 도저히 허락해주지 않을 것 같으니 평범한 다른 집 딸들처럼 애교 부리는 시늉을 내보는 것이다. 그 모습을 보자 익환은 더욱 가슴이 미어졌다.

광복군이 있는 서안(시안)에서도 지원하기 어려울 텐데……. 태원과 연안(옌안)을 지나 북경 같은 먼 곳까지 딸을 보내는 것은 평소 익환의 성격으로도 허락하지 못할 일이었다. 하지만 그날 익환은 딸을 막지 못했다. 그나마 불행 중 다행인 것은 관웅이 정희와 함께 떠난다는 사실이었다.

정희는 모르고 있었지만 관웅은 오늘 익환의 방을 찾아가 이번 공작이 끝나면 정희에게 청혼하고 싶다고 밝혔다. 관웅이 정희를 만난 지 7년이라는 세월이 흘렀다. 그런데도 정희가 자신에게 좀처럼 마음을 내주지 않아 그동안 속앓이를 제법 했다. 관웅의 말을 들은 익환은 정희가 원한다면이라는 단서를 붙여 허락했다. 관웅을 사위 삼는 일보다 중요한 것은 딸의 앞날이었다. 그래서 이번 공작은 끝내 익환의 마음에 걸리는 일이 되어버리고 말았다.

일본에 점령당한 북경은 며칠 전까지 살벌한 계엄령이 내렸다가 풀린 탓에 거리가 몹시 한산했다. 대신 검문 등이 느슨해진 틈을 타 다섯 명의 공작요원들은 수월하게 잠입에 성공했다. 그들이 모일 곳은 임정이 마련해둔 임시 거처인 북경 시내의 사진관이었다. 그곳에서 불심검문 시 사용해야 하는 가짜 신분증 다섯 개를 서로 나누어 가지고 임무를 맡은 채 흩어졌다. 각자 임무를 수행한 다음 사진관에서 오후 8시경에 다시 만나기로 약속했다.

정희에게는 임상원을 만나러 가는 임무가 주어졌다. 여러 명이 움직이면 눈에 잘 띄기에 실제로 음식점에 들어가는 것은 딱 한 명, 정희뿐이었다. 만에 하나 함정일 경우를 대비해 상옥과 관웅은 임상원이 있을 음식점에서 너무 멀지 않은 위치에서 대기했다.

정희가 골목골목을 지나 주소지를 찾으니 모퉁이에 딱 봐도 문이 닫힌 지 오래되어 보이는 음식점 하나가 나왔다. 조심스럽게 다가서봤지만 유리문에 나무 살이 십자 모양으로 촘촘히 붙여져 있는데다가 너무 더러워서 내부가 잘 보이지 않았다. 정희는 문을 등지고 손에 총을 든 채 숨죽이며 기척을 살폈다. 음식점 내부에서 연신 부스럭대는 소리가 들렸다. 그 소리를 듣고 있자니 정희도 심장이 터질 것 같았다. 만일, 정말 만에 하나라도 자신이 틀렸다면 이 허름한 음식점 안은 매복한 헌병들로 가득할 것이다. 그리고 그들에게 잡힌다면 사살되거나 생포되더라도 끌려가 고문으로 죽고 말 것이다. 긴장되는 짧은 순간에도 이런 상상은 쉽게 머릿속에 그려졌다. 그럼에도 정희는 돌아설 수 없었다. 동지들이 있기 때문이었다. 조금 떨어진 곳에서 대기 중인 상옥과 관웅은 정희가 무사히 임상원을 데리고 나오길 기다리고 있었다. 관웅이 몇 번이나 만류했지만 정희는 반드시 자신이 가야 한다고 고집을 부려 여기까지 왔다. 자신이 임정 사람들을 설득했던 만큼 모든 책임을 혼자 지려고 한 것이다. 정희는 한 번 숨을 크게 들이마시고는 망설이지 않고 그대로 출입문에 손을 댔다.

"……!"

그런데 끼익 하며 상대편에서 먼저 문을 열었다. 안쪽으로 열린 문 안 어둑한 곳에 누군가 서 있었다. 정희는 본능적으로 즉시 총을 겨눴다.

"하, 하하……."

헛웃음을 지으며 서 있는 남자의 윤곽이 서서히 보이기 시작했다. 남자는 겨우 알아볼 정도로 행색이 초췌해진 임상원이었다. 상원은 자신의 머리에 댔던 권총을 추욱 내리며 뒷걸음질을 쳤다.

"임상원 동지!"

그는 뒷걸음질 치다 긴장이 풀리자 그만 무릎을 꿇고 주저앉기까지 했다. 정희는 황급히 안으로 들어가 문부터 잠그며 임상원을 불렀다.

"무려 윤정희 동지가 와주다니…… 이건……."

임상원은 정희의 얼굴을 알아보고 놀란 나머지 넋이 나간 사람처럼 중얼거렸다.

"전…… 버림받은 게 아니었습니다. 저는 줄곧 그런 줄로만……."

그는 무려 임정의 국무위원인 윤익환의 딸이 자신을 찾아왔다는 반가움과 동시에 자신은 버림받지 않았다는 사실에 감정이 북받친 듯했다. 정희의 추론대로 일본 헌병대의 함정 같은 것은 어디에도 없었다. 상원은 원래 잠입해서 일하던 제빙소에서 헌병대에게 급습을 당했다. 그때 가까스로 정보들만 갖고 도망가다 쫓기기 시작해 약 3개월간 여러 곳을 전전하며 숨어 지냈다. 그러다 겨우 거처를 찾은 곳이 바로 이 폐점한 음식점이었다.

함께 파견된 나머지 요원들과 그는 완벽히 연락이 끊겼다. 하지만 그때 이후로 그들과 접촉하지 않으려 한 게 옳은 선택이었다. 그와 함께 파견된 네 명의 요원은 전부 헌병대에게 살해당했다. 당시 북경 시내는 일본군이 계엄령을 내려 경계가 삼엄했다. 그리고 최근 들어 조금 느슨해진 분위기를 임상원은 놓치지 않았다. 그는 임정이 여러 곳에 마련해둔 비밀장소 중 한 곳에서 새 전보번호와 암호를 찾아냈다. 상원은 자신이 위험에 처하는 것도 감수하며 어떻게든 임정에 자신이 모은 정보를 보내고자 했다. 방금도 정희가 아닌 일본 헌병대가 들어왔다면, 그는 머리에 권총을 쏴서 자살할 생각이었다. 이런 사람을 어떻게 그냥 버린단 말인가.

"일어나세요. 나머지 동지들은 지금 북경 시내에 있습니다. 임상옥 동지도 근처에 있구요."

정희가 다가가 상원에게 손을 내밀었다.

"상옥 누님! 상옥 누님까지……. 누님은 대체 어디에……."

임상원은 정희의 손을 잡고 비로소 자리에서 일어섰다. 그는 하나뿐인 피붙이인 누님이 왔다는 말에 울컥했다.

"어떻게 된 일인지 경위 보고가 먼저입니다. 정말 이런 곳에서 전보를 보냈단 말입니까?"

곧 무너져내릴 것 같은 내부를 둘러보며 정희가 말했다.

"여기 끊어진 전선을 임정 비밀거처에 있던 전보기에 이어서 전보를 보냈습니다. 문을 잠그셨다면 이쪽에서 이야기하시지요."

임상원은 정신을 차리고 정희를 자신이 머물던 건물 안쪽으로 안내했다. 가게 내부와 이어진 부엌은 물만 나온다 뿐이지 어둡고 침침해 잘 보이지도 않았다. 한때 번성한 식당이던 이곳은 지금 아무도 찾지 않는 폐허가 되어 있었다.

"그날 밤에 모이자고 전보를 받았는데 저는 일이 있어서 못 갔습니다. 그 뒤로는 다들 소식을 모릅니다."

상원은 정희에게 자신이 겪은 일을 털어놓았다. 문제의 그날. 임상원은 북경 파견요원들이 모인다는 전보를 받고도 사정이 생겨 참석하지 못했다. 그런데 그 전보는 일본군이 파견요원 중 한 명을 붙잡아 무자비하게 고문해서 정보를 빼돌린 후 한 번에 소탕하기 위해 보낸 함정이었다. 나머지 요원들은 전보 내용을 믿고 참석했다가 그곳에서 모두 몰살당했다. 단 한 사람, 임상원만 빼고. 그는 한밤중에 제빙소에 들이닥친 열 명이 넘는 일본군 헌병대에게 제빙소 주인이 중국어로 뭐라고 큰 소리로 항의하는 걸 듣고 선잠에서 깼다. 제빙소 주인은 상원을 깨우기 위해 일부러 불을 켜고 큰소리로 소란을 피운 것이었다. 헌병대가 제빙소 주인에게 총을 겨누는 모습까지 문틈으로 지켜본 그는 뒷문으로 빠져나와 도망칠 수밖에 없었다. 그리고 제빙소가 보이지 않는 먼 곳까지 이르렀을 때, 상원은 벽에 기대어 주저앉아버렸다. 그는 머리칼을 움켜쥐고 자신은 비겁자라며 어둠 속에서 죄책감에 오열했다.

그럼에도 생사를 넘나드는 이곳에서 임상원은 판단력 하나만으로 석 달 넘게 살아남아 생존신고와 동시에 구조요청을 했다. 그러나 한동안 돌아온 것은 무소식뿐이었다. 한참 임정 내에서 그 전보가 진짜니 함정이니 하며 논쟁하는 동안 임상원은 임정으로부터 자신이 버림받았다고 여기고 있었다.

"제빙소에도 다시 돌아가보지 못했어요. 저를 돌봐주셨던 그분도 아마 잡혀가셨거나 아니면……. 그분이 그런 일을 당한 건 다 저 때문이에요. 죄책감으로 죽고 싶은 적이 한두 번이 아니었습니다."

이제 스물셋인 임상원은 아무도 없는 북경에서 이 모든 일을 홀로 견디고 있었다. 죄책감과 무기력감 그리고 버림받았다는 생각으로 자살하려던 중에 정희가 나타난 것이었다.

"죄책감이 들수록 상원 동지는 더더욱 살아야만 합니다."

이 낯선 북경에서 자신을 돌봐줬던 사람을 뒤로 하고 도망쳐야 했을 때 어떤 심정이었을까? 정희는 아직 어린 상원이 얼마나 힘들었을지 안타까워하며 위로해주었다. 정희도 임정 생활이 7년이 넘어가는 지금 아버지만큼은 아니었으나 먼저 떠나보낸 사람들이 많았기에 그를 충분히 이해할 수 있었다.

"여기서 살아서 돌아가야 그분들을 볼 낯이 있는 거예요."

정희는 반드시 살아서 앞서 보낸 사람들 몫까지 해내야 한다고 생각해왔다. 그것은 남은 사람들의 사명과도 같았다. 그러자 상원도 그러겠노라 다짐하며 정희의 말에 고개를 굳게 끄덕였다.

"누님!"

밖에서 노심초사하며 기다리고 있던 상옥은 정희가 상원을 데리고 나오자마자 동생을 부둥켜안았다. 죽은 가족이 살아 돌아왔으니 어찌 기쁘지 않을까? 상원도 북경에서의 하루하루가 몇 달처럼 느껴졌었기에 누님을 보고 반가운 마음에 한동안 놓지 못했다. 정희는 긴 시간 북경에서 홀로 체류한 상원에게 가짜 신분증을 주고 먼저 서안으로 떠나는 차편에 태워 보냈다. 서안까지만 가면 금방 중경 연화지로 복귀할 수 있을 것이었다. 동생을 배웅한 뒤 상옥은 역사에서 정희에게 이 은혜를 꼭 갚겠노라고 몇 번이고 말했다.

"시간이 별로 없어요. 다들 사진관에서 우릴 기다리고 있을 겁니다."

겨울의 해는 금방 떨어진다. 임무를 완수한 정희가 관웅과 상옥을 데리고 사진관에 도착했을 땐 8시 반이 조금 못 된 시간이었다. 다른 두 명의 요원은 아직 임무를 완수하지 못해서인지 도착하지 않았다. 약속된 시간에서 아직 많이 지나지 않았기에 그들은 사진관에서 기다리는 것을 택했다.

"일단 며칠 뒤에 다섯 명이 전부 서안에 도착할 수 있을 것이라고 해두었습니다. 그 외에 암호화한 건 전부 상원이가 가지고 있던 일본군 정보들뿐이에요."

상원이 가지고 있던 정보들은 모두 상옥의 손에 있었다. 중경으로 가는 도중에 검문에 걸려 발각되지 않게 수를 쓴 것이다. 정보들과 간단한 신상을 적은 안부 내용을 암호화하는 것은 상옥의 몫이었다. 정희는 사진관 1층에 있는 전보기로 송출하는 역할을 했고, 외부 경계는 관웅이 맡았다. 상옥은 더 이상 필요 없게 된 정보 용지들을 불태웠다. 한참 전보 작업을 끝낸 뒤 시계를 보니 9시가 넘어가고 있었다. 그제야 세 명은 무엇인가 잘못되었음을 느끼기 시작했다. 북경에 함께 온 나머지 요원들과 약속한 시간에서 벌써 한 시간이 지나버린 것이다. 한 시간이면 너무나 많은 것이 바뀔 수 있는 시간이었다.

"윤정희!"

그때 갑자기 한 발의 총성이 울렸다. 관웅이 소리치며 재빨리 달려들어 정희와 함께 마룻바닥에 엎드렸다. 동시에 방금 전까지 정희 뒤에 걸려 있던 액자의 유리가 산산조각이 났다. 밖에서 누군가 정희를 저격하려 한 것이다. 어두운 내부에서는 밖의 소리가 더 크게 들리기 마련이다. 사진관 밖의 골목에서 "탁탁탁" 하며 군홧발 수십 개가 빠르게 움직이는 소리가 들려왔다.

오늘 임정요원들이 숨어든 사진관은 수상한 사람들이 있다는 신고로 이미 헌병대에 발각된 상태였다. 근래 들어 일본은 군사기밀이 자꾸 새어나가는 것을 막기 위해 비밀리에 활동하는 요원들을 대대적으로 색출하겠다고 벼르고 있었다. 광복군 사령부의 특명으로 파견된 요원들이 교묘하게 정보를 빼내 일본인이 경영하는 수산협회나 일본영사관, 경찰서를 습격해 무기를 탈취하는 일이 빈번했기 때문이다. 또한 최근에는 군부대마저 급습당하는 일이 있어서 그 피해가 막심했던 터라 더 이상 좌시해서는 안 된다는 공문이 내려온 상황이었다. 아마 상원과 함께 파견된 나머지 네 명의 요원이 이 색출작업의 첫 번째 희생자들이었을 것이다. 그러니 사진관으로 오지 않은 두 명의 동지들도 전부 사살당했거나 잡혔을 확률이 높았다.

"생포하되, 불가피할 시 사살도 허한다!"

방금 전 북경 제1지구 헌병대는 또 한 번의 인간사냥을 명령받았다. 밖에서 헌병대장이 일본어로 지휘하는 소리가 들려왔다. 사진관 안에 있던 세 명의 임정요원은 퇴로까지 완벽히 차단된 채 포위당했다. 이들에게는 선택지가 하나밖에 없었다.

"2층으로 올라가!"

세 명은 당장 뛰어올라가 문을 잠갔다. 그리고 문을 각종 가구들로 막았다. 창문으로 내려다보니 밖에는 일본군 헌병대가 쫙 깔려 있었다. 이럴 때는 지붕을 타고 도망가는 수밖에 없다. 이 무명의 사진관은 북경 시내에서도 작은 집과 가게들이 다닥다닥 붙은 후통(胡同)이라 불리는 곳에 위치했는데, 지금은 그나마 이런 주변 환경이 도움이 되었다. 헌병대가 계단으로 올라오는 소리가 들리기 직전, 그들은 창문을 열고 사진관의 옆 주택과 이어진 지붕을 탔다. 일 분 일 초가 촉박했다. 상옥까지 모두 넘어오니 부수다시피 방문을 팍 박차고 헌병대들이 방안으로 들어와 2층을 샅샅이 뒤지기 시작했다.

"저쪽이다! 도망치고 있다!"

헌병 한 명이 지붕을 보며 소리쳤다. 세 사람은 옆 건물을 빠져나와 미로처럼 끝도 없이 이어진 후통의 골목길을 내달렸다. 같은 편의 외침에 헌병 장교가 장갑 낀 손을 들자, 골목길을 가로로 막고 선 헌병대원들이 등에 찬 장총을 빼들고 한쪽 무릎을 꿇은 채 자세를 잡았다.

"사격 실시!"

한밤중 북경 시내의 최중심지에서 다수의 총성이 울려 퍼졌다. 끝도 없이 들려오는 총성에 북경 시민들은 잠들지 못한 채 두려움에 떨었다. 시민들은 지금 누가 어떤 식으로 쫓기고 있는지 모르지만, 저 무차별적인 총질의 대상이 일본인은 아니라는 사실을 알고 있었다. 시민들은 그들이 중국인 애국투사이거나 멀리 조국을 떠나왔을 조선인 독립지사들이라는 것을 모르지 않았다. 어떤 이들은 총성과 뒤엉킨 헌병대의 고함소리에 분노했으나 일본군 앞에 나설 수 없어 몸을 떨었고, 어떤 부모는 총성을 듣지 못하게 아기의 귀를 막고 함께 웅크린 채 밤이 지나가기를 기다렸다. 그날 북경의 밤은 길었다. 시민들은 모두 한마음으로 누군지도 모르는 도망자들이 부디 무사하기를 기도했다.

"이쪽으로!"

관웅이 앞서 길을 안내했다. 그들은 계속 이어져 있는 어두운 골목길에 숨었다 다시 나오길 반복하며 쫓아오는 헌병대와 소규모 교전을 벌였다. 그들에게 남은 실탄은 얼마 되지 않았지만 지금까지 교육받은 대로 최대한 전략적으로 살아남을 수밖에 없는 처지였다.

"으흑!"

그런데 잘 달려나가던 상옥이 골목길을 돌아 나오며 허벅지에 총을 맞았다. 관웅이 부축했으나 상옥은 오른쪽 다리가 전혀 말을 듣지 않았다. 그러자 정희까지 나서서 부축하기 시작했다. 상옥은 자꾸만 말을 듣지 않고 축 늘어지는 제 다리를 보았다. 다리를 다친 이상 더 도망가기는 힘들 것이다. 그녀는 관웅과 정희의 부축을 매몰차게 뿌리쳤다.

"상옥 동지!"

정희가 이게 무슨 짓이냐는 듯 외쳤다. 하지만 상옥은 오직 두 사람이라도 살려야 한다는 사명감뿐이었다.

"난 틀렸으니 먼저 가요!"

"안 돼! 같이 가야 해요. 같이……."

공작은 실패했다. 머릿속이 마비되어버린 정희는 그만 판단력을 상실하고 말았다. 동지와 함께 돌아가야 한다며 정희는 상옥을 놓지 못한 채 멈춰 서 있었다.

"어리석은 소리 하지 말고, 빨리!"

상옥은 고통이 밀려오는 듯 '빨리'라고 말할 때 목소리가 갈라졌다. 이대로 가다간 전부 다 죽는다. 뜻을 알아들은 관웅이 상옥의 손을 한 번 잡아준 뒤, 자기가 지니고 있던 여분의 탄환을 넘겼다.

"상옥 동지! 다섯 발입니다!"

애써 정희를 떼어내 데리고 가며 관웅이 소리치자 상옥이 고개를 끄덕였다. 먼 이곳까지 와서 자신의 동생을 구해준 정희는 상옥에게 있어 생명의 은인이었다. 만약 정희가 자기 일처럼 구하러 가자고 해주지 않았다면 동생은 신변을 비관해 자살해버렸을 것이다. 그걸 알기에 상옥은 어떻게 해서든 정희를 살려 보내고자 했다. 설령 자신이 죽는다 하더라도. 상옥은 애초에 자신이 정희에게 은혜를 갚을 수 있는 방법은 이 길뿐인 것을 모르지 않았다.

"동생을 구하겠다고 먼저 나서줘서 정말 고마웠어요, 언니……."

상옥은 자신을 계속 돌아보는 정희의 뒷모습을 마지막으로 눈에 담으며 읊조렸다. 어쩌면 눈물이 흘렸던 것도 같은데, 상옥은 약해지는 마음을 다잡으며 다시 정면을 주시했다. 다친 허벅지는 더 이상 그 기능을 하지 못했지만 그녀는 한 쪽 다리를 지탱해 가까스로 일어났다. 그리고 뒤따라올 헌병대가 지나갈 길 정중앙에 섰다. 가로등 밑에 선 그녀는 양손으로 다섯 발을 장전한 뒤, 저격 자세로 헌병들이 골목에서 나올 때까지 기다렸다. 죽음에 대한 공포 때문일까. 그녀는 손과 이가 덜덜 떨려오는 것을 몇 번이나 악물며 다잡았다.

드디어 헌병대원 하나가 튀어나오자 상옥은 그를 과녁 삼아 총을 쐈다. 임정에서도 상위권을 다투던 상옥의 사격 실력은 비록 저격용 총이 아니고 사방이 어두워 시야 확보가 되지 않는 상황에서도 십분 발휘되었다. 그녀는 이후로도 튀어나온 헌병 몇 명에게 탄환을 박아넣어 쓰러뜨렸다. 그러고 나서야 그녀는 마지막 남은 한 발을 아직 뛰고 있는 자신의 심장에 댈 수 있었다. 잡혀서 지독한 고문을 당하다 살해당하느니 그녀는 스스로 목숨을 거두는 걸 택했다. 방아쇠를 당기자마자 풀썩 쓰러진 상옥의 시신 옆을 수많은 헌병들이 지나쳤다. 그들 중 하나가 화풀이라도 하듯 이미 죽은 상옥에게 몇 번이고 총질을 해대고 발로 밟아 시신을 훼손시켰다.

정희와 관웅은 뒤돌아볼 새도 없이 달리고 또 달렸다. 이제 너무 많은 숫자가 쫓아오고 있었다. 고작 남은 두 명을 뒤쫓기 위해 60명 이상의 인원이 투입된 것은 이례적인 일이었다. 한밤중에 벌어진 북경에서의 추격전은 정희 쪽 인원 모두가 잡히거나 죽지 않는 한 끝나지 않을 것이었다. 정희와 관웅은 헌병대의 대열과 인원을 분산시켜야 할 필요성을 느꼈다.

"내일 낮 12시 북경역! 못 만난다면 약속은 만날 때까지 다음 날로 계속 미룬다!"

시간이 없었다. 갈림길에서 관웅이 빠르게 말하자 정희는 고개를 끄덕이고 맞은편으로 달렸다. 그런데 잘 달려나가는 관웅 쪽이 아닌 정희 쪽으로 더 많은 숫자가 뒤쫓기 시작했다. 관웅이 향한 길은 북경 곳곳에 있는 십찰해(스차하이) 중 하나로 연결되었다. 후통 곳곳을 관통하는 수로가 모두 십찰해로 모이고 있어 이 길은 관웅을 구해줄 유일한 통로이기도 했다. 관웅은 돌로 된 아치 형태의 다리를 건너면서 지체하지 않고 수로로 뛰어내렸다. 관웅의 바로 등 뒤까지 뒤쫓아온 헌병대원들이 깨진 얼음들 사이로 마구 확인사살을 했다. 그러나 시신은 강물 위로 떠오르지 않았다.

"전부 다 뒤져라! 안 나오면 오늘 이 근방 모든 집과 가게들의 수색을 불사한다!"

한편 정희는 여전히 숨이 더 이상 차오를 수 없을 정도로 급박하게 쫓기는 신세였다. 얼마나 달려왔던지 북경 천안문 광장에서 서남쪽으로 떨어진 곳에 있는 후통의 골목길이 끝나려 하고 있었다. 스치며 문득문득 보이는 큰 길로 향하는 골목길들은 천안문 광장으로 향하는 이정표가 되어 정희를 이끌었다. 광장처럼 넓게 펼쳐진 평지에서는 다수와 교전을 벌일 수 없다. 그러나 이미 너무도 많은 인원이 정희 쪽으로 향했기 때문에 세 갈래로 나뉘어 쫓아오는 헌병대에 의해 그녀는 퇴로가 막혀버린 것과 다름없었다. 막다른 골목처럼 헌병들이 사방을 막고 있었기 때문에 이제 광장 외에는 갈 곳이 없었다.

"저쪽이다!"

정희는 골목을 빠져나오고 나서도 한참을 달렸다. 그러자 뒤쪽으로 넓다 못해 웅장한 천안문 광장이 가까워지기 시작했다. 방금 정희가 빠져나온 후통 골목길 곳곳에서 황갈색의 옷을 입은 일본군 헌병들이 광장으로 쏟아져나오고 있었다.

"죽이지 말고 생포해!"

도망자를 발견한 헌병대장이 곤봉으로 정희를 가리키며 쉿

소리 섞인 악을 썼다. 헌병대장은 정희를 지옥으로 끌고 가기 위한 악마였다. 정희는 탄환을 전부 소진한 것을 알면서도 총구를 자신의 관자놀이에 대고 몇 번이고 방아쇠를 당겨봤다. 그러나 애석하게도 단 한 발도 남아 있지 않았다. 정희에게는 상옥이 했던 선택마저도 허락되지 않았다. 천안문 광장을 등진 정희에게 40명이 넘는 헌병들이 모조리 정자세로 총구를 겨누었다. 생포하라는 말에 그중 하나가 눈을 부릅뜨고 달려들어 단번에 정희를 걷어찼다. 순식간에 나가떨어진 정희가 광장의 돌바닥 위를 굴렀다. 결국 정희는 군화발로 목뼈가 부러질 정도로 짓밟히며 포박당하고 말았다.

정희는 정신을 잃었다. 그들이 무슨 짓을 했는지 모르지만 포박당한 이후의 기억이 전혀 없었다. 정희는 이대로 잠들어서는 안 된다고 끊임없이 스스로에게 외쳤다. 그녀는 가려진 천 사이로 새어 들어오는 한낮의 밝은 기운에 눈을 떴다. 자신의 손발을 움직여보았으나 꽉 묶여 있어 옴짝달싹할 수 없었다. 찬바람에 잔뜩 오그라든 손발은 제 것이 아닌 양 뻣뻣하기만 했다. 몸에 쇠사슬이 둘러져 있고 입에는 재갈이 물려 있었지만 그녀는 멀쩡하게 살아 있었다. 북경 시내에서 총격전을 벌였고 헌병대원 수십 명에게 총상을 입히거나 죽였으니 최소 사형일 텐데 그녀는 아직도 재판에 회부되지 않은 채였다. 정희는 재갈이 물린 채로 자신과 같이 묶여 있는 사람들을 돌아봤다. 전부 고개가 고꾸라져 있었고 정신이 든 건 자신뿐이었다. 개중에 임산부가 끼어 있는 것으로 보아 정치범으로 분류되었을 자신과 달리 나머지는 일반인 같았다.

"우읍……."

울컥 토악질이 났다. 무엇인가 썩는 냄새가 심하게 올라오고 있었다. 냄새의 근원지는 정희와 살을 맞댄 채 쇠사슬로 묶여 있는 남자였다. 정희는 남자가 이미 죽은 상태라는 것을 알아챘다. 그녀는 지금 시체와 몸이 닿은 채 묶여 있는 것이었다. 끔찍하게도 정희가 떨어지려고 몸부림칠수록 남자와 더 가까워졌다. 시체와 다름없는 이 사람들과 함께 대체 어디로 향하고 있는 것인지 정희는 머릿속이 아득하기만 했다.

수레는 한참을 더 움직였다. 돌부리에 걸려 덜컹거릴 때마다 허벅지와 무릎이 쓸렸다. 수레가 멈춰선 것처럼 느껴지자 정희는 정신을 차리고 사방을 둘러봤다. 수레를 덮고 있는 천의 일부가 조금 찢겨져 있는 것이 보였다. 먼저 이곳이 어딘지 알아야 했다. 정희는 찢겨진 천 사이로 무엇이든 보려고 했다. 옆 남자에게 닿는 것도 아랑곳하지 않은 채 몸을 기울여 필사적으로 밖을 내다보았다. 밖은 큰 탑이 세워진 광장 같은 곳이었다. 곳곳에 헌병들이 서 있어서 이곳이 헌병 관할임을 알 수 있었다. 그런데 헌병대원들은 어젯밤의 사달은 아예 없었던 것처럼 몹시 평화롭고 한가해 보였다. 그들은 탑 아래에서 소소하게 군수품을 나르거나 농담을 주고받는지 끼리끼리 모여 입김을 내며 시시덕거리고 있었다.

"방금…… 왔습니다. 부대장이 말하기로는……."

아주 근거리에서 고위급 장교로 보이는 사람에게 누군가가 보고하는 모습이 눈에 띄었다. 대화 내용도 드문드문 들렸다.

"……전부 이송으로 빠져 있어서 태원으로…… 내일 오전쯤에……."

"그럼 내일까지 여기에 있어야 한다는 말인가?"

보고를 받던 장교가 병참고로 보이는 큰 창고 앞에서 아랫사람에게 되물었다. 그는 근무지로 함께 가져오라는 명령을 받은 포공 관련 무기들의 내역을 보고 있었다. 그는 조금 피로했는지 둥그런 안경을 벗고 미간을 꾹꾹 눌렀다.

"전하, 괜찮으십니까?"

아랫사람이 걱정하며 물었다.

그런데 정희는 그 장교가 안경을 벗고 난 다음부터 그에게서 눈을 뗄 수가 없었다. 다른 사람에게 가려 얼굴을 정확히 볼 수 없었지만 뭔가 미묘한 감정이 올라왔다.

"나는 괜찮으니 신경 쓰지 말게."

그가 괜찮다고 하며 무기 내역을 적은 문서를 건네자 아랫사람이 그것을 받아들고는 옆으로 비켜섰다.

"……!"

정희는 보고를 받는 장교가 '그 사람'임을 한눈에 알아보고 말았다. 멀리 있어도, 목소리가 잘 들리지 않아도 못 알아 볼 리 없었다. 얼마나 그리워했던가? 얼마나 보고 싶었던가? 행여나 그가 정희를 잊어버릴 수는 있어도 정희는 그럴 수 없었다. 경성을 떠나온 그때부터 지금까지도 잊을 수 없는 기억들이 한데 모여 결국 이우를 기억해내고 말았다.

"아무래도 물자 공급이 늦어지고 있는 것 같습니다. 하지만 94식 산포는 가벼우니 내일이면 도착한다고 연락이 왔습니다. 함께 가져가는 게 좋을 것 같습니다. 관련자를 만나서 앞당겨 는 보겠습니다만……."

"그렇다면 무리할 것까진 없지. 내일 출발하겠네."

이우가 피곤한 듯 요시나리에게 말했다. 벌써 8개월째에 접어든 태원에서의 생활은 쉽지 않았다. 게다가 이우는 오늘 자신이 지나온 북경 시내의 어수선한 분위기를 잊을 수 없었다. 밤새 무슨 일이라도 있었는지 시민들은 이우가 탄 차에 꽂힌 헌병대 깃발만 보고도 두려움에 떨며 피해버렸다. 일본이 남의 나라를 침탈해 벌인 짓거리들을 생각하면 그런 눈빛을 보이는 게 당연하겠지……. 이우는 그렇게 생각하고 말았지만 자신에게 쏟아지는 경멸 섞인 시선들은 좀처럼 잊히지 않았다. 그 잔상이 중국에서 수개월째 생활하고 있는 이우의 피로감을 가중

시켰다.

"어차피 내가 해야 할 일은 어디서에나 항상 같을 테니."

이우가 주변의 어수선한 헌병대원들을 둘러보며 자조적으로 말했다. 그는 아무것도 모르는 채 그저 무심하게 주변을 둘러볼 뿐이었다.

"전하……!"

정희는 이우를 애타게 불렀다. 그러나 재갈 사이로 나는 작은 소리가 그곳까지 들릴 리 만무했다. 손에 묶인 매듭을 풀어내려고 아무리 비틀어도 얇은 손목에 상처만 날 뿐이었다. 이런 상황에서 다시 만난 이우는 정희에게 더욱 사무치게 간절한 사람이었다. 정희는 이우가 한 번이라도 자신이 있는 쪽을 봐주기를 바라며 몸부림쳤다.

"숙소가 일반 장교들도 함께 머무는 곳이라 많이 불편하시겠지만 하룻밤이니 양해주십시오."

요시나리가 안색이 좋지 않은 이우를 살피며 말했다. 아마 사령부로 돌아갈 수 있었다면 그는 지금처럼 피곤한 몸을 이끌고 여기 있지 않아도 되었을 것이다. 이우는 비록 전쟁터에 끌려오긴 했지만 태원에서는 제1군사령부에서 지내고 있었다. 이우와 같은 조선 왕족이나 황족이 시찰하거나 머무는 곳에는 최대한 '치워놓기'가 되어 있었다. 치워놓기란 인질이나 사살당할 사람들을 왕족이나 황족이 구하지 못하도록 눈에 띄지 않게 처리해두는 것을 말한다. 따라서 이우가 태원에서 사령부에서 지내는 것은 다른 황족들처럼 대우받는다는 의미보다는 '치워놓기'의 목적이 컸다. 그런데 이곳 헌병대사령부에서는 이런 규칙들이 지켜지지 않고 있었다.

"사령부 측에서는 전하께서 머무신다고 하니 따로 회의에 참석을…… 전하?"

그런데 이우가 요시나리의 보고를 듣지 않고 어디인가로 향했다. 요시나리는 말을 끊고 급히 그를 따랐다.

"전하? 어딜 가십니까?"

요시나리가 재차 이우를 부르며 따라붙었다. 이우는 멀찍이 보이는 누런 천이 덮인 수레가 무엇인지 알아보려던 참이었다. 태원에서와 달리 이곳에서는 처음 보는 허름한 수레들이 이곳 저곳에 방치되어 있었다.

부무관이 부르는데도 이우의 발걸음이 점점 빨라졌다. 저게 무엇이기에…….

"제발…… 제발……."

금방이라도 닿을 듯 자신에게로 걸어오는 이우를 지켜보며 정희는 피가 마르는 듯 간절했다. 듣지 못할 걸 알면서도 정희는 재갈이 물린 입으로 수십 번도 더 "제발, 제발"을 반복했다. 꽉 채워진 재갈 사이로 마른 입술이 갈라져 붉은 피가 배어나고 있었다.

"……."

그제야 요시나리는 이우가 누런 천이 덮인 수레로 향하고 있다는 걸 알았다. 이미 요시나리는 잘 보이지 않는 응달 쪽에 밀쳐져 있던 수레 수십 개를 확인하고 온 길이었다. 천을 슬쩍 들쳐보니 수십 명의 사람들이 함께 묶여 있었다. 헌병대가 범죄자를 이송하는 것일 수도 있었으나 단순 범죄자만으로는 절대 나오지 않을 수레 숫자여서 요시나리도 의문을 갖고 지나가던 군조(중사급)에게 물었다. 군조는 차렷 자세로 경례를 한 뒤 이들은 북경에 있는 1855부대(731부대의 북경 지사 격인 부대)로 '특별이송'될 마루타(인간 통나무)이고 일부는 731부대로 빠지게 될 것이라고 알려주었다. 나나산이치 부타이라(731부대라)……. 몇 년 전에 갑자기 이름이 바뀌었지만 731부대는 '전염병예방부'라는 이름일 때부터 천황폐하의 직속 부대라는 것이 두루 알려져 있었다. 다만 폐하 직속이라는 신성한 이름과 달리 731부대의 총책임자는 군부에서도 망나니로 통하는 이시이라는 작자였다. 이시이가 잠시 도쿄에 귀국했을 때 요시나리는 일반 장교로서 그를 먼발치에서 본 적이 있었다. 그때 이시이의 온몸에서는 끔찍한 악취에 소독약이 섞인 듯한 역한 냄새가 났다. 그 냄새가 꽤 멀리 떨어져 있던 요시나리에게도 강하게 전달되어 몹시 불쾌했던 기억으로 남아 있었다. 그런데 이 마루타들이 이시이에게 가는 거라니. 요시나리는 더러운 걸 보았다고 생각하고는 걸음을 돌렸다. 그래서 이우가 수레를 확인하러 갈 때 그것이 군수물자나 무기가 아님을 이미 알고 있었다.

"전하!"

요시나리는 이쯤에서 이우를 저지해야만 했다. 그는 헌병대에서 자신에게 붙여준 상등병 두 명을 데리고 급히 이우의 앞을 가로막았다.

"황공합니다만, 헌병대사령부 측에서 군부회의에 참석해달라고 부탁하셨습니다. 전하."

요시나리는 조금은 위협적인 태도로 아까 이우에게 전달하려다 못한 말을 마저 했다. 이곳은 헌병대 관할, 게다가 헌병대 특별 경비대 사령부까지 겸임해 있는 곳이었다. 헌병대는 군부 아래에 편입되어 있지만, 엄밀히 말하면 지금 북경을 담당하고 있는 것은 태원 사령부가 아닌 북경 헌병대였다. 저 천으로 덮인 것이 무엇이건 간에 헌병 관할에서는 이우가 간섭할 수 없다. 하지만 이우의 성격에 저것을 목격한다면 절대 두고만 보지 않을 게 뻔하지 않은가. 만약 여기서 이우를 저지하지 못하면 태원 사령부와 북경 헌병대 간에 마찰이 일 것이다. 요시나리는 수레를 보지 않는 것이 이우를 위하는 것이라 여겼다.

"······."

이우는 제 앞을 가로막은 요시나리를 가만히 보았다. 그는 이유를 막론하고 누구든 자신의 앞을 가로막는 것을 좋아하지 않았다. 요시나리는 이우의 그런 성격을 이미 파악하고 있었기에 적당히 고개를 숙인 채 간언하는 신하 역을 연기하기 시작했다.

'제발…… 살려주세요…… 전하!'

수레 속에서 정희의 들리지 않는 외침은 계속되었다. 정희는 어떻게 해서든 자신의 존재를 알리고 싶었다. 그러나 다 쉬어버린 목소리는 입안에서만 맴돌 뿐이었다. 아무리 몸부림을 쳐봐도 그에게 닿을 수 없다는 것을 처음부터 알고 있지 않았던가.

"꼭…….."

한참이 지났다.

"가야만 하는가?"

요시나리와의 긴 신경전을 풀고 이우가 먼저 나지막이 물었다. 요시나리가 이우를 막을 수 있었던 것은 그가 이우를 자신만의 방식대로 모시겠다고 결심한 이후 줄곧 이우의 관찰기를 적어왔을 만큼 모든 걸 파악하기 위해 연구하고 노력했기에 가능했다.

"지금 모두 기다리고 계신다고 합니다."

요시나리와 상등병 둘이 막고 서 있었기에 이우의 시야에서 수레는 더 이상 보이지 않았다. 요시나리는 이우의 앞을 막고 말을 하는 내내 고개를 숙이고 있었다. 만약 이우와 눈을 맞추며 이야기했다면 거짓말을 잘 못하는 요시나리의 연기를 이우가 눈치챌 수도 있었을 것이다. 요시나리는 혹시나 있을 자신의 실수까지도 생각해 철저히 대비했다. 절대 물러서지 않을 것 같은 요시나리의 태도를 보며 이우는 짧게 한숨을 쉬었다.

"부무관의 뜻대로 하지."

결국 요시나리는 이우의 뜻을 꺾었다. 요시나리는 이것이 이우를 위하는 길이며, 자신은 충성을 다했다고 여겼다. 도쿄의 대본영 사령부의 판단은 완벽히 옳았다. 이번에도 요시나리는 충직한 부무관으로서 이우를 모시며 그의 행동을 제한하는 역할을 톡톡히 해낸 것이다.

"……."

이우는 발걸음을 돌렸고, 정희는 절망했다. 이우가 얼어 있는 흙바닥을 저벅저벅 밟으며 자신에게서 멀어지는 소리를 들으며 정희는 울먹였다. 요시나리는 상등병들에게 수레를 '치워놓기'하라는 뜻으로 턱짓을 하고는 이우를 따라나섰다.

'서로 모르는 인연인 채 살아가는 것이 더 나은 경우도 있는 법이지.'

모르는 인연이었어야 할 이유가 이것인가? 정희의 아버지 윤익환은 석파정에서 이우를 만났을 때 이들의 운명을 이미 예견했는지도 몰랐다.

'전하…….'

차라리 눈이 멀어 이우를 보지 못했다면 나았을까? 흐릿해지는 시야 사이로 그가 멀어지는 것이 보였다. 상등병 둘이 수레로 다가오고 있었다. 정희는 어떻게 해서든 이우의 마지막 뒷모습이라도 눈에 담으려 애썼다. 하지만 그마저도 못 보게 하려는 듯 수레가 움직이기 시작했고 더 이상 이우의 모습은 보이지 않았다.

'언젠가 한 번은 스쳐서라도 만날 수 있기를……'

모든 것이 찰나의 순간이었다. 정희는 이우의 모습이 완전히 보이지 않게 되자 자신이 경성을 떠나오면서 빌었던 소원이 이루어졌음을 깨달았다. 그때는 자신이 이우를 마음에 담았던 결말이 이렇게 끝날 줄은 상상하지 못했다. 정희는 숨이 막혀오는 차가운 수레 바닥에서 점점 정신을 잃어갔다.

"이우 공 전하께 경례!"

이우가 천을 걷고 회의실로 들어갔다. 헌병대의 회의는 원래 사용하는 건물이 따로 있는데도 불구하고 전시임을 주지하기 위해 주로 막사에서 이루어졌다. 사령부의 장교들이 이우가 들어오자 전원 기립했다. 총사령관인 가네무라 도모아키가 상석에서 이우를 맞았다. 그로서는 이우를 예의상 초대한 것이었는데 이우가 참석한다는 연락이 오자 조금은 불편한 기색이었다. 늘 자기 멋대로 해왔던 헌병대사령부에서 자신보다 더 높은 신분의 사람을 맞는 것은 그리 유쾌한 일이 아니다. 회의가 진행되는 중에도 이우는 헌병대에서 일하는 사람들과 공유할 내용이 전혀 없었다. 도리어 헌병대 내부에서만 논의해야 할 것들을 터놓고 얘기하지 못하는 상황이 되어 회의의 걸림돌이 되었다. 이우 스스로도 이런 하릴없는 회의에 자신이 왜 참석해야 하는지 화가 났다. 헌병대의 회의에서는 일본이 모든 전투에서 승리하고 있다는 말만 되풀이했다. 사실 육군과 해군 모두 완벽하게 패배하고 있었으나 그들은 현실을 직시하기보다 이곳에서의 약탈과 강자로 군림하는 것에 익숙해져 있었다. 이우는 회의 내내 한 마디도 하지 않았다. 현실성 없는 착각과도 같은 이야기들에 대꾸할 필요가 없어서였다.

회의를 마치고 연회까지 참석해달라는 것을 물리고 이우는 숙소로 내려왔다. 임시숙소로 정해진 곳은 헌병대의 장교숙소였다. 더러운 모포를 몇 겹 덮어둔 곰팡이 핀 침대와 서랍장 하나가 전부였다. 이우는 태원으로 들여갈 화포들과 그 외 병력별 무기의 수량과 상세한 정보를 기록한 서류뭉치를 서랍장에 넣었다. 이우가 부임한 이후부터 꾸준히 쌓아온 화포에 관한 공급 정보들이었다. 이 서류를 보면 북경, 석가장, 태원 세 곳에 전투의 승패를 결정할 산포들이 얼마나 들어갔는지 한눈에 알 수 있었다. 단순 국지전이 아니라 중국 서북부 일대의 지도를 펴놓고 하는 큰 작전을 짤 때 무기가 어디로 얼마나 보급되는지 기록해놓은 것으로, 총사령부 근무자와 주요 병참고가 있는 북경 헌병대에서만 알 수 있는 정보들이었다.

이우는 노곤한 몸을 모포 위에 뉘었다. 헌병대를 지키기 위해 밤새 켜져 있는 조명의 불빛이 창문으로 새어 들어왔다. 이우는 잠시 뒤척이며 팔로 눈을 가렸다.

모두가 잠든 새벽, 세상이 고요해졌을 때 조심스레 방문을 여는 사람이 있었다. 숨죽인 채 방안으로 들어온 이의 실루엣이 창문 밖 불빛에 으슴푸레 드러났다. 침입자는 이우의 부무관 요시나리였다. 그는 이우가 잠들어 있는 것을 확인한 뒤 조심스레 서랍을 열었다. 그리고 서류철의 모든 내용을 한 장 한 장 넘겨가며 확인했다. 다행히도 찢기거나 사라진 부분은 단 한 군데도 없었다. 요시나리는 혹시라도 자신이 주의를 놓치는 순간 이우가 어떤 무모한 행동을 할지 몰라 항상 신경을 곤두세웠다. 자신은 이우를 보좌하는 한편 그가 돌발행동을 하지 못하게 막는 두 가지 임무를 병행해야 하는 부무관이었다.

요시나리는 들어왔을 때와 마찬가지로 조심스럽게 이우의 숙소를 빠져나와 전보실로 향했다. 북경 헌병대 전보실에는 많은 대원들이 새벽에도 잠들지 않고 깨어 있었다. 그는 한 곳에 자리를 잡고 앉아 "ㅇㅇ공, 북경헌병대 장교기숙사 27호에서 일박 중. 별다른 이상 징후 없음. 오전 04:12분 부무관"이라 적고 익숙하게 경성 조선총독부 경무국의 수신번호를 찍었다. 경무국 전보실에서는 그 내용을 받아 지금까지 보관해둔 경비관 계철에 넣었다. '○○공'이란 '이우 공'에서 이우의 이름을 삭제한 것으로, 총독부는 이강과 이우의 일거수일투족을 분 단위로 감시해 ○○공과 ○○공으로 이름만 삭제한 채 기록해두었다. 태원이 아닌 북경에 있는 지금이라고 해서 예외는 아니었다.

요시나리가 방을 나간 뒤, 이우는 팔을 치우고 천천히 눈을 떴다. 그는 처음부터 잠들어 있지 않았다. 태원에서도 요시나리의 감시와 보고는 하루도 빠짐없이 이루어졌다. 자신이 도망치거나 배신할 것을 대비하기 위해서라는 것을 이우는 모르지 않았다. 요시나리는 자신의 충직한 부무관이기 이전에 일본에 충성을 다하는 감시관이었다. 이우는 항상 벼랑 끝에 선 것 같았고 주변의 누구도 자신의 편이 없었다. 그는 요시나리가 완전히 방을 나가서 다시 돌아오지 않을 것을 확신하고 나서야 겨우 한숨 붙일 수 있었다.

정신을 잃었던 것인가, 깜빡 잠이 들었던 것인가? 정희는 경성의 한 거리에 서 있었다. 한복이나 양장 차림의 익숙한 사람들이 자신을 스쳐 지나는 이곳은 모국이었다. 정희는 다시 십대로 돌아가 흰 저고리에 검은 치마를 입고 광화문통을 걷고 있었다. 꿈에서라도 돌아갈 수 있을까 했던 조선에 더 이상 일본은 없었다. 경복궁 앞을 가로막은 조선총독부는 사라지고 경성 거리에는 근대화가 한창 진행되고 있었다. 그토록 바라던 독립이 이루어졌다. 처음엔 사뿐사뿐 걷던 정희의 발걸음이 점차 가볍게 뛰기 시작했다. 벅찬 가슴에 책가방을 든 손을 한 바퀴 돌리자 몸이 잠시 공중으로 붕 뜨는 듯했다.

"콜록……."

쏟아진 찬물세례에 정희는 소스라치며 깨어났다. 물이 뚝뚝 떨어지는 시야 사이로 방금 전 경성 거리의 모습들은 사라지고 퀴퀴한 밀실 내부가 보였다. 위태로운 전등 하나가 유일한 불빛인 밀실에는 황토색 일본군복을 입은 간부 서넛이 서 있었다. 몸이 잘 움직여지지 않았다. 정희는 핏물이 잔뜩 밴 나무의자에 앉혀진 채로 손발이 묶여 있었다.

헌병대에 의해 정치범으로 잡혀온 자들과 일반인들을 한데 실은 수레는 비밀리에 북경 1855부대로 특별이송되었다. 검열과 조사라는 명목 하에 잡혀온 자들을 무자비하게 고문했기에 정희가 있는 어두운 밀실 안에는 온통 살이 타는 냄새와 피비린내가 진동했다.

"너 같은 조선 놈년들의 말로를 내가 가르쳐주지."

하츠히코라 중좌가 정희의 턱을 잡고 이리저리 흔들었다. 정희는 그의 우악스런 손아귀에서 빠져나오려고 했지만 이틀째 굶고 혼절했다 깨어난 상태라 아무 저항도 할 수 없었다.

"사지가 찢겨 죽어 세상에 너희 같은 인간들이 있었다는 사실조차 모르게 될 것이다."

다행인지 히죽거리는 장교들은 정희가 임시정부의 요직에 있는 윤익환의 딸이라는 사실은 모르는 듯했다. 요직을 맡은 인물의 딸에게 공작요원 같은 위험한 일을 맡기지 않았을 것이라고 추측했을 것이다. 정희는 이 와중에도 자신이 윤익환의 딸이라는 사실이 일본군에 알려지지 않아서 다행이라고 여겼다. 그녀는 자신의 목숨이 다한 상황에서도 아버지와 임정 식구들을 걱정하고 있었다.

"하지만 네년 같은 말단 정치범들은 살려달라고 애원하면 살려줄 수도 있다."

하츠히코가 정희의 머리채를 잡아 들어올린 채 이죽거렸다. 살려달라고 빌면 살려준다는 파렴치한 거짓말을 대체 누가 믿을까. 이 자리에서 묶인 채 고문을 받은 많은 독립운동가들처럼 유린당하다가 결국엔 실험실로 보내질 것이다.

"너희들은 반드시 이 전쟁에서 패한다."

자신이 죽는 것은 이미 확정된 사실. 그걸 모를 리 없는 정희가 자신의 머리채를 잡은 하츠히코를 바라보며 말했다.

"나는 그걸 알 수 있어."

정희가 당당하고 확신에 찬 목소리로 말하자 하츠히코가 눈을 가늘게 뜬 채 쳐다보았다. 조선과 중국의 독립운동가들을 수없이 때려죽이고 잡아다 고문한 하츠히코도 정희의 담대한 태도를 대하자 순간 당혹스러웠다. 이 계집은 무엇인가? 마치 패배한 일본의 미래를 미리 보기라도 한 듯이 정희의 표정과 눈빛은 완벽하게 확신에 차 있었다. 그것은 단순한 믿음만으로는 나올 수 없는 것이었다.

"폐하께서 굽어 살피는 이상 우리 황군(皇軍)은 무적이다."

하츠히코가 바싹 약이 올라 윽박질렀다. 하지만 그가 철썩같이 믿는 천황의 가호란 실체가 없는 허상이었다. 군인들을 통솔하기 위한 상부의 이념일 뿐, 지금 일본은 중국 내 항일운동 세력들에 밀려 쩔쩔 매는 중이었다. 이런 사실을 외면하고 싶은 것인가, 아니면 정말로 천황의 가호가 있다고 믿는 것인가. 이제 중국 전선에서 남은 거라고는 최북단에 위치한 산서성 태원이라는 요새와 북경이라는 거점지뿐이었다.

"그런데 왜 네 눈빛엔 두려움이 가득하지?"

정희가 하츠히코의 정곡을 찔렀다.

"……!"

"내 말이 사실이 될까 봐 겁이 나서?"

정희는 단 몇 마디로 중좌의 자존심을 박살냈다.

"일본이 무슨 죄를 지었는지 말해줄까?"

수많은 사람들이 끔찍한 고문을 받고 죽어간 이 공간에서 악마보다도 잔혹한 일본 간부들이 마치 사냥감을 노리듯 정희를 향해 서 있었다.

"다른 나라를 멋대로 침략해 무고한 사람들을 죽이고, 자유를 빼앗아버린 죄……."

그럼에도 불구하고 그녀는 일본이 지은 죄를 천천히 읊어가기 시작했다.

"한 민족을 이간질하고 같은 민족끼리 칼과 총을 겨누게 한 죄!"

일본이 가장 잘하는 짓은 조선인들이 힘을 모아 자신에게 대항하지 못하도록 이간질을 쳐 투견처럼 싸우게 만드는 일이었다. 일제강점기 때 조선 학교에서 행해졌던 가장 흔한 체벌은 학생 둘을 데려다 세워놓고 멈추라고 할 때까지 서로의 뺨을 치게 하는 것이었다. 처음엔 두 학생 모두 서로에게 미안해서 약하게 치지만 시간이 지날수록 서로 감정이 상해 더 세게 치게 된다. 이런 비인간적인 체벌이 대부분의 조선 학교에서 권장되고 행해졌다. 일본의 식민교육은 우리 민족을 우민화시키는 것과 동시에 이간질하는 것을 기본으로 삼았다. 가르치되 가르치지 않는 것, 돌아서서 서로를 멸시하고 증오하게 만드는 것이 그들의 목표였다.

"지금 이 순간까지도 살려주겠다고 거짓을 입에 담으며 인간을 유린하는 죄!"

"그 입 닥쳐!"

결국 하츠히코가 정희의 얼굴에 주먹을 날렸다. 생체실험의

재료로 결정된 마루타는 간부라 하더라도 함부로 상처를 내서는 안 된다. 그러나 하츠히코는 온힘을 다해 고문실이 쩌렁쩌렁 울리도록 말하는 정희의 입을 막아야만 했다. 그런데도 화가 덜 풀리는지 하츠히코는 씩씩대며 인상을 구겼다.

"……콜록."

얼굴을 가격당한 정희는 볼 언저리가 찢어진 채 겨우 옅은 숨을 토해냈다.

"이런 식으로라도…… 내 입을 막지 않으면……."

정희는 말을 잇기 어려운지 잔기침을 했다.

"내 말들을…… 듣기가 괴롭겠지."

그녀는 피를 토하면서도 희미한 미소를 지었다. 나도 여기까진가……. 모든 것을 놓아버리자 평화가 찾아왔다. 죽음을 앞둔 상황에서 두렵고 바들바들 떨려야 하는데 역설적이게도 마음이 편안해지면서 안정감이 느껴졌다.

"너희 같은 것들에게…… 목숨을 구걸하느니……."

입술을 꼭 다문 채 일본군 간부를 쳐다보는 정희의 눈에 눈물이 맺혔다.

"그냥 죽겠다."

정희는 마지막으로 그 한마디를 툭 뱉었다. 죽음 앞에서 비굴해지지 않을 수 있는 사람이 있을까? 하지만 일본이 자신의 목숨을 빼앗을 수 있어도 자신의 넋과 신념은 죽이지 못할 것이라고 정희는 생각했다. 민족의 존망이 걸린 지금 조국과 민족을 향한 마음이 죽음으로, 고작 죽음 따위로 사그라질 리 없었다. 하츠히코는 욕지거리를 하며 찢긴 옷자락 사이로 드러난 정희의 하얗고 얇은 정강이를 걷어찼다. 그걸 시작으로 나머지 간부들도 의자와 함께 쓰러진 정희에게 사납게 달려들었다.

온통 통곡소리뿐이었다. 그 표현이 옳을 것이다. 임정 연화지 3호 앞마당에는 이번 공작의 결과를 보고하기 위해 임정 식구들과 주요 공작요원들 대부분이 참석해 있었다. 김구 주석은 이 일에 신경 쓸 겨를이 없을 정도로 바빴기에 통수부에서는 광복군사령부가 있는 서안으로 떠나야 하는 윤익환과 이시영을 비롯한 몇몇만이 나와 있었다.

"윤정희 동지가 살아 있다는 사실을 뒤늦게 확인한 중국 중앙군 제1전구의 특정 요원들 중 전투를 할 수 있는 요원들 전부가 나섰습니다. 윤정희 동지를 위해 기습공격도 불사하려고 했지만 인질들이 수송되고 있는 차를 찾을 수가 없었습니다. 사령부 쪽에서 추측하기를 아마 특별이송 쪽으로 빠진 것 같다고 합니다. 그렇게만 전하면 알아들으실 거라고……."

"특별이송이라니!"

보고를 듣고 있던 윤익환은 눈이 먼 사람처럼 사방을 더듬거리다 겨우 정신을 가다듬고 몸을 지탱했다. 제1전구에서 보낸 급서를 전달하는 자의 목소리가 보고가 끝나기도 전에 여기저기서 시작된 흐느낌 속에 묻혀버렸다. 참석했던 주요 공작요원들 대부분이 그 자리에서 사살되고 정희는 특별이송을 당했다. 특별이송으로 잃은 동지들이 벌써 몇 명이던가? 헌병대원을 죽이거나 대응하다 잡히면 목숨은 본인의 것이 아니었기에 정희가 붙잡힌 것을 알고 익환은 산 채로 가슴이 찢기는 심경이었다.

이번 공작에서 살아남은 자들도 죄인이 되었다. 임상원은 먼저 중경으로 보내졌기에 털끝 하나 다치지 않고 무사했다. 그러나 그의 누님이자 촉망받던 요원 임상옥이 죽었다. 상원은 결국 단상 위에서 웅크린 채 울부짖었다. 그는 앞으로 누님의 죽음과 맞바꾼 삶을 독립을 위해 이어가야만 했다. 상원 옆에 서 있던 관웅도 뒷짐을 진 채 바닥을 보고 있었다. 그도 이번 공작에서 살아남았다. 그러나 북경에 간 다섯 명 중에 유일하게 살아남은 것은 비극이었다. 관웅은 얼음물 속으로 뛰어들었기에 어깨가 탈골됐지만 정희와 약속한 장소인 북경역 앞에 사흘간 빠지지 않고 나타났다. 하지만 나흘째가 되는 날 그는 약속 장소에 나가는 것을 관두었다. 아마 정희가 오지 못할 것을 알면서도 그는 위험을 무릅쓰고 계속 역에 나갔던 것이리라. 관웅은 검문을 피해 연안으로 간 뒤 지부대를 만나 서안을 통해 중경으로 돌아올 수 있었다. 비록 짝사랑이었으나 수년간 홀로 사랑했던 친구이자 정인(情人)을 떠나보내고, 나머지 동지들도 먼저 앞세운 그의 동공에는 아무것도 남아 있지 않았다. 그럼에도 관웅은 보고라는 명목 하에 만신창이인 채로 사람들 앞에 서 있어야 했다.

사태가 심각했기에 긴급회의가 소집되었지만 아무런 소득 없이 해산되었다. 이번 일로 너무 많은 정예 요원들을 잃었으며, 비록 정희가 살아 있다 해도 어떻게 죽을지 알기에 손쓸 방도가 없는 탓이었다. 여자 동지들 몇몇은 임정 로비에 놓인 석고 마리아상 앞에서 미사포를 쓴 채 온종일 두 손 모아 기도하며 울었다. 전시임에도 임정은 모든 것이 정지된 상태나 다름없었다. 충격이 컸으나 지도부는 하루 빨리 상황을 수습해야 했다. 희생자에 대한 애도는 오늘 오후까지만 허하겠다는 통보가 떨어졌다. 익환은 떨리는 손으로 정희가 마지막까지 쓰던 방의 문을 열었다. 연화지를 떠나면 다시 이 방에 오기는 힘들 것이다. 일주일 전만 해도 정희가 쓰던 방은 아직 딸의 온기가 남아 있는 듯했다.

'아버지!'

언젠가 새벽에 익환이 방으로 들어오자 정희가 창가에서 돌아보며 자신을 부르던 것이 손에 잡힐 듯 떠올랐다. 그날의 정희는 웃음도 완연했다. 익환은 가까스로 정신을 붙잡았다.

'후대 사람들은 틀림없이 우리를 기억해줄 거예요. 그 사람

들이 아니면, 그 다음, 다음에라도.'

아버지의 손을 잡으며 밝게 말하던 딸은 이제 어디에도 없다.

"네게 사랑한다는 말 한마디를 못해주었구나……."

딸의 얼굴이 잡힐 듯 생생하게 떠올랐다. 익환은 책상 위를 손으로 쓸며 오열하고 말았다. 딸에게 한 번도 전하지 못했던 '사랑한다'는 한마디가 마지막까지 마음에 걸렸다.

"사랑하는 내 딸! 다시는…… 다시는! 내 딸로는 태어나지 말거라! 네가 다시 태어난다면 좋은 집안에서 항상 웃으며 행복하게만 살거라!"

딸을 먼저 보낸 아버지의 절규는 꼭 동물의 울부짖음 같았다. 그는 딸이 사지로 떠난다고 할 때 막지 못한 것에 몹시도 자책했다. 그래서 딸을 잃은 이 순간, 언젠가 자신이 친일과 독립운동 중에서 선택해야 했을 때 독립운동을 택한 것을 아버지로서 뼈저리게 후회하고 말았다.

'아버지! 저는 몇 번을 다시 태어난다 해도, 아버지 딸로 태어나겠습니다.'

떨어져 있어도 아버지와 딸은 이어져 있는 것일까? 아버지의 마지막 인사를 듣기라도 한 듯, 정희가 애써 뒤를 돌아보며 대답했다. 그 시각 정희는 양 옆을 포박당한 채 실험실로 끌려가는 중이었다. 그녀가 실험실로 던져지자 두꺼운 철문이 육중

한 소리를 내며 닫혔다. 이윽고 철문 너머로 찢어지는 여자의 비명소리가 흘러나왔다.

정희의 비명소리가 메아리치던 그때, 태원 근처의 분지에서 이우는 야간 행진을 하고 있었다. 그런데 이우의 망토 자락을 정희의 비명이 붙잡기라도 한 것일까? 문득 그는 찬바람을 거스르며 말머리를 돌려 뒤를 돌아보았다. 하지만 그곳엔 까만 어둠과 바람소리뿐 아무것도 없었다. 뜻 모를 슬픔을 느낀 그는 한동안 멈춰 서 있다가 숨을 내쉰 뒤 다시 고삐를 잡았다. 그런데 이번엔 군용장갑 속으로 무엇인가가 날려 들어왔다. 하얀 꽃송이의 형상을 한 그것은 이우의 손바닥 위에 잠시 머물다 다시 동그랗게 말려 날아갔다.

"눈이다!"

줄지어 걷던 군인 중 하나가 눈송이를 보고 하늘을 가리켰다. 검댕이 묻은 병사들이 행진을 멈추고 너도나도 하늘을 올려다보았다. 이우도 함께 하늘을 보자 기다렸다는 듯 눈발이 날리기 시작했다.

'꽃잎이 아니라 눈이었던가…….'

사나운 북풍이 수시로 몰아치는 중국 북녘의 눈답지 않게 찬 바람도 눈보라도 섞이지 않은 고요한 눈발이었다. 사뿐히 꽃잎처럼 날리는 은아한 눈들은 이우를 너울지며 스쳤다. 그 움직임이 이우의 어떤 기억을 자극했다. 석파정에서 정희와 함께 꽃비를 맞던 기억이었다. 벌써 10년도 더 되어버린 일이지만 이우의 기억 속에 정희의 모습만큼은 그대로 아로새겨져 있었다. 자신에게 독립에 대한 견해를 당돌하게 말하던 소녀. 아버지 대의 언약으로 자신과 이어질 수도 있었던 사람. 아마도 이우에게는 평생 잊을 수 없는 첫사랑의 여인…… 살아가며 한 번은 스쳐서라도 만날 수 있을까 했지만 끝내 만나지 못했다.

'갑자기 왜 이렇게 네가 떠오르는지 알 수가 없구나.'

이우는 자꾸만 파고드는 한기에 옷깃을 여몄다.

다시 실험실에 정적이 찾아오고 정희의 고달팠던 생도 끝났다. 죽기 직전까지도 심하게 반항한 그녀에게는 생체실험 중에서도 가장 높은 강도인 '24시간 안에 실험 종료' 명령이 떨어졌다. 정희는 죽는 순간까지도 고통 속에서 난도질당한 채 신에게 인도되었다.

'전하께서도 안녕히……'

이우는 정희의 아득한 죽음을 알지 못했다. 영원히 알지 못할 것이었다. 이것이 그들을 빗겨간 운명의 또 다른 모습이었다. 이우는 다시 행군하는 병사들의 앞머리에서 대열을 일렬로 통솔하기 시작했다. 들어줄 이 없는 정희의 마지막 인사는 방황하다 이내 바람결에 흩어졌다.

반란

1945년의 1월. 북경에서 태원으로 돌아온 지 한 달이 지났다. 이우는 한 해의 마지막 달을 머나먼 중국 땅 태원에서 보냈다. 그동안 사령부의 명령으로 내몽골자치구인 덕왕부에 다녀오기도 했다. 사령부는 자치부가 쓸데없는 짓을 하지 못하도록 간간이 황족들을 시찰 보내곤 했는데 이번엔 이우를 보낸 것이었다. 그런데 하필 덕왕부는 이우가 예전에 부의를 만나러 들렀던 만주국과 같은 일본의 괴뢰 국가였다. 이우는 덕왕부에 다녀오고 나서부터 부쩍 고민에 빠져 있는 일이 잦았다. 경성을 떠나오며 결심한 대로 능력을 발휘하지 않고 지낼 수는 있었지만, 할 수 있는 일이 고작 이것뿐인가 하는 자괴감이 든 탓이다. 이우는 자신의 처지와 상황이 한심해서 코웃음이 날 지경이었다.

'너는 꼭 아버지 같다! 자기만 생각하고 다른 사람이 겪을 일은 생각하지 않지! 아버지도 옛날에 가족이고 뭐고 다 버리고 상해로 독립운동을 한다며 가버리려고 했었다! 그 독립 때문에……. 그런데 너는 왜 아직도 여기 있느냐? 너도 가버려라! 그렇게나 일본이 싫으면!'

이우는 언젠가 형 이건이 자신을 힐난하며 쏟아낸 말을 떠올렸다. 아버지는 실제로 독립운동을 하기 위해 상해로 망명하려고 시도했다. 비록 실패했으나 실제로 어떤 시도를 한 것과 자신처럼 그럴 마음만 갖고 있는 것은 엄청난 차이가 있다. 그런데 자신이 아버지 같다니……. 이우는 스스로를 비웃으며 자신은 아버지 같을 수조차 없다고 여겼다.

"전하, 하시모토 참모장님께서 부르십니다. 지금 바로 가보셔야 할 것 같습니다."

요시나리가 사령부에 있는 이우의 개인 숙소에 노크하고 들어와 말했다. 이우가 마음에 걸리는 것은 자신의 기개 없음뿐만이 아니다. 자신을 그림자처럼 따라다니는 저 우직한 부무관이 있는 이상 탈출은 꿈도 못 꿀 일이었다.

"이번엔 전하께서도 직접 전선에서 뛰어보시는 게 어떠신지 의견을 듣고자 합니다."

참모장이 오랜만에 이우를 부른 이유는 별다른 게 아니었다. 이번 섬서성 동관으로 가는 제99사단의 참모를 결정하는 회의에서 이우를 대놓고 조롱하고자 한 것이다. 참모장의 말투는 정중했으나 지금까지 이우가 어떤 전투에도 일절 참전하지 않은 것을 아는 사람이라면 순수한 제안이 아니라 이우를 조롱하기 위한 말임을 알 수 있었다. 참모장은 제안을 가장해 이우에게 언제까지 참전하지 않고 숨어 있을 것이냐고 묻고 있는 것이었다. 이 제안에 이우가 나서겠다고 하면 권한 없는 참모 자리를 맡겨 참전시키면 그만이고, 참전하지 않겠다고 한다면 겁쟁이로 몰아가려는 의도였다.

"전하께서는 그냥 후방을, 아니 참전하지 마시고 여기 태원을 지켜주십시오. 그편이 낫지 않겠습니까?"

참모장이 본진을 지켜달라고 말하자 참모진 몇몇이 이우를 보며 피식댔다. 생각 있는 군인에게는 주먹이 꽉 쥐어질 정도의 조롱이었다. 이 무슨 망발인가. 뒤에서 듣고 있던 요시나리는 당장에라도 따지고 싶었지만 정작 이우는 별다른 반응을 보이지 않았다.

"만약 전하께서 맡으신다면 적어도 사사키 작전참모보다는 나을 것입니다."

결국 요시나리가 못 참고 한마디 하고 말았다. 자신의 직속 상관을 면전에 대고 무시하는 것을 두고 볼 수만은 없었던 것이다.

"요시나리! 여기가 어딘지 알고 끼어드는 거냐?"

맞은편에 앉은 참모진 중 한 명이 벌떡 일어나 요시나리에게 삿대질을 했다.

"사사키 작전참모는 말을 듣지 않는 나카지마 사단장 때문에 퇴각한 것이다! 말을 삼가라!"

사사키 작전참모는 일주일 전 연안전투에서 조선의용군과 싸워 대패한 나카지마 사단장과 콤비였다. 흙먼지가 날리는 고원 분지인 연안은 조선의 사회주의 운동가들이 모인 독립운동의 근거지였다. 조선독립동맹이 있던 연안에 1944년 조선의용군이 합류하면서 커진 항일투쟁지로, 이곳을 소탕하기 위해 일본군은 무려 한 사단을 보냈다. 그런데 국민당 군대만큼이나 꼴이 너덜너덜해서 두 번째 누더기 군대라는 말을 듣던 조선의용군을 상대로 대패해 대대적으로 퇴각한 상태였다. 그 충격으로 인해 사사키는 며칠째 참모회의에 나오지 않았다.

"이를 테면 그렇다는 것입니다. 그런 식으로 아무에게나 화를 내면 앞으로 곤란하시지 않겠습니까?"

요시나리가 이를 갈며 말했다. 아무리 무능력해 보일지라도 면전에서 전하를 조롱하는 것은 안 될 일이었다. 요시나리가 콕 집어 말하자 상대 참모는 얼굴이 붉으락푸르락해져서 꼼짝 못하고 자리에 앉았다.

'흥, 연안에 있는 조선군들과 같은 조선인이니, 아무 하는 일

없이 지내면서 몰래 내통이라도 하고 있었을지 누가 안단 말인가?'

삿대질하던 참모는 자리에 앉아 속으로 비아냥거렸다. 사실 연안전투에서는 일본군의 경로가 밖으로 새나가 매복해 있던 조선의용군들에게 엄청난 타격을 입었다. 그래서 정보를 빼돌린 자가 있는지 색출작업을 벌이기까지 했지만 결국 지도를 빼돌린 사람은 찾지 못했다.

'이렇게 모호한 자를 전하랍시고 격전지에 있는 참모본부에 보내다니. 대본영에는 순 머저리들만 있다는 말이 진짜가 아닌가?'

비단 삿대질하던 참모뿐만이 아니었다. 회의에 참석한 참모진 전원과 참모장인 하시모토는 이우를 불신했을 뿐만 아니라 이우를 태원으로 보낸 육군 대본영도 믿지 않았다. 일본의 대본영은 패전의 기색이 역력한 지금 파벌싸움이 최고조에 달해 있었다. 게다가 무능력도 극에 달해서, 전쟁에서 이기고 있다고 홍보하지만 실제로는 도쿄가 공습을 받는 일이 빈번했다. 이 때문에 시민들도 대본영의 공표를 믿지 않았고 그들의 파벌싸움에 대해서도 얼추 알고 있었다.

'저 요시나리란 부무관도 과하군. 왜 저리 조선 왕족을 감싸는 것이지?'

게다가 이우의 편을 든 요시나리의 태도마저 의심을 살 법했다. 하지만 아무리 마음에 안 들어도 이우가 왕공족인 것은 변하지 않는 사실이었다. 자칫하다간 군법회의에 불려갈 수도 있어서 다들 직접 반기를 들지는 못하고 한 발 물러날 수밖에 없었다.

"……."

정작 당사자인 이우는 대화가 고조되는 그때까지도 별 반응을 하지 않았다. 그는 지금 완벽히 다른 생각에 빠져 있었다. 그래서 참모들의 조롱이며, 요시나리가 자신을 편드는 것이며 자신과는 어떤 상관도 없는 일로 느껴졌다.

"이번에 동관으로 갈 때 야마자키 사단장과 함께 하도록 하지. 내게 보조참모 셋을 붙이고 곧바로 승인을 내려주게."

이우가 자리에서 일어나며 말했다. 이우의 갑작스러운 참전 선언에 참모진들은 난색을 표했다.

"전하, 갑자기 전방위를 맡으시는 것은 곤란합니다."

참모장인 하시모토도 벌떡 일어나 이우를 잡았다.

"내가 참전하는 것이 일선 병사들이 원하는 바고, 여기 앉아 있는 장교들이 원하는 바라고 하지 않았던가?"

"……."

하시모토는 조롱하려고 불렀던 것을 들킨 양, 이우의 냉정한 대답에 대꾸조차 못했다.

"그게 사실이라면 당연히 따라야 하겠지."

이우는 더는 번복하지 않겠다는 뜻을 밝히고 방을 나섰다. 요시나리는 이우의 뒤를 따르면서 우물쭈물했다. 자신이 끼어든 것에 대해 이우가 뭔가 질책을 할 거라고 여긴 것이다.

"야마자키 중장을 만나야겠다. 작전회의실에서 기다리고 있겠다고 전하고 오라."

이우는 그렇게만 말하고 홀로 작전회의실이 있는 건물로 향했다. 요시나리는 순순한 이우의 뒷모습을 보며 조금 놀랐다. 사실 요시나리는 이우를 가까이에서 지켜보면서 그가 무능한 것이 아니라 무능한 척한다는 것을 눈치챘다. 요시나리는 어느 순간부터 이우가 일부러 능력을 쓰지 않는 것을 파악했으나 상부에 보고하거나 알리지는 않았다. 자신의 선에서 덮은 것이다. 그런데 오늘 이우가 갑작스럽게 참전을 선언했다. 이우가 왜 갑자기 일본을 위해 싸우겠다는 의지를 갖게 되었는지 요시나리로서는 도저히 종잡을 수 없었다.

"전하, 야영장에 화포가 설치되었으니 확인해주십시오. 모두 세 대입니다."

산세가 그나마 덜 험한 평지에 야영장이 설치되었다. 이번에 이우는 참모진 회의에서 정해진 대로 동관 함락을 위해 야마자키 중장이 이끄는 99사단에 참모로 합류했다. 태원에서 남쪽에 위치한 동관까지 단 며칠 만에 진군해야 했지만, 산 중반에 있는 흙길을 도보로 이동하고 차를 최대한 이용해도 1만 명의 한 사단이 움직이기란 쉽지 않았다. 그래서 그들은 밤이 깊어지기 전, 해질 무렵부터 진을 치기 시작했다. 하룻밤을 꼼짝없이 산속에서 보내게 된 것이다.

"아무래도 밤에 급습이 많으니 가장 먼저 설치하라고 일러 두었습니다."

이우가 나와 설치된 화포들을 직접 살폈다. 석 대 전부 산지에서 주로 사용하는 산포였다. 그런데 그때, 하늘에 소형 정찰기 하나가 주욱 날아가고 있는 것이 눈에 띄었다. 해가 지는 반대방향으로 가는 정찰기를 가장 먼저 본 건 요시나리였다. 정찰기가 뿌연 기체를 뿜으며 지나가는 중이었는데 한 대뿐이었기에 공습은 아닌 것으로 판단했다. 지금처럼 가끔 소련 쪽에서 중경으로 비행기 부대가 이동하는 때가 있었는데, 소련은 끝끝내 그 사실을 부인했다.

"전하, 어떡할까요?"

요시나리가 이우에게 물었다. 그는 지금 야영장에 설치되어 있는 41식 75밀리미터 산포로 하늘에 떠 있는 비행기를 어떻게 할지 묻고 있었다. 산포로 정찰기를 요격할 생각을 하다니 이는 포병을 전공했다면 도저히 할 수 없는 질문이었다. 그런데도 상관에게 어떻게 할 것이냐고 묻는 건 우직한 요시나리의 성격에서 비롯된 농담이었다.

"왜, 포수라도 모아야 할까?"

이우는 다른 장교들이라면 자신을 놀리는 것이냐며 벌칙을 시킬 법한 요시나리의 농담을 너그럽게 받아주었다. 경직된 분위기에서는 자유로운 의견이 오가기 어렵다는 것이 예과 시절이나 지금이나 변치 않는 이우의 지론이었다.

"포수가 있다면 장전수랑 보조인원도 필요하겠지. 아, 이번엔 내가 포수를 맡을 테니 지휘관은 자네가 해보겠나?"

이우는 포수 역할을 자처하며 지휘관 자리를 요시나리에게 넘기겠다는 말까지 했다. 너무나 스스럼없이.

"……."

요시나리는 순수한 이우의 제안에 그만 감동했다. 그는 지금 이 순간만큼은 충실한 심복으로서 오직 이우만을 섬기고 싶다고 생각했다. 자신이 만났던 어떤 상관보다 이우는 역량과 인품 모두 모자람이 없었다. 다만 그동안 나라와 천황폐하에게만 충성해야 한다는 생각으로 그 사실을 철저히 부정해왔을 뿐이었다.

"……포수를 모으다가 비행기를 놓치겠습니다, 전하. 없던 일로 하시는 게 좋을 것 같습니다."

요시나리는 가까스로 자신을 다스리며 말했다.

"말을 꺼낸 건 자네인데 벌써 포기해버리는 것인가?"

이우는 다시 하늘을 보며 하릴없이 말했다. 요시나리가 자신의 시선을 피하고 있는 것을 보니 방금 전에도 거짓말을 한 모양이라고 생각했다.

"요시나리 지휘관."

아직 비행기는 일본군의 진지 위를 떠나지 않았다. 여전히 그걸 지켜보던 이우가 요시나리의 이름 뒤에 지휘관이라는 직책을 붙여 나직이 불렀다.

"포수인 나는 방금 적군의 비행기를 놓쳤다. 귀관이 상관으로서 내게 책임을 묻는다면 어떻게 할 것인가?"

이우가 사사로운 감정 없이 다시 요시나리에게 물었다. 요시나리는 생각에 잠겼다. 어떻게 할 것인가? 사병들이 진을 치느라 부산한 야영장을 배경으로 선 채 이우가 자신의 대답을 기다리고 있었다.

호롱불이 켜진 왕공족 부무관의 막사 안. 요시나리는 한참 전부터 침상에 눕지 못하고 막사 안을 서성거리고 있었다. 왕공족 부무관은 막사를 단독으로 배당받았다. 태원을 떠나올 때나 지금이나 이우는 그저 조용히 지내려는 듯 보였다. 그럴 거면 왜 이곳에 합류했는지 자꾸만 의구심이 들었다. 또 요시나리는 아까 이우가 던진 미묘한 질문이 자꾸만 떠올랐다. 무슨 일이라도 벌이시려는 것인가? 설마…… 아닐 것이다. 일본이 하는 일은 질색하는 사람이 야마자키 중장에게 순순히 자기의 작전을 넘겼을 리가. 이우의 동관행이 정해진 날 이우와 함께 회의실에서 나온 야마자키 중장은 이우의 작전이 마음에 들었는지 몹시 흡족한 표정이었다.

"전하."

이유를 알 수 없는 불안감이 요시나리를 이우의 막사 앞까지 이끌었다. 요시나리는 차마 함부로 막사 안으로 들어가지는 못한 채 인기척이 있기를 바랐지만 막사 안은 조용하기만 했다.

"전하!"

제발 대답해주시기를. 요시나리는 주먹을 꽉 쥐며 목청을 높였다.

"……이만 쉴 때도 된 것 같은데."

짧지만 긴 기다림이었다. 이윽고 이우가 막사의 천을 걷고 밖으로 나왔다.

"내 부무관이 이렇게 잠이 없으니 보초 걱정은 없겠군."

이우는 편안한 평시복 차림이었다. 이우가 평소와 다름없이 잠들기 전의 모습이라 요시나리는 한시름을 놓았다.

"아닙니다, 전하. 저는 그저……."

"별 일 아니면 이만 돌아가 쉬게. 내일부터는 또 발이 부르트는 행군이 시작되지 않나."

머뭇거리던 요시나리는 그제야 한 발 물러섰다. 이우가 다시 막사 안으로 들어가자 그는 크게 한숨을 내쉬었다. 정말이지 한시도 마음을 놓을 수가 없었다. 이우의 부무관이 된 이후로 요시나리는 전전긍긍하는 일이 많아졌다. 심지어 성격마저 바뀐 것 같았다. 날카로운 것으로 뇌를 쿡쿡 찌르는 듯한 두통도 자주 찾아왔다. 요시나리는 이우에게 문제가 없다는 걸 확인하고 나서야 감시자의 모습을 내려놓고 자신의 막사로 돌아갔다.

요시나리가 돌아가고 한참 뒤, 부무관이 다시 자신을 찾아올 것 같지 않은 때 이우는 군복을 정장하고 주요 문서들을 군복 속에 숨긴 채 막사 밖으로 나왔다. 야마자키 사단장이 머무는 바로 옆 막사에는 아직 불이 켜져 있었다. 이우는 천천히 걸었다. 한겨울 산속에는 어마어마한 추위가 몰아쳤지만 그는 그다지 추운 줄도 몰랐다. 아직 야영장 중심지에서 벗어나지 못했는데 보초를 서는 사병 몇몇이 교대하려다가 이우를 발견하고는 차렷 자세로 경례했다. 이우는 자연스럽게 그들의 경례를 받고, 그저 잠시 밖에 나온 것처럼 보이려고 발걸음을 돌렸다. 어색해 보이지 않으려고 한 행동이지만 교대하던 사병들이 지켜보는 이상 꼼짝없이 발이 묶여버렸다. 이우는 넓은 야영장의 중심에, 완전히 잠들진 못해도 조용한 막사들과 바스라지는 모닥불 사이에 서 있었다. 무심결에 올려다본 밤하늘의 무수한 별들이 금방이라도 쏟아질 듯 가까웠다. 한낱 인간은 절대로 대적할 수 없는 대자연의 힘이 느껴졌다.

이우는 일본에게 나라를 잃고, 적국인 일본의 군복을 입은 채 황량한 중국 땅에 서 있었다. 그것이 현재 그의 위치였다. 그렇다면 항일운동이야말로 조선 왕족인 내게 하늘이 내려준 숙명이 아닐까. 나는 조선 독립을 위해 살아야 한다. 그게 나의 길이다. 이우는 다시 한 번 마음을 다잡았다. 99사단이 가게 될 동관은 대한민국 임시정부 광복군의 근거지로 알려진 서안 바로 옆에 위치해 있었다. 그래서 참모장이 가야 할 곳이 동관이라고 했을 때 이우는 이미 동관을 통해 서안으로 들어가 광복군에 투항하기로 마음먹었다. 그래서 참모진 회의에 끼어든 요시나리를 질책할 필요가 없었던 것이다. 모든 일은 자연스럽게 이우가 원하는 대로 흘러가고 있었다. 의심을 피하기 위해 야마자키 사단장에게 자신이 세운 차선책 전략까지 내놓았다. 야마자키는 이우의 전략을 몹시 마음에 들어 했다. 그 정도는 해야 의심을 피할 수 있을 것이었다. 그리고 바로 몇 시간 전에 끝끝내 자신을 의심하는 요시나리를 떼어놓는 데 성공했다. 이곳에서 도망치려면 다른 날을 생각할 수 없었다. 오직 지금뿐이었다.

"여기야!"

그때 갑자기 이우를 부르기라도 하듯 조선말이 들려왔다. 이우는 깜짝 놀라 주위를 둘러보았다. 바사삭바사삭 여러 명이 마른 나뭇잎을 밟으며 조용히 움직이는 소리가 들릴 듯 말 듯 이우를 에워쌌다.

"여기라고! ······이쪽으로 ······없어!"

선명하진 않지만 들려오는 말들은 전부 조선말이었다. 이우는 한밤중 일본군 진지 근처에서 바람결처럼 들려오는 조선말을 알아들을 수 있는 유일한 사람이었다. 혹시 공격하러 온 조선군인가? 그러나 공격하려는 사람들의 대화로는 들리지 않았다. 이우는 일단 상황을 확인해야 했다. 이우의 눈과 발이 야영장 주변의 수북한 낙엽을 밟는 소리들을 다급히 쫓았다.

'······!'

이우는 경계를 늦추지 않고 사병들이 코를 골며 잠들어 있는 천막 뒤쪽으로 갔다. 일본군 사병 수십 명이 산을 내려가고 있었다. 군용품이 든 배낭을 맨 채 조선말을 쓰는 그들은 일본군 복을 입고 있었으나 전부 학도병으로 끌려온 조선인 청년들이었다. 그들은 일본군들 몰래 99식 단소총까지 모조리 빼내 자신의 등에 맬 수 있는 만큼 골라 맸다. 그리고 약속한 시간에 일제히 모여 탈주를 감행했다.

일본은 태평양전쟁과 중일전쟁에 더 차출할 사람이 없어지자 조선의 어린 소년에서부터 공부하는 청년들에게도 징집명령을 내렸다. 하지만 뒤늦게 징집된 그들이 제대로 된 훈련을 받았을 리 만무했고, 조선인이었기에 총알받이로 개죽음을 당하는 게 다반사였다. 이래 죽으나 저래 죽으나 똑같다면 일본군을 위해서 죽지는 않겠다! 그들은 한뜻으로 도망가기로 약속했고 아직 대열이 정비되지 않은 오늘이 적기라고 판단했다. 그게 이우의 계획과 겹친 것이다.

이우는 이 많은 학도병들이 탈주해 어디로 향하려는지 이미 알고 있었다. 자신도 광복군 근거지로 알려진 서안으로 가려고 하지 않았던가. 이런 식으로 일본군에서 탈주한 학도병들이 전부 서안으로 모이고 있어서 소수였던 광복군의 숫자가 기하급수적으로 늘어 1945년에는 수백에 달할 정도가 되었다. 조선인 징병자들이 수도 없이 탈주를 감행했고 일본군은 그것을 막지 못했다.

'발각되면 완벽히 끝이다.'

이우는 학도병들을 보며 생각했다. 이들이 다시 잡혀온다면 군부를 배신한 죄로 최소 사살을 당할 것이었다. 아직 어리지만 이들은 전부 목숨을 걸고 탈주하고 있었다. 이미 다른 사단에서는 탈주한 조선 학도병들을 체포해 본보기로 공개 사살한 전력이 있었다. 이우가 급하게 사단 내의 동정을 살펴보니 다행인지 아직까지는 조용했다. 1만 명이나 되는 사단이기에 일부가 탈주한 것이 밝혀지기까지는 시간이 걸릴 것이었다. 수십 명이 탈출해 안전거리까지 도망가려면 산지임을 감안해 최소 2시간에서 2시간 반의 시간이 필요했다. 지금은 겨울철이니 그보다 더 걸릴 수도 있었다. 이우는 자신이 탈출하기 위해 미리 조사해둔 것을 바탕으로 시간을 추측해두었다.

이우는 순간 갈등했다. 이대로 저들이 추격대에 잡히게 두고 나 혼자 탈출할 것인가? 아니면 저들이 무사히 도망갈 수 있도록 내가 이곳에서 시간을 끌어줄 것인가? 이미 학도병들이 탈출을 시도한 이상 첫 번째 가정은 불필요한 것이었다. 저들을 잡기 위해 보낸 추격대에 의해 자신도 잡힐 가능성이 높았기 때문이다. 여기까지 순조롭게 왔고 내 한 몸이라면 무사히 탈출할 수 있으리라 여겼는데……. 이우는 찬바람에 갈라진 입술을 씹으며 발걸음을 돌려야 했다. 그리고 탈주한 조선 학도병들을 보호하기 위해 최대한 시간을 끌어주기로 했다.

"요시나리. 나와 같이 보초들을 독려해야겠다."

이우는 다시 막사 안으로 들어가 군복 속에 감춘 서류들을 원래 위치에 둔 채 부무관 요시나리를 깨웠다. 그리고 밤새 보초를 서는 사병들을 독려하며 모리나가(森永)라는 제조회사에서 나온 비스킷과 캐러멜을 나눠주었다. 일반 사병들에게는 조금씩밖에 제공되지 않는 간식이 장교들에게는 원하는 만큼 지급되었기에 자신의 것을 나눠준 것이다. 언제나 배고픔에 허덕이고 밤샘 보초를 서야 하는 사병들은 이게 웬 떡이냐 싶어 "황공합니다. 공 전하" 하며 요시나리에게 사식을 건네받았다. 이우는 가끔 농담을 섞거나 유쾌한 분위기를 만들어 그들의 주의를 흐트러뜨리기도 했다. 이것이 학도병들의 탈주를 돕기 위해 이우가 할 수 있는 최선이었다.

다음날. 99사단은 발칵 뒤집혔다.

"총 여든아홉 명으로 파악됩니다. 두 번에 나눠서 빠져나간 것으로 추측되며, 인원은 큰 숫자가 아니나 가져갈 수 있는 가벼운 무기는 전부 탈취해 달아났습니다. 추격대가 따라 붙을 수 없는 시각에 알게 된 일이라 쫓아갈 수도 없어서, 다른 사단보다 피해가 막심합니다."

진군이 멈췄다. 야마자키는 일어나자마자 막사에서 부관에게 피해 상황을 보고받았다. 상황을 보고받은 야마자키는 아직 사단 안에 남아 있는 조선인 학도병 출신들을 전부 색출해 다시 태원으로 돌려보내는 초강수를 두었다. 조선인들은 태원이나 석가장의 군수공장에서 죽어라 공장일이나 하다 죽어야 알맞다고 읊조리면서. 또 다시 조선인들이 탈주한다면 기강이 무너지는 것은 걷잡을 수 없을 것이었다. 야마자키는 조선인 사병들을 전투지에 데려가는 것은 재고해야 한다며 제1군사령부에 전보까지 보냈다.

"전하께서 밤새 보초들을 독려하며 다니셨다고 들었습니다."

야마자키는 어제의 행적을 살펴봤을 때 가장 의심스러운 이우를 불러 직접 상황을 확인하고자 했다.

"사단장님! 전하께서는……."

이우는 요시나리가 끼어들려고 하자 손을 들어 저지했다. 이는 이우와 야마자키가 풀어야 할 일이었다. 야마자키는 1만 병사의 대장으로 한 사단을 맡고 있어서 부무관보다 그를 더 존중해야 했다. 요시나리는 상관의 저지에 입을 다물었지만 이 일은 엄청난 오해라고 여기고 있었다. 요시나리에게는 이우의 행동이 진실로 밤새 추위에 떠는 사병들을 독려하는 것으로만 보였던 것이다. 이런 일마저 의심하는 것인가…….

"혹, 어젯밤 조선인 학도병들이 탈주한 것을 목격하셨거나 그에 대해 아시는 바가 있으십니까?"

사단장의 질문은 '네가 묵인한 것을 알고 있다'는 걸 전제로 하는 듯했다. 어젯밤의 보초병들 중에서 아무도 수십 명의 조선 학도병이 탈출하는 것을 목격하지 못한 것은 이상한 일이었다. 만일 이우가 보초병들을 독려하러 돌아다니지 않았다면 정신이 딴 곳에 팔려 보초 서는 일을 소홀히 하지는 않았을 것이었다.

"없소."

이우의 한마디로 상황은 간단하게 끝났다. 이우는 한 치의 흔들림이 없었다. 야마자키는 이우가 이런 식의 심리전에 동요할 사람이 아니라는 것을 알았기에 잠깐 이우를 쳐다보다가 알 겠다고 답했다. 그러나 야마자키의 눈에는 당장에라도 낱낱이 까발리고 싶은 의심이 서려 있었다. 증좌만 있다면……. 물증이 아닌 심증만으로 왕공족인 이우를 추궁할 수는 없었다.

"방금 저는 99사단의 사단장으로서 심사숙고 끝에 다음과 같은 결론을 내렸습니다."

야마자키는 이우가 이런 식으로 입을 다물고 있는 이상 더욱 이우를 믿을 수 없다고 판단했다. 그는 일어나 이우를 이미 배반자 대하듯 내려다보며 말했다.

"공 전하께서는 작전서류를 전부 보조참모들에게 넘기시고, 이만 태원으로 돌아가주십시오."

실로 불명예스러운 복귀였다. 이우가 직접적으로 잘못한 일은 없었으나 그에 대한 제1군사령부 내 평판은 날로 추락했다. 그래서 따로 지시가 있는 것도 아닌데 이우는 자연스럽게 자신의 숙소에서만 지내게 되었다. 이는 요시나리로서도 받아들일 수 없는 부당한 처사였다. 요시나리의 눈에는 증거도 없는데 이우가 억울한 대우를 받는 것처럼 보였다. 자신이 옆에서 분 단위로 철저히 감시하고 있는 것을 알면서도 군부의 처사가 너무 가혹하지 않은가라는 반문도 해보았다. 하지만 이우는 숙소의 정갈한 방에서 책 한 권에 의지하며 모든 일에 초월한 듯 조용히 지냈다. 그럼에도 요시나리는 매일 사령부에 무슨 일이 있었는지 이우에게 일일이 보고했다. 이런 날들이 태원으로 복귀한 지 무려 수일째 지속되고 있었다. 이러다 달을 넘기고 말겠다 싶어 요시나리는 참모장님께라도 찾아가보라는 말을 전하려고 오후 늦게 이우의 숙소에 들렀다.

"전하, 요시나리입니다."

안에서는 아무 소리도 돌아오지 않았다.

"전하, 황공합니다만 들어가겠습니다."

한참이 지나도 인기척이 없자 요시나리가 문을 열었다. 한눈에 다 들어오는 작은 방에 있어야 할 이우가 보이지 않았다. 침대에도, 책상 앞에도, 심지어 방에 딸린 욕실 문까지 열어봤으나 아무도 없었다.

"……!"

요시나리는 다급히 군사 정보를 보관하는 서랍장을 열었다. 평소 잘 정리되어 있던 서랍장은 아무것도 없이 텅 빈 상태였다. 이우가 사라졌다. 요시나리의 심장이 빠르게 뛰었다. 문득 언젠가 이우가 자신에게 했던 질문이 뇌리를 스쳤다.

'포병인 나는 방금 적군의 비행기를 놓쳤다. 귀관이 상관으로서 내게 책임을 묻는다면 어떻게 할 것인가?'

그 질문에 자신이 뭐라고 대답했더라?

'전하, 저는 그걸 못 본 척할 것입니다. 그럼 그때 다시 포격하시면 됩니다.'

아뿔싸. 요시나리는 눈앞이 캄캄해지고 말았다. 그때 이우가 은연중에 물었던 질문의 의도를 이제야 알아차리고 말았다. 자신이 질문에 대답할 때 이우가 멀리 지평선을 보고 있어서 어떤 표정을 짓고 있었는지 보지 못했다. 이제 어떻게 해야 하는가? 당장 사령부에 연락해서 이유를 잡아야만 했다. 그런데 요시나리는 발이 얼어붙은 것처럼 꼼짝할 수가 없었다.

"요시나리."

열린 문 사이로 참모장 하시모토가 두 명의 부관을 데리고 서 있었다.

"어떻게, 어떻게 된 것인지······."

요시나리가 당황하자 하시모토가 가만히 지켜보다가 입을 열었다.

"전하께서는 오늘부로 북경 헌병대사령부로 전보되었다."

왕족이 헌병대로 전보되다니? 이게 무슨 말인가? 육사와 육군대학을 졸업한 참모인 이우는 당연히 육군 소속으로, 그것도 제1군에서 일해야만 했다. 요시나리는 도무지 이해할 수 없었다.

"어째서입니까? 육군을 선택하신 황족이나 왕공족 전하들 중에 헌병대로 전보된 사례는 들어본 바 없습니다."

"그날 조선인 사병들이 도망가는 것을 놓친 것인지, 아니면 방관했는지는 전하만이 아시겠지."

하시모토가 냉정하게 말했다. 그날의 일은 상당한 문제를 야기했고 이우에 대한 끝없는 불신은 그가 근신하고 있음에도 사그라들지 않았다.

"또한! 전하께서 군사정보를 갖고 탈출을 시도했다. 이는 폐하의 아량을 시험한 것으로 중죄에 해당한다."

"……."

요시나리가 잠시 자리를 비운 사이 이우가 탈출을 감행했던 것이다.

"하지만 대외적으로는 병이 깊어 그렇게 된 것이라고 공표했다. 왕공족이라는 특수 지위를 갖고 계시니 사령부에서도 별수 없이 내린 결정이다."

사령부는 더 이상 이우를 좌시할 수 없었고 결국 이우의 이름으로 병가를 내 북경의 국군병원으로 이송했다. 사령부는 이우의 병가 사유를 절대 불문에 붙인 채 공개 처벌이 아닌 전선과의 절대 격리만을 명했다. 조선 왕족인 이우가 탈출하려 했다는 소문이 돈다면 조선인 사병들이 크게 동요할 수 있었기 때문이다. 왕족도 탈출하는데 자신들도 하겠다고 나서면 어떻게 할 것인가?

"그래도 전하이신데, 부무관도 모르게 이렇게 처리하다니 이는 불경입니다!"

자초지종을 들었지만 요시나리는 도무지 납득할 수 없어서 주먹을 불끈 쥐며 외쳤다.

"전시에 그런 위험인물을 데리고 있는 것이 불경이다!"

하시모토 참모장도 지지 않고 날카롭게 되받아쳤다.

"그래도 왕족입니다!"

"요시나리!"

하시모토는 소리를 지르며 이우의 숙소 내부까지 군화발로 들어왔다. 사령부뿐만 아니라 참모본부도 인내심의 한계를 넘어서고 있었다. 하시모토는 자신의 위치를 좀처럼 가늠하지 못하는 요시나리를 일깨워줘야겠다고 생각했다.

"너는 누군가의 부관이기 이전에 대일본제국의 군인이다!"

하시모토는 요시나리의 멱살을 턱 잡고 마치 눈에 불이 일 듯 매섭게 노려보았다. 요시나리도 시선을 피하지 않았다.

"그 사실을, 잊지 마라."

하시모토가 요시나리의 멱살을 잡았던 손을 거칠게 놓으며 말했다. 이것은 직접적인 경고였다. 조선인 상관을 따르지 말라는 경고. 요시나리는 참모장이 나간 후에도 한참 동안 이우의 숙소에서 나가지 못했다. 책상 위에는 이우가 유일하게 의지했던 이름 모를 책 한 권만이 놓여 있었다.

요시나리는 그날로 북경으로 향했다. 이우가 유폐되어 있는 국군병원은 민간인을 관리하는 헌병 두 부대와 오장(하사급)으로만 구성된 헌병 한 부대로 이루어진 북경 소재의 일본군 관할 병원이었다.

"나는 이우 공 전하의 부관, 요시나리 중좌다. 나는 왕공족의 부무관이고 군조가 내 앞을 가로막을 수는 없다!"

요시나리가 이렇게 말하자 말단 헌병들이 "차렷" 하며 옆으로 비켜섰다. 요시나리는 근래 들어 최고로 다급한 발걸음을 옮기며 경직된 표정을 풀지 못했다. 그는 부무관으로서 헌병대사령부에 면회를 청했지만 떨떠름한 반응이 돌아왔다. 헌대병사령부는 제1군사령부의 지시 없이는 면회가 불가하다는 입장이었다. 하지만 요시나리는 포기하지 않고 전하를 뵙고만 나오겠다며 끝끝내 청을 넣었다. 그제야 요시나리는 3층의 한 병실로 안내받을 수 있었다. 요시나리는 병실 앞에서 한숨을 크게 내쉬고는 노크를 한 뒤 문을 열었다. 하루 종일 매달린 끝에 만나게 된 자신의 상관은 링거주사를 꽂은 채 환자복을 입고 있었다.

"……."

침대에 앉아 있던 이우가 막 문을 열고 들어온 요시나리를 쳐다보았다.

"날 도와라, 요시나리. 나는 여기를 탈출해야만 한다."

이우가 요시나리를 보고 꺼낸 첫 마디는 참으로 애석하게도, 요시나리로서는 결코 따를 수 없는 명령이었다. 다른 명령이었다면 기꺼이 받들었을 것이다. 요시나리는 이우 앞에 무릎을 꿇고 앉았다.

"전하, 그 명령만은 거두어주십시오. 이곳은 헌병 관할입니다. 탈출하실 수 없을 뿐더러, 여기서 더 물의를 일으키신다면 경성에 계신 비 전하와 공자님들의 안위도 보장할 수가 없습니다."

결국 이렇게……. 이우는 경성에 두고 온 찬주와 두 아들을 떠올렸다. 그는 하얀 시트를 주먹으로 꼭 쥔 채 떨고 있었다. 처자식은 지금 자신의 가장 큰 약점이고 인질이었다. 왕족인 이우마저도 이렇게 멋대로 감금해버린 지금, 이우에게 매인 인질이란 얼마나 더 연약한 존재일 것인가. 성공할 수 없는 시도는 애초에 하지 않는 게 좋았나……. 이우는 예전에 아버지가 탈출 미수 사건 이후 다시 경성으로 붙잡혀 와 녹천정에 두 달간 유폐되었던 것을 떠올렸다. 그때 아버지의 심경이 지금 자신과 같았을 것임을, 북경에 유폐된 지금에서야 그는 뼈저리게 느낄 수 있었다.

유폐는 언제 끝나는 것일까? 1945년 3월 중순. 벌써 두 달 보름째였다. 날씨가 풀려 예전처럼 살을 에는 추위는 없었다. 무려 계절이 바뀌고 있는데도 이우에 대한 감금명령은 풀릴 줄을 몰랐다. 병실에만 있는 이우는 요시나리가 며칠에 한 번씩 만나러 갈 때마다 몹시 피폐해져갔다. 요시나리는 이우의 일로 여기저기 알아볼까 하다가 다 관두었다. 제1군사령부에 가면 괜히 화를 돋울 수 있었고, 참모진에게 부탁해도 별 뾰족한 방법은 없을 것이었다. 그러던 중 요시나리에게 통지 하나가 도착했다. 이우 공 전하 관련으로 제1군사령부로 오라는 내용이었다. 요시나리는 이우의 유폐가 풀릴 것을 내심 기대하고 한걸음에 사령부로 갔다.

"……허억!"

그런데 사령부에서 요시나리를 기다린 것은 무차별적인 폭행이었다. 꿇어앉아 있는 요시나리를 둘러싼 대여섯 명 중 하나가 요시나리의 머리를 발로 찼다.

"전하는 곧 풀려나서 일본으로 가게 될 거다. 아마 부인한테도 훈장이 떨어지겠지. 이 말이 듣고 싶어서 여기까지 찾아온 게 아닌가, 요시나리!"

바닥에 쓰러진 채 겨우 피를 뱉는 요시나리의 머리 앞에 군화발이 서며 말했다. 말이 끝나기 무섭게 또 발길질이 이어졌다. 누구인지도 모르게 여러 명이 동시에 발길질을 해대는 통에 요시나리로서는 속수무책으로 맞고 있을 수밖에 없었다.

"요시나리! 너는 조선인의 군인이냐, 폐하의 군인이냐!"

"천황폐하의 군인입……."

"틀렸다!"

틀렸다며 크게 소리친 장교 하나가 재차 꿇어앉은 요시나리의 배를 걷어찼다. 욱, 하고 피를 토해낸 요시나리가 다시 무릎을 꿇고 뒷짐을 지는 '바로 자세'를 하려고 흐느적댔다.

"다시 묻겠다! 요시나리, 너는 누구의 아들이냐?"

"대일본제국 천황폐…… 허억……."

그러나 쏟아지는 발길질에 요시나리는 또 다시 말을 맺지 못하고 바닥을 뒹굴었다. 이번에도 제대로 얼굴을 걷어차였다.

"바로! 요시나리! 이 정도밖에 못하나?"

요시나리는 아무 이유 없이 계속 죽기 직전까지 맞았다. 요시나리는 온몸이 바스러져도 무조건 상관의 명령에 따라야 했다. 그는 몇 번이고 다시 무릎을 꿇고 뒷짐을 지려고 했으나 힘이 풀려 도저히 다시 일어설 수 없었다. 흙바닥 여기저기에 요시나리가 토해놓은 진득한 피가 모래와 함께 엉겨갔다.

"너는 뭣 때문에 일개 식민지인 조선의 왕족을 그리도 따르는 거냐!"

"전하께선 제가 맡은 상관이고…… 허억…… 저는…… 폐하의 명령을 따르는 군인입니다."

폐부를 발로 차인 그는 숨을 쉴 수 없어서 허덕였다. 그 와중에도 요시나리는 자신을 '폐하의 군인'이라고 칭하며 천황에게 충성할 것을 다짐했다.

"듣던 중 다행이구나! 그게 아니었다면 조선 왕족이랑 같이 탈출해 변절했을지도 모르지!"

"와하하―."

둘러싼 군인들이 요시나리를 조롱했다. 중좌인 그를 때릴 수 있는 사람은 많지 않았지만 하극상이 심했기에 더 낮은 계급의 군인도 요시나리를 집단폭행하는 데 가담했다. 사령부에서 이번 폭행사건을 묵인하겠다는 뜻을 내비쳤기에 가능한 일이었다. 양손으로 머리를 꼭 감싼 채 웅크린 요시나리를 그들은 이리저리 공을 차듯 굴리며 계속 구타했다.

다음날 오후. 요시나리는 거의 제 기능을 하지 못하는 몸을 이끌고 이우가 유폐되어 있는 국군병원에 도착했다. 그는 헌병대원의 경례를 받으며 내부로 들어섰다. 요시나리는 오늘 무엇보다 기쁜 소식을 가지고 이우를 찾아왔다. 하지만 부무관임에도 면회하기가 쉽지 않아 꼬박 한 시간을 기다렸다가 이우가 감금된 병실로 들어갈 수 있었다. 기다리는 동안 지나다니는 헌병대원들이 요시나리의 퉁퉁 붓고 피멍든 얼굴을 흘끔거리며 쳐다봤지만 그는 아무래도 상관없었다.

"전하, 드디어 이곳을 나가실 수 있게 되셨습니다!"

병실 문을 열고 들어가자마자 요시나리는 이우의 침상 아래 바닥에 무릎을 꿇었다. 이우는 여전히 아무 의미 없는 링거를 꽂은 채 말없이 창밖을 응시하고 있다가 요시나리를 쳐다봤다. 요시나리는 이우에게 상처가 보이지 않게 최대한 고개를 숙이고 있었으나 얼굴부터 시작해 몸 여기저기에 피멍이 든 것을 가리기엔 역부족이었다. 그는 어제 밤새 무차별적인 구타를 당해 온몸이 성치 않았으나 이우에게 유폐가 풀린다는 소식을 전하겠다는 일념으로 여기까지 달려온 것이었다.

"……."

이우는 요시나리를 외면했다. 군대에서 자신을 직속으로 보좌하는 부무관은 곧 이우 자신의 얼굴이다. 그러니 요시나리를 때린 것은 이우를 때린 것과 같다. 자신의 부무관이 이 지경으로 구타를 당했는데도 감금된 채 군사재판에도 회부할 수가 없다니. 이우는 이 모든 것이 탈출에 성공하지 못했기에 받게 된 형벌과도 같았다. 만일 이우가 탈출에 성공했다면 요시나리는 이미 살아 있는 목숨이 아니겠지만.

"이제 곧 중좌로 진급하게 되실 것이고 도쿄로 가실 수 있을 것입니다. 경성에 계신 비 전하께서도, 황공하게도 이번에 훈1등 보관장을 받으실 예정으로……."

"시끄럽다."

이우가 요시나리의 들뜬 목소리를 막았다.

"나가라."

요시나리는 입을 다물고 상관을 바라보았다. 이우의 시선은 다시 창밖을 향하고 있었다. 애초에 일본군 중좌가 되고 찬주가 일본의 훈장을 받는 것이 이우를 위로할 수 있을 리 만무했다. 이우의 성품으로 보건대, 그런 것들을 기뻐하지 않으리라는 것쯤은 요시나리도 알고 있었다. 구타당한 자신의 모습을 보고 걱정할까 봐 일부러 괜찮은 척 주절주절했던 것이 오히려 화가 되었다. 꿇어 앉아 있던 요시나리는 고개를 푹 숙인 채 일어나 한 번 더 최경례를 했다.

이우는 자신이 감금에서 풀려난 것은 다행이지만 요시나리가 얻어터진 꼴이며, 또 다시 일본으로 가야만 한다는 사실이 견디기 어려웠다. 자신의 탈출 실패로 인한 후폭풍들이 밀려오고 있었다. 이우는 일본으로 가기 전에 경성에 들르겠다고 운현궁에 전보를 보내라고 지시했다. 도쿄 별저에서 나가사키가 이우의 말을 요약해 대필한 뒤 운현궁으로 전보를 쳤다.

"북경에 계신 전하께서 전보를 보내셨습니다. 얼른 비 전하께 고하십시오!"

소식이 끊겼던 이우의 전보를 받은 운현궁은 그야말로 난장이었다. 전보가 도착했다는 한마디에 찬주는 한복을 입은 채 이로당에서 뛰어나와 양관 쪽문으로 향하는 계단까지 쉬지 않고 달렸다. 어찌나 급했던지 디딤돌에 놓인 운혜를 짝짝이로 신은 채였다. 양관으로 와 숨을 몰아쉬며 1층 내실로 들어가니 전보 수신기 앞에 앉아 있던 무카이가 놀라 벌떡 일어났다. 찬주는 그제야 한복 매무새를 만지고 저고리에 손을 대며 겨우 숨을 골랐다.

찬주는 운현궁의 안주인 자리를 묵묵히 지켜왔지만 속으로는 소식이 끊긴 남편 걱정에 애가 닳아 있었다. 그런데 오늘 아랫사람들 앞에서 그녀의 속마음을 훤히 들키고 말았다. 무카이는 겨우 숨을 진정시키는 찬주에게 공손히 전보용지를 내밀었다. 도대체 몇 달 만에 받는 남편의 전보인가. 찬주는 무카이가 건넨 전보가 거짓이 아닐까 의심까지 하며 종이를 펼쳐들었다.

  부인, 나요. 지금 여기는 북경이오.
  오랫동안 연락하지 못해서 미안하오. 사정이 있었지만 나는 무사하니 걱정 마시오. 나는 지금 경성으로 갈 준비를 끝내놓았소. 수일이 지나면 돌아가게 될 것이오.
  그런데 내 부인에게 부탁이 하나 있소. 할 수 있다면 총독 부인과 점심이라도 같이 하면서 내가 앞으로 조선에 머물려면 어떻게 해야 하는지 물어봐주시오. 또 내가 일본으로 가지 않게끔 힘써줄 사람이 있는지도 같이 알아봐주면 좋겠소.
  부탁하리다.

대필: 속관 나가사키

  찬주는 전보용지를 든 채로 잠시 생각에 잠겼다. 한창 전쟁 중인 상황에서 돌아온다는 것이 조금 의아했지만 그것은 중요하지 않았다. 이우가 경성으로 돌아올 준비를 마치고 무사히 생환한다. 그리고 경성에서 아무것도 할 수 있는 게 없는 자신이 남편을 위해 시도할 수 있는 일이 생겼다. 이 두 가지 사실만으로도 찬주는 가슴이 벅찼다.

"도쿄에서 훈장이 도착했습니다. 비 전하."

그로부터 얼마 뒤, 찬주는 현해탄을 건너 자신에게 도착했다는 자주색 벨벳 상자를 열었다. 그 안에는 빳빳한 천에 매달린 금빛 훈장 하나가 들어 있었고 옆에 훈1등 보관장이라고 적힌 천이 붙어 있었다. 찬주는 이번 수훈으로 예전에 이우와 혼인할 때 받았던 훈2등 보관장이 훈1등으로 승급되었다. 수훈 직전에 도쿄에 대공습이 있었기 때문에 궁내성은 모든 절차를 생략하고 훈장만 경성으로 보낸 것이다. 그런데 찬주는 자신과 함께 수훈된 황족 비의 이름을 보고 나서는 그 훈장이 달갑지가 않았다. 함께 수훈된 기타시라가와궁비 사치코는 유리코의 오빠 나가히사의 부인이었는데, 나가히사는 4년 전에 사고사로 죽어 전사자로 분류되었다. 찬주는 졸지에 남편을 사별한 황족 비와 함께 훈장을 받은 것이다. 찬주는 미신 같은 걸 믿지 않았고, 또 이전에 이와 유사한 일이 종종 있었을 테지만 남편이 죽은 사치코와 한데 묶여 수훈된 것은 아무래도 불쾌한 일이었다.

"말이 좋아 조선 총독이지, 내지에 있는 더 높은 관리들이 하라는 대로 해야 하는 각하께서 힘을 쓰실 수 있을지 모르겠습니다."

그날 오후에 찬주는 이우의 부탁대로 아베 총독 부인과 조선
호텔에서 오찬 약속을 잡았다. 찬주는 호텔에 미리 연락해서
별실에 생화 백합 장식까지 요구했는데 이는 전시 체제인 지금
상황에서 최대의 사치였다. 흰 저고리에 검은색 치마를 입은
찬주에 비해 총독 부인은 노란색의 현란한 무늬가 뒤섞인 검은
기모노에 올림머리 차림이었다. 누가 보더라도 사치스러운 걸
좋아하는 성격으로 보였다.

"그래도 이곳 조선에서는 총독 각하 한마디면 안 되는 일이
없지요."

찬주가 사근사근하게 웃으며 대꾸했다. 찬주는 지금껏 살면
서 이런 여자를 마주하며 애써 웃어줄 일이 없었으나 오직 남
편 때문에 참을 수밖에 없었다. 지금 찬주는 단 한 가지, 어떻게
해서든 그녀의 마음을 사로잡아 총독을 움직여야 한다는 목표
만 떠올렸다.

"그렇긴 합니다만……."

듣기 좋은 말로 찬주가 응대하자 총독 부인이 기다렸다는 듯
동조했다. 하지만 그녀는 여전히 내 일도 아닌데 식의 미지근
한 대응으로 일관했다. 찬주는 더 확실하게 설득할 무언가가
필요했다.

"혹시 부인께선 조선식 세공이 된 가락지를 보신 적이 있으

신가요?"

"조선식 세공이 된 가락지라니요?"

찬주가 가락지를 화제에 올리자 총독 부인은 처음으로 눈을 번쩍 뜨며 쳐다보았다. 무카이를 통해 알아본 바에 따르면 총독 부인은 평민인 가난한 군인 집안 출신으로, 남편을 따라 올 초 경성에 와서 겨우 적응해 사는 중이었다.

"역시 아직 못 보신 게 분명하군요. 무카이, 내가 가져온 걸 이리 펼쳐보세요."

찬주의 말에 무카이가 보자기를 풀어 길쭉한 패물함을 열었다. 그 안에는 무려 중간 무게짜리 금가락지가 다섯 개나 들어 있었다.

"한 번 자세히 보세요. 부인. 가락지마다 전부 세공이 달리 된 것입니다."

총독 부인은 눈을 크게 뜨고 금가락지를 들어 이리저리 살폈다. 아베는 전쟁 말미인 작년 중순에 부임했고 총독 부인과 가족들은 올 초에 조선으로 옮겨왔다. 그래서 총독 부인은 조선 귀족 부인들과의 다과 자리에서 으레 받는 패물을 받아본 적이 없었다. 이미 조선에 있는 금은보석들과 온갖 귀중품들이 일본으로 빼돌려진 상황이니 당연한 결과였다. 그래서 총독 부인은 찬주가 내민 금가락지를 보고는 눈이 뒤집어진 것이다.

"사실 오늘 부인과 이야기가 잘 끝나면 감사의 의미로 드리

려고 가져온 것인데, 제가 마음이 급해 그만 먼저 보여드리고
말았습니다."

"그, 그러셨습니까?"

한참 동안 가락지를 놓지 못하는 총독 부인을 보며 찬주가
사람 좋게 웃으며 말했다. 그제야 총독 부인은 가락지를 내려
놓고 짐짓 아무렇지 않은 척했다.

"부인께서는 손이 고우니 이 가락지들이 잘 어울리실 것도
같은데, 제 생각이 틀렸을까요?"

찬주는 홀리듯 넌지시 묻는 것까지 완벽하게 해냈다. 총독
부인은 금반지를 보고 난 뒤부터 이미 찬주의 부탁을 들어주기
로 마음먹고 있었다. 총독 부인을 설득하는 데 도움을 준 건 찬
주의 친정으로, 이곳에 오기 직전 친정인 숭인동에 들른 것이
도움이 되었다. 찬주가 빈손으로 조선호텔로 가려고 하니 필요
할 거라며 친정엄마가 가락지를 직접 챙겨준 것이다. 만약 금
반지들을 들고 오지 않았다면 설득 자체가 불가능했을 것이다.

"비 전하께서 이렇게까지 부탁하시니, 제가 남편에게 잘 말
씀드려보겠습니다."

"무카이, 다시 잘 묶어서 부인께 드리세요."

돈과 권력에 길들여진 사람은 그것에서 벗어나지 못한다.
아무리 겉으로 우아한 척해도 살아온 환경을 이겨내지는 못하
는 것이다. 찬주는 만족스러운 얼굴로 금가락지를 챙겨가는 총

독 부인을 배웅하며 자신의 한복 왼쪽 가슴에 찬 보관장을 불안하게 바라보았다. 남편은 곧 돌아올 것이고 자신도 최선을 다하고 있었다. 그런데 왜 이렇게 불안한지 그녀로서는 알 길이 없었다.

며칠 뒤, 아베는 총독부 집무실에서 극비리에 중국 내륙 북부에 파견된 헌병대사령부에서 도착한 전보를 읽고 있었다.

아베 노부유키 조선총독 각하께

현재 경성으로 돌아가고 있는 이우 공 전하는 북경에서 헌병 관할로 감금되었다 풀려난 상황입니다. 감금 사유는 탈출 미수로, 절대 불문에 붙여졌으나 사안의 중차대함을 고려해 각하께만 알립니다. 이우 공 전하를 중좌로 진급시켜 일본 본토로 발령냈으니 만일 전하께서 조선군사령부에서 근무하고자 요청해도 총독 각하께서는 절대로 그것을 허락해서는 안 됩니다. 반드시 감시-관리가 수월한 본토 내 관할로 보내주시길 바랍니다. 이 전보는 확인하시는 대로 폐기해주십시오.

추신: 이 일이 해군성이나 내각에 알려져 보도되거나 조선 민중들에게 동요할 거리를 주지 않기를 희망합니다.

북지나 파견 헌병대사령부에서, 가네무라 도모아키

아베가 편지를 다 읽어갈 때쯤 "똑똑" 하는 노크 소리가 들리고 경관이 들어와 부동자세로 경례했다. 경관은 손을 내리며 운현궁 비 전하가 방문했다고 전했다. 그러자 아베는 며칠 전 부인이 부탁한 것을 머릿속으로 떠올렸다. 양복 웃옷을 입혀주던 부인이 넌지시 운현궁의 비 전하가 이우 공 전하 일로 조만간 총독부로 찾아갈 것이니 잘 대우해주라고 한 것이다. 아베는 이 부인네가 뭘 받아먹었기에 이런 청을 넣나 하며 대충 넘기고 말았다. 그런데 전보를 받아보고 나니 이우의 일은 심각한 것이었다. 탈출 미수라……. 안 그래도 당국이며 궁내성이며 오랫동안 주시해온 인물이 아닌가. 그런데 이런 일까지 벌여서 군에 혼란을 주다니 아베는 이우의 행동이 괘씸하고 또 괘씸했다.

"안으로 모셔라."

전보를 다 읽은 아베가 말했다. 그는 한 손에 전보용지를 잡고 은제 라이터를 켜 끄트머리에 불을 붙였다. 비밀을 간직한 전보용지는 스테인리스 거즈 통 위에서 까맣게 타들어갔다.

"비 전하! 어서 오십시오. 기다리고 있었습니다."

한복을 정갈하게 입은 찬주가 안내에 따라 총독의 집무실 안으로 들어서자 아베가 두꺼운 소파에서 일어서며 양팔을 벌리고 큰 소리로 찬주를 맞았다.

"하하. 자, 이쪽으로 앉으시지요."

아베가 예의 바르게 소파를 가리키며 찬주의 맞은편에 앉았다. 찬주는 잠시 아베의 집무실을 둘러보았다. 벽면 정중앙에 달린 일장기가 가장 먼저 눈에 들어왔다. 아베가 방금까지 앉아 있던 검은색을 칠한 오동나무 테이블 위에도 작은 모형으로 만든 욱일승천기와 일장기가 놓여 있었다. 그 뒤로 칠을 몇 번이나 덧칠해 깊은 색을 자아내는 책장이 있었다. 그런데 테이블 위에 놓인 스테인리스 거즈 통에 거의 다 타서 재로 변하고 있는 종이가 보였다. 저 종이는 무슨 연유로 태운 것일까? 찬주는 그것이 남편에 관한 전보인 줄은 상상도 하지 못했으나 직감적으로 좋지 않다는 생각을 하며 자리에 앉았다. 옆에서 그 모습을 지켜보던 아베가 종이 태운 냄새를 없애려고 창문을 열었다.

"부인에게 이야기는 들었습니다. 공 전하께서 조선에서 근무하셨으면 하신다구요."

찬주가 자리에 앉자 기다렸다는 듯 비서가 커피 두 잔을 내왔다. 설득해야 하는 입장이라 조금 긴장한 탓인지 찬주는 커피에는 입을 대지 못했다. 반면 아베는 여유롭게 잔을 코 밑에 대고 커피향을 음미했다.

"아무래도 저나 아이들이 조선에서 지내는 것이 편하니 제가 전하게 말씀드려본 것입니다. 전하께서 조선군사령부에서 일하실 수 있도록 총독 각하께서 배려해주신다면 참으로 감사할 텐데요."

"흐음."

아베는 무슨 생각을 하는지 한참 동안 골똘히 고민하는 척했다. 찬주는 그가 대답할 생각조차 없는지, 아니면 자신의 다른 카드를 내보이길 기다리는 것인지 알 수 없었다.

"각하, 각하께서도 제 할아버님을 아시지요?"

한참이 흘렀다. 아베가 가타부타 대답을 하지 않자 찬주가 먼저 말문을 열었다.

"어찌 모르겠습니까? 대 친일파이시자, 조선을 이렇게 만들어준 선구자이시지요."

아베는 손에 잡히는 종이쪼가리를 의미없이 만지작거리다가 찬주의 정곡을 찔렀다. 비웃음이 가득 섞인 말투였다. 그래도 찬주에게 할아버지는 가장 큰 패이자 마지막 남은 패였다. 친일파의 손녀딸이라는 사실은 일본의 지배가 존속하는 조선에서 큰 무기 중 하나로, 찬주에게는 이 일에 냉담한 총독을 움직일 수 있는 유일한 수단이었다. 물론 아베도 그 사실을 모르지 않았다.

"그리고…… 이미 이 세상에 계시지 않는 분이시지요."

아베는 딱 잘라 선을 그었다. 만약 박영효가 살아서 자신을 찾아왔다면 모르겠으나, 박영효는 이미 죽은 사람이 아닌가?

그의 손녀딸 의견 따위야 묵살해도 상관없는 상황이었다.

"비록 돌아가신 분이지만 살아계셨다면 당연히 할아버님께
서 각하를 찾아뵈었겠지요. 제 할아버님을 생각해서라도 잘 봐
주시기를 이렇게 부탁드리겠습니다."

찬주는 빙벽(氷壁) 같은 아베에게 속을 들키고 싶지 않았다.
그녀는 최대한 얼굴에 미소를 띤 채 부탁드린다며 고개를 숙였
다. 비 전하라는 신분이 총독보다 높기에 고개를 숙이는 것은
있을 수 없는 일이었지만, 이우를 위해서라면 이런 것쯤은 아
무것도 아니었다. 찬주는 이우가 자신을 선택한 것은 정치적인
이유도 고려했기 때문임을 잘 알고 있었고 자신이 그 역할을
제대로 해내기를 간절히 바랐다.

"비 전하."

아베는 한참 동안 손가락으로 입술을 지그시 누르고 있다 마
침내 입을 열었다.

"아뢰기 황공하오나, 이 일은 아녀자가 관여할 일이 아닌 것
같습니다."

아녀자란 단어에 찬주의 얼굴이 당혹감으로 물들었다. 비
전하로서 찾아온 자신을 한낱 아녀자로 취급하겠단 소린가?
아베가 아녀자 운운하는 순간, 찬주가 신분을 나타내기 위해
한복에 달고 온 훈1등 보관장은 두꺼운 천에 달린 아무짝에 쓸
모없는 금속 덩어리가 되어버렸다. 아베는 강경한 얼굴로 찬주

를 바라보았다.

"전하께서 이번에 중좌로 진급되시어 히로시마로 발령난 것은 군 내부의 사정으로, 저 총독의 권한이 아닙니다. 군대의 일은 문관인 제가 아무리 힘을 써봐야 별 수 없습니다. 상황이 이런데 사려 깊으신 공 전하께서 이렇게 여기저기 찾아다니는 비 전하의 고충을 아신다면 얼마나 슬퍼하시겠습니까?"

이우와 찬주의 전보 내용이라도 본 듯 술술 내뱉는 아베의 언사에 찬주는 입을 다물었다. 쉽게 설득할 수 있으리라고 생각하지 않았지만 그렇다고 이렇게 심하게 대응할 줄은 예측하지 못했다. 아베는 이우가 조선에 머무는 것을 절대 허락할 뜻이 없다는 듯 양손을 깍지 끼며 마지막 쐐기를 박았다.

"비 전하, 우리 일본은 곧 본토 방어전에 들어갑니다. 이 시점에 뛰어난 참모이신 전하께서 히로시마로 가주신다면 우리 일본도 안심할 수 있을 것입니다. 또한 전하께서 대일본제국을 위해 히로시마에서 일사보국(一死報國)하신다면, 하늘에서 지켜보고 계실 비 전하의 할아버님께서도 틀림없이 기뻐하시지 않겠습니까?"

총독부 앞. 찬주가 탄 리무진이 빠져나가자 양쪽으로 선 헌병들이 경례를 했다. 찬주는 뒷좌석에 앉아 멍하게 창밖을 바라보았다. 초점 없이 경성 거리에 시선을 둔 찬주의 눈치를 보느라 운전기사도, 따라온 상궁도 그녀에게 차마 말을 붙이지 못했다. 조선에서 최고 권력자인 총독이 허락하지 않는다면 이우는 조선에 머물 수 없을 것이다. 그 누구를 할아버지로 두었다 해도 아베는 애초부터 반대할 각오를 하고 나온 듯 찬주를 몰아붙였다.

'전하, 죄송합니다……'

그녀는 이제 자신의 집안과 배경이 더는 이우에게 힘이 될 수 없다는 사실이 고통스러웠다. 박영효를 할아버지로 둔 것이 이우가 많은 조선 귀족들 중에서 자신을 선택한 가장 큰 이유 중 하나였음을 찬주는 알고 있었다.

찬주는 이후에도 찬범을 통해 조선군사령부에 촉탁해줄 사람을 구해보라고 했지만 감감 무소식이었다. 그래서 이우가 북경에서 만주로, 만주에서 경성으로 오는 길에 역에 설 때마다 보내오는 부무관의 전보도 반갑지가 않았다. 곧 경성에 도착할 이우의 얼굴을 어떻게 봐야 하나 걱정이 앞선 것이다. 물론 이 일로 이우가 찬주를 탓하는 일은 절대 없을 테지만, 그 때문에 찬주는 더욱 자책할 수밖에 없었다.

"비 전하, 전하께서 곧 경성역에 도착하신다고 합니다."

이우가 운현궁에 도착하던 날. 상궁은 분 단위로 보고가 올라오는 이우의 일정을 찬주에게 알렸다. 그래서 운현궁 식구들을 비롯해 사동 식구들 몇몇과 가정교사들, 아주 말단의 아랫사람들까지 전부 이우를 맞이하기 위해 운현궁 앞마당에 나와 있었다. 상궁들이 청이에게 정장을 대신해서 도쿄 학습원에서 입는 교복을 입혔다. 둘째 종이는 평복을 입은 채 형의 손을 잡고 서 있었는데 시간이 지나자 힘이 드는지 형의 손을 잡은 채로 몸을 배배 꼬았다.

"전하께서 도착하셨습니다."

이우가 헌병대의 경례를 받으며 차에서 내렸다. 긴 시간 동안 자신의 궁에 돌아오지 못했던 이우가 감개무량한 듯 주위를 둘러보았다. 운현궁의 사람들 전부가 이우를 맞이하기 위해 나와 있었다. 가장 먼저 눈에 띈 것은 학습원 교복을 입고 있는 청이었다. 청은 동생의 손을 꼭 잡은 채 아버지를 올려다보았다.

"아니, 아직도 그 옷이 맞는구나!"

이우가 아들을 보며 반갑게 말했다. 그리고 다정하게 청이의 왼쪽 볼을 살짝 꼬집어주었다.

"다녀왔소."

그 다음은 부인이었다. 얼마 만에 보는 것인지……. 찬주는 감정이 북받치는 걸 꾹 참아내며 이우를 바라보았다. 이우는 식구들의 인사를 받다가 문득 진완이나 다른 동생들이 나오지 않았음을 알아챘다. 가족들과 인사할 시간도 모자랄 거라며 진완은 살아 돌아온 오라비가 보고 싶어도 일부러 오지 않았다. 나중에 찾아가서 보면 된다며 오히려 원선을 말리기까지 했다.

진완의 배려로 이우는 운현궁 식구들을 챙기고 나서 찬주와 함께 오붓하게 양관으로 향했다. 뒤에 서 있던 청은 아버지와 어머니가 양관으로 가는 뒷모습을 한참 동안 바라보았다.

양관은 모든 것이 변함없이 그대로였다. 그런데 타지생활을 끝내고 자신의 궁으로 돌아온 이우의 얼굴엔 기쁜 기색이 보이지 않았다. 그가 바라는 것은 조선으로의 완전한 귀환인데 일본이 있는 한 그것은 이뤄질 수 없는 꿈이었다.

"전하. 저는……."

찬주가 나지막이 이우를 불렀다. 찬주는 아베 총독을 직접 만났던 일과 발령을 막도록 힘써줄 사람을 찾으러 다녔지만 실패했다는 사실을 말해야 한다는 부담감에 먼저 입을 열었다.

"아무 말 하지 않아도 되오."

이우가 찬주를 돌아보며 말을 막았다. 그는 찬주가 어떤 말을 할지 눈치채고 있었다. 찬주가 사방으로 알아보았으나 일본으로 가지 않게 힘써줄 사람이 없었을 것이고, 총독 부인과 이야기도 잘 되지 않았을 것이다. 그런 일을 해줄 사람을 찾았거나 총독 부인과의 이야기가 잘 풀렸다면 찬주가 미리 소식을 전했을 것임을 이우는 잘 알고 있었다.

"얼굴이 많이 상했소. 혹시라도 신경 쓰이는 일이 있거든 오늘부로 전부 잊어버리시오."

이우는 결과와 관계없이 찬주의 노고를 치하하고 더 묻지 않고자 했다. 그는 단 한 마디의 배려로 그동안 찬주가 마음고생 했던 시간들을 눈 녹듯 잊게 해주었다. 이우는 그런 사람이었다. 그래서일까 찬주는 어린 날 경회루 스케이트장에서 그를 만났던 날부터 지금 이 순간까지도 이우를 사랑할 수밖에 없었다.

발이 묶였다. 히로시마로 가는 것이 결정된 뒤 이우는 운현궁에서 한 발자국도 나갈 수 없었다. 이는 조선총독부 감시 하에서의 부분적인 유폐로, 경성 내에선 자유가 있지만 타지로 나가는 것은 불가능했다. 아베는 이우가 도망가지 못하도록 총력을 다하고 있었다. 이우가 선택할 수 있는 답안에 일제의 속박에서 벗어나는 것 따위는 없었다. 그럼에도 불구하고 이우는 새로운 돌파구를 찾고 싶었다. 그는 과연 민중들이 자신과 같은 생각을 갖고 있는지 확인해보고자 했다. 하지만 이우 주변에는 이에 대해 물어볼 사람이 없었다. 이우의 측근들은 전부 기득권을 가진 친일파들이었다. 일본 당국이 일부러 그들에게만 둘러싸이게 만들어서 이우를 고립시킨 것이다. 이우가 그들 외에 다른 사람을 만나려고 하면 불순한 사상을 갖고 있다는 이유를 들어 쫓아내거나 접촉하지 못하게 해왔다. 이러한 방침은 사무관인 이이타카도 어쩔 수 없이 지켜야 하는 것이어서

만약 이우가 그 누구, 그러니까 검증되지 않은 누군가를 만나려고 한다면 결사반대하며 못 만나게 할 것이 당연했다.

이우는 고민 끝에 운현궁에 들른 진완에게 넌지시 도움을 청했다. 그러자 진완은 다시 원선에게 오라비의 생각을 전하며 시국에 대해 물어볼 사람을 물색했다. 원선은 마당발이었기에 이우가 원하는 적격의 인물을 소개해줄 수 있었다. 원선은 이우의 이야기를 들어보고 몇몇 인물을 추리더니 기자 김을한을 추천했다. 을한은 기자이자 덕혜옹주의 약혼자였던 김장한의 동생으로 조선 왕실과도 인연이 있었다. 다만 을한이 어떻게 양관으로 몰래 들어가느냐가 관건이었다. 그래서 생각해낸 방법이 진완과 원선을 비롯해 동생 몇몇이 양관에서 술판을 벌여 부어라 마셔라 하는 중에 을한을 초대하는 것이었다. 김을한은 처음에 진정 술판을 벌이는 줄로만 알고 자기보다 한참 어린 원선에게 "이럴 때 술판을 벌이자고 제안하다니 무슨 짓인가!" 하며 호통을 쳤다. 그러나 자초지종을 듣고 나서는 운현궁에 가기로 결정했다.

한밤중에 원선이 술병을 든 김을한을 끼고 운현궁 양관에 도착하자 감시자들은 그저 을한과 진완, 원선이 양관 1층에 모여 방탕하게 노는 줄로만 생각했다. 하지만 이우는 쪽문을 통해 양관으로 들어가 2층 응접실에서 김을한을 미리 기다리고 있었다. 김을한은 시끄러운 1층을 지나쳐 원선을 따라 계단을 올라가는 동안 자신이 조금 긴장하고 있음을 알았다. 신문 지면에서나 볼 수 있던 왕족을 만나는 일이 아닌가. 원선을 따라 응접실로 들어가자 동그란 안경을 낀 이우가 테이블 앞 의자에 앉아 신문을 읽고 있었다. 자신을 기다리는 짧은 시간에도 신문을 읽고 있는 이우의 행동이나 분위기를 보며 김을한은 더할 나위 없는 귀공자의 모습이라고 생각했다.

"무엇을 알고 싶으십니까, 전하. 뭐든 소신껏 답해드리겠습니다."

인사를 마치고 자리에 앉은 김을한이 긴장하며 말했다. 진땀을 빼는 을한을 보며 이우는 속으로 조금 웃었다. 벌써부터 자신의 주변 사람들과 달리 긴장한 모습을 보이는 것이 오히려 더 믿음직했다. 세상의 일을 있는 그대로 전달해줄 수 있는 기자와의 면담은 이우에게 시류를 파악할 더할 나위 없는 좋은 기회였다.

"대관절 시국이 어떻게 흘러가고 있는지, 민중들은 이 상황을 어떻게 보고 있는지 내게 아는 대로 이야기해주면 좋겠소."

이우가 신문을 접어 테이블에 올려놓으며 물었다. 김을한은 잠시 대답이 없었다. 볼모의 생활이지만 어쨌거나 도쿄에서 풍족한 삶을 누리고 있는 이우가 왜 이런 걸 묻는지 사뭇 궁금해서였다. 그 이유에 대해 잠시 고민했으나 김을한은 곧 이우의 의중을 추측하는 것을 관두었다. 신문이나 주변인들이 쏟아내는 가짜 현실이 아닌, 실제 민중들이 어떤 생각을 하는지 듣고 싶어 하는 이우의 눈빛만큼은 진실해 보였기 때문이다.

"일제의 압박에 드러내놓고 말은 못하지만 일본은 이미 전쟁에서 졌으며 조선의 해방은 곧 이루어질 거라고 말하고 있습니다."

김을한은 일반 민중들이 생각하는 그대로를 이우에게 이야기했다. 민중들은 쉬쉬 하면서도 드디어 일본이 일으킨 이 지독한 전쟁의 끝이 보인다고들 말하고 있었다.

"내 생각도 그들과 같소."

이우가 무릎을 탁 치며 동조했다.

"일본의 패전은 기정사실이고 조선에 해방이 오는 것도 시간문제일 것이오."

"이제 경성 상공에까지 폭격기가 자주 날아오고 있습니다. 하도 자주 보이니 애들이 B29 폭격기만 보면 'B선생이 왔다' 하고 이름을 붙일 정도입니다."

충격적이었던 도쿄대공습 때에도 경성 부민들은 두려움에 떨었다. 경성에도 그런 공습이 있을까 봐 두려웠던 것이다.

"미국은 앞서 그런 것처럼 도쿄에만 공습을 집중할 것으로 보이오. 설령 조선에 공습이 있다 해도 군사시설이 있는 쪽을 공격할 테니 경성은 큰 걱정을 하지 않아도 좋을 것이오."

맞는 말이었다. 김을한은 이우가 시류에 대해 함께 논할 사람이 없을 텐데도 현실을 제대로 보고 있는 것에 감탄했다.

"그리고 더욱 걱정인 것은 공습이 아니라 조선이 해방된 후요. 미국도 소련도 우리 조선을 가만히 두지 않을 테니 어떻게 뒷수습을 해야 할지 가슴이 답답하오."

몇 마디 나눠보니 김을한은 이우가 하는 말을 그저 듣고만 있어도 되겠다는 생각이 들었다. 그는 언제 또 이런 인물을 단독으로 만날 수 있을까 싶어 주요 내용을 기록하기도 했다. 이우와의 단독 면담을 비록 기사로 낼 수는 없었지만 기자정신을 발휘한 것이다.

"나는 이제 그만 군복을 벗고 운현궁에서 여생을 보내고 싶지만 쉽지가 않소."

이우는 히로시마로 가는 것을 피하기 위해 전역 신청까지 했지만 끝끝내 거부당한 상태였다. 그래서 이우는 조금 자조적으로 군복을 벗고 싶다는 말을 꺼낸 것이다. 그도 그럴 것이 열다섯 살에 동경육군유년학교를 다니면서 일본군복을 입기 시작해서 벌써 20년이 되어가고 있었다. 하지만 그토록 오랫동안 군대에 몸담아 왔고 일본에서 생활했지만 이우는 일본의 사상에 길들여지지도, 세뇌되지도 않았다. 조선 민중의 의중을 궁금해하는 것도 그렇고, 여생을 도쿄가 아닌 조선에서 지내고 싶다고 하는 것도 그랬다. 이것이 비록 일본으로 끌려가 볼모로 지냈으나 항상 조선을 가슴의 중심에 두고 독립운동을 지원했던 이우의 본모습이었다.

　이우와의 특별한 회담을 마치고 거처로 돌아온 김을한은 얼마 뒤 전화 한 통을 받았다. 운현궁의 사무관인 이이타카였다. 전하가 자신에게 말하지 않고 누군가를 만났는데 그게 누구인지 자신은 안다는 내용이었다. 일종의 경고 전화인 셈이었다. 만약 이우의 매제인 원선이 소개한 자리가 아니었으면 김을한은 진작 경무국에 잡혀들어갔을 것이다. 그는 이이타카의 전화를 받은 뒤 등골이 서늘해졌으나 이우를 만났던 일만큼은 뇌리에 선명하게 박혀 있었다. 그래서 조그맣게 기록해둔 면담일지를 나중에 자신이 영친왕에 대한 책을 집필할 때 함께 엮어서 내놓았다. 일본으로 강제 유학을 간 남자 왕족들 중 유일하게 일본 여성이 아닌 조선 여성과 결혼했고, 조선의 해방을 내다보며 뒷수습까지 걱정한 왕족이 존재했다는 사실을 알리고 싶었던 것이다.

　"오키나와가 함락됐구나……."

　오키나와가 함락된 지 며칠 만에야 뜬 기사를 보며 이우가 오랜만에 웃었다. 아버지의 서재에서 동생과 놀아주던 청이 신문을 읽으며 환하게 웃는 이우를 신기한 듯 바라보았다.

　오키나와는 태평양전쟁의 주요 거점지로, 오키나와를 잃는 순간 규슈까지 연합군이 쳐들어오는 것은 시간문제였다. 오키나와에 있던 제2총군은 다급히 히로시마로 퇴각하고 있었다. 일본이 퇴각하고 패망하는 것은 기쁜 일이었으나 코앞까지 연합군이 들이닥친 이때 사지로 떠나야 하는 이우의 심경은 처참했다.

"우는 지금 어디에 있느냐?"

그런데 의친왕이 예고도 없이 운현궁으로 캐딜락을 몰고 와 아들을 찾았다.

"전하께서는 지금 서재에 계십니다. 아무도 들여보내지 말라고 하셨는데……."

사안이 사안인 만큼 의친왕은 상궁의 말을 무시하고 2층으로 올라가 서재 문을 벌컥 열었다. 이우는 기별도 없이 찾아온 아버지를 보고 놀라 자리에서 일어났다. 바닥에서 놀던 청이와 종이도 눈을 동그랗게 뜨고 갑자기 들이닥친 할아버지를 쳐다보았다. 그때 이우의 손에는 언제나 그렇듯 신문이 들려 있었고 테이블 위에는 책 몇 권이 놓여 있었다. 의친왕은 며칠 뒤에 히로시마로 떠나야 할 아들의 태도가 한가하게만 보여 답답증이 일었다.

"앞으로 어찌할 작정인지 말해보거라."

의친왕은 그 꼴이 마음에 안 든다는 듯 문을 거칠게 닫고는 이우 앞에 앉으며 말했다. 상궁이 뒤늦게 쫓아 올라와 얼른 아이들을 데리고 방에서 나갔다. 청은 어린 마음에 계속 아버지와 있고 싶어서 싫다고 칭얼댔다.

이우는 신문을 접어 테이블에 올려놓았다. 아버지의 추궁에도 이우는 침묵만 지켰다. 사실상 가택연금 상태로 떠날 날짜만 기다리는 상황에서 그가 할 수 있는 일은 전혀 없었기 때문이었다.

"이 전쟁이 끝나면 임시정부 요인들이 조선으로 귀국하게 될 것이다."

의친왕이 조용히 말했다. 임정 요인들이라면 상해에서부터 지금까지 활동하고 있는 독립운동가들의 정통 수반들이었다.

"그것이 무엇을 의미하는지 너는 알고 있느냐? 장래의 조선이 민국(民國)이 된다는 뜻이다."

오래전부터 의친왕은 조선이 왕국이나 제국이 아닌 민중들의 나라가 되어야 하고, 될 것이라고 말했다. 이제 그때가 온 것이다.

"나는 그렇게만 된다면 모든 것을 순순히 받아들일 작정이다."

의친왕의 아들인 이우가 그것을 모를 리 없었다. 이미 상해에서부터 임정은 대한민국(民國) 임시정부라는 말을 써오지 않았던가. 이는 아버지가 예전에 모든 지위를 버리고 망명하러 떠나면서 일본의 황족으로 살기보다 조선의 평민으로 살기를 원한다고 천명한 것과도 일맥상통했다.

"저도 그렇습니다. 아버지."

이우도 아버지의 의견에 동의했다. 그는 전쟁이 완전히 끝나기 전부터 이미 민국이 될 나라를 떠올리고 있었다. 이강과 이우는 일제의 그늘이 걷힌 조선에서 기꺼이 평민의 지위를 받아들일 준비가 되어 있었다.

"그러니 이런 때 네가 히로시마로 가서는 안 된다는 게 아니냐! 어떻게 해서든 조선을 떠나선 안 돼! 그런데 아베가 계속 재가를 막고 있으니 대체 어찌해야 널 보내지 않을 수 있단 말이냐?"

의친왕이 답답하다는 듯 말했다.

"도저히…… 방법이 없습니다. 모든 방법을 다 써봤지만 허사였습니다."

이우도 노력을 안 한 것이 아니었다. 경성에 도착해서도 그는 포기하지 않고 히로시마 행을 끝끝내 거부하려고 백방으로 알아보았다. 조선군사령부에서 일했던 것을 들어 근무지 변경 신청과 전역 신청까지 해보았다. 또 찬주의 부탁을 받은 찬범이 사령부에 촉탁할 사람도 찾아놓았다. 그러나 아베 총독이 결정권을 쥐고 막고 있는 이상은 모든 게 무의미했다.

의친왕은 분통이 터진다는 듯 가슴팍을 치며 일어섰다. 이우는 아버지가 돌아가고 나서도 계속 신문과 책만 뚫어지게 볼 뿐이었다. 연금되기 전에 찬주와 두 아들을 피신시켜놓으려고 종종 들렀던 김화(金化)에 사람을 보내놓는 게 그가 할 수 있는 일의 전부였다.

운현궁 양관의 거실 정중앙에 걸린 커다란 괘종시계는 방 주인의 마음은 모른 채 시계추를 규칙적으로 움직이며 시간을 흘려보냈다. 이우는 시계추가 움직이는 소리를 들으며 시한부의 시간을 보냈고 찬주도 마찬가지였다. 그러나 붙잡아 박제해놓고 싶을 정도로 빠르게 흐르는 시간을 잡을 수 있는 사람은 아무도 없었다.

어느새 이우가 떠나야 하는 마지막 날 밤이 찾아왔다. 이우는 서재 안쪽까지 모조리 뒤져가져 서류들을 정리했다. 빠뜨려서는 안 되는 서류를 분류해 앞으로 찬주가 머물 김화 집에 보낼 짐에 실어놓으려던 참이었다. 찬주는 이우를 등지고 앉은 채 소파에서 뜨개질을 하고 있었다.

"이번엔 저도 함께 가겠습니다."

찬주가 조심스럽게 함께 가고 싶다는 말을 꺼냈다.

"……부인은 가지 않소!"

찬주의 말을 들은 이우는 무슨 말이냐는 듯 서류를 정리하던 것을 뚝 멈추고 단호하게 말했다. 그는 뜨개질하고 있는 찬주의 뒷모습에 시선을 두었다.

"아니요. 이제 더는 싫습니다."

찬주는 결심했다는 듯 일어나 이우를 바라보았다. 이번만큼은 물러서지 않을 생각이었다. 그녀의 손에는 종이에게 입혀줄 뜨다만 여름 민소매 상의가 들려 있었다.

"전하께서 살았는지 죽었는지 알지도 못하는 그런 삶은 지긋지긋해요."

찬주는 고갯짓까지 하며 꿋꿋하게 말했다. 그제야 이우는 일전에 나가사키가 '비 전하께서 전하와 같이 히로시마로 갈 수 있느냐고 제게 넌지시 물어보셨습니다. 어떻게 답을 드려야 할지……' 하고 물었던 것이 기억났다.

"부인! 지금 당장 식구들을 챙겨 김화로 가시오."

부인이 진짜로 히로시마까지 따라올 작정으로 비장하게 나오자 이우는 조금 화가 나려고 했다. 이우는 찬주를 외면한 채 나머지 서류를 정리했다. 그는 지금까지 어떻게 해서든 찬주와 두 아들을 도쿄가 아닌 조선의 수도 경성에 머물게 해왔다. 이번에도 마찬가지였다. 자신이 일본으로 가는 이상 종전을 맞을 때 찬주와 자신의 두 아들은 조선에 머물고 있어야 했다. 후일을 위해서라도 반드시.

"이건 부탁이 아니라……."

찬주가 히로시마로 따라오겠다고 나선다면 그동안의 노력들이 다 허사가 아닌가. 이우는 조금 더 강경하게 말할 필요성을 느꼈다.

"명령이오."

이우의 강한 반대에 부딪힌 찬주는 결국 무너져내리듯 의자에 앉으며 어찌할 바를 몰랐다. 조용하고 속마음을 잘 내비치지 않는 찬주의 성격은 할아버지가 죽고 전쟁이 심화되어 이우와 떨어져 지내면서부터 점차 변하기 시작했다. 겉으로는 차분한 모습을 보였으나 속으로는 상처가 점점 곪아간 것이다. 그래서 이번에는 이우의 뜻을 이해하려고 하지 않고 다소 감정적으로 굴었다.

"가을이 되면 애들을 히로시마로 부르리다."

한 손으로 입을 막고 눈물을 참는 찬주 앞으로 이우가 다가섰다. 이미 조선의 독립을 내다보고 있던 이우가 아들들을 히로시마로 부른다고 한 것은 선의의 거짓말이었다. 그저 부인을 달래기 위한 방편이었다.

"하지만 그 전에 전쟁이 끝난다면 내가 먼저 돌아오게 될 것이오. 그때까지만⋯⋯."

이우가 찬주를 따뜻하게 안아주며 말했다. 찬주는 전쟁통에 물자가 부족하고 고생스러운 것은 다 견딜 수 있어도 이우가 눈에 보이지 않는 것은 도저히 참을 수 없었다. 이우는 몰랐지만 그녀는 이우와 같이 떠나고 싶어서 이미 짐까지 싸두었다.

"그때까지만 참아주시오. 걱정하고 있으니."

감정이란 한번 번지기 시작하면 걷잡을 수 없다. 이우는 가만히 부인의 뺨을 쓸어주다가 이내 입을 맞추었다. 찬주의 눈물이 이우의 볼에도 옮아 붙었다. 하지만 그는 곧 찬주를 품에서 떼어내 방에 홀로 둔 채 밖으로 나왔다. 그는 내일 당장 히로시마로 떠나야만 했다. 이우는 언제나 최소한의 절제된 행동으로 부인을 대해왔고, 그날도 찬주를 서재에 남겨둔 채 뒤돌아보는 일이 없었다. 그것이 야속해서 찬주는 우두커니 서서 이우가 나가버린 서재 문을 언제까지고 바라보았다.

"전시 중이라 역에서 조촐하게 환송식을 치르는 것을 용서하십시오. 전하."

다음날. 이우는 부산으로 향하는 열차를 타기 위해 경성역에 도착했다. 역에는 임시 징집된 부민 30여 명이 기계적으로 욱일기를 흔들고 있었다.

"나를 히로시마로 보내려고 특별히 노력한 총독의 노고를 잊지 않겠소."

"황공합니다."

아베가 민머리에 눌러썼던 중절모를 벗으며 공손히 인사했다. 그는 마지막까지 히로시마로 가기를 거부한 이우를 거짓 위로할 겸 참석한 상황이었다.

"그대들의 노력도 잊지 않도록 하지."

조선군 사령관과 이왕직 장, 차관 및 사무관들도 새벽부터 나와 있었지만 이우는 열차에 오르는 길에 누구의 인사도 받지 않았다. 요시나리도 그의 뒤를 따라 열차에 올랐다. 환송식에 참석한 이들은 이우의 눈치를 보며 침묵을 지켰다. 이우는 열차에 오르기 전 마지막으로 경성역 역사를 돌아보았다. 1945년 초여름이었다. 이우를 태운 부산행 열차가 돌아올 수 없는 길을 향해 출발했다.

"이렇게 무사히 살아오다니! 정말 기쁘다. 참 다행이야!"
히로시마로 가기 직전 이우는 먼저 도쿄로 향했다. 영친왕 내외를 만날 겸, 자신의 별저에 들르기 위해서였다. 영친왕은 아카사카에 온 이우의 손을 붙들고는 무척 기뻐했다. 중일전쟁도, 태평양전쟁도 이미 승기가 많이 기울어져 있었기 때문이었다.
"경성에는 폭격기가 지나다니기만 할 뿐이라 친지들도 민중들도 모두 무사합니다."
"걱정했는데 이렇게 소식을 전해주시니 감사합니다. 우 전하……."
마사코가 진심으로 고마워하며 말했다. 이우가 온다는 소식에 남편과 함께 현관까지 나와 있던 그녀는 비록 평복 차림이었으나 가슴에 보관장을 달고 있었다. 영친왕도 군대 일선에서 물러났지만 별저에서는 늘 절제된 군복 차림을 하고 있었다.
"하지만 도쿄에는 계속 폭격이 있을 예정이니 숙부님과 숙모님께선 부디 몸조심하십시오. 곧 다시 뵙겠습니다."
영친왕과 마사코는 히로시마로 떠나는 이우를 배웅했다. 이

우는 아카사카를 빠져나와 바로 히로시마로 향하는 열차에 올
랐다. 이우가 곧 도착할 히로시마에는 지난 대공습 때 소이탄
폭격을 당하지 않아서 소이탄보다 더 큰 일이 벌어질 거라는
소문이 돌고 있었다. 히로시마와 마찬가지로 폭격을 받지 않은
나가사키라는 도시에도 불행한 소문이 돌고 있었는데, 그 소문
을 듣고 다른 곳으로 이사하는 사람들 숫자가 꽤 되었다. 그런
데도 아베는 부득불 이우를 히로시마로 보내고자 했다. 올해
후반기에 힘을 쏟을 본토 결전을 위해서라고 명분을 댔지만 이
미 군 전체가 오랜 전쟁으로 전의를 상실했고 그런 군을 독려
하기 위해 히로시마에 부임한 황족이나 왕족은 이우 혼자였다.
일제는 오키나와까지 미국에 패배하자 본토 방어라는 목표를
세우고 제2총군사령부를 히로시마로 옮겼다. 제2총군에는 약
30여 개의 사단이 소속되어 있었는데, 이로 인해 히로시마는
미군의 타깃이 될 수밖에 없었다.

　이우가 제2총군 참모부에 도착해보니 자신의 짐은 진작 후
루타마치의 마에다 별장 기숙사에 가 있었다. 마구간에는 나가
사키가 도쿄에서 미리 가져다놓은 조풍(潮風)이 있었다. 이우
는 말의 갈기를 몇 번 쓸어주고는 참모부 관사로 향했다. 관사
에서는 이우를 의식해서인지 평소 전혀 열리지 않던 작전회의
가 며칠에 걸쳐서 열리기도 했다.

　어느 날 긴 회의가 끝난 직후 고급참모인 이모토 대령이 이

우를 비롯해 대좌들을 포함한 참모진 전원을 데리고 근처 요정으로 향했다. 요즘 그나마 금전이 나올 곳은 군인들뿐이라 요정 주인이 반갑게 참모진을 맞았다. 군 수뇌부는 전쟁통이라 힘들어도 당장 입에 들어갈 술은 걱정 없이 마시는 분위기였다. 게다가 모든 결정권을 쥐고 있는 참모장을 필두로 술을 마시러 온 몇몇 대좌들은 내일 새벽 도쿄 출장이 예정되어 있었다. 이 정도로 기강이 해이해진 곳에 이우가 교육참모로 부임한다고 판세가 달라질 일은 전혀 없었다.

"카타야마! 술은 마시라고 있는 거야. 아무 걱정하지 말고 쭈욱 들이키라고!"

내일 도쿄로 떠나는 카타야마 대좌는 술을 일절 입에 대지 않고 있었다. 그는 술을 마시지 않는 이유가 내일 도쿄 병원의 내과 검진 때문이라고 설명했지만, 뭔가를 숨기고 있는 듯 연신 벽에 걸린 시계를 흘끗대며 초조한 기색이었다. 술자리에서도 참모들은 이우를 빼고 자신들끼리 몰래몰래 국지적으로 대화를 나누었다. 이우는 그것을 대수롭지 않게 여기고 한 잔 넘겼다.

"그놈의 빌어먹을 아침 정례회의는 꼭 술자리가 있는 다음 날이란 말이야."

거하게 취한 참모들이 혀 꼬인 소리를 내며 하나둘 자리를 떴고, 이우도 곧 자신이 머무는 마에다 별장으로 돌아왔다. 그는

2층으로 올라와 그대로 침대에 누웠다. 열린 창문으로 여름밤의 풀벌레 소리가 방 안으로 쏟아져 들어왔다. 왜 그런지 잠이 오지 않는 밤이었다. 자리에 누워서도 그는 어떤 상상에 잠겨 있었다. 술자리에서 군 수뇌부들이 하는 말을 들어보면 그들이 미국에 대해 가진 적의는 허상에 불과했다. 이미 그들은 전의를 상실했고 일본은 끝을 향해 가고 있었다. 이우는 곧 종전이 될 것을 김을한과 면담하기 훨씬 전부터 확신하고 있었다.

'지금 당장 조선으로 가야만 한다.'

북경에서의 감금사건 이후에도 이우는 일본의 손에서 탈출하려고 짜냈던 구상을 버리지 않았다. 지금 당장 별장을 빠져나와 시모노세키로 간다. 그곳에서 배를 매수해 현해탄을 건너 부산으로 밀입국한다. 그리고 김화로 가서 부인과 아들들이 무사한 것을 확인하고 계획했던 일들을 실행해낸다……. 이우는 당장에라도 조선으로 달려갈 듯 허리를 일으켜 세웠다. 그러나 이것은 어떤 점에서든 결과가 뻔히 보이는 계획이었다. 비상사태라지만 만일 자신이 내일 아침 정례회의에 참석하지 않으면 군부는 헌병대를 풀 것이다. 만약 자신이 탈출하는 사건이 벌어진다면 언제든지 정반대의 역할을 수행하기 위해 돌변하는 것이 그의 주변을 맴도는 헌병대의 역할이었다. 조선군사령부에서도 부산 헌병대에 수색명령을 내릴 것이 당연했고 그렇게 되면 다시 잡혀오는 것은 시간문제였다. 게다가 만약 다시 잡혀온다면 태원에서의 일까지 들어 일본이 어떻게 나올지 알 수 없었다. 히로시마에는 섬이 많이 있으니 그중 어디에다 가두고 자신을 죽여버릴지도 모를 일이었다. 이우는 지금껏 살면서 일본이란 나라를 믿어본 적이 없었다. 단 한 번도. 그는 결말이 뻔한 계획을 몇 번이고 머릿속으로 되풀이해서 상상하며 쓴웃음을 지었다. 전쟁은 곧 끝나겠지만 이우의 잠들지 못하는 밤은 여전히 계속 되고 있었다.

"전하, 황공합니다만 오늘만 먼저 출근해주십시오. 금방 뒤따라가도록 하겠습니다."

다음날인 8월 6일 아침. 별장 앞마당에서 요시나리가 아침 회의 시간에 맞춰 차를 타고 사령부로 향하려는 이우에게 최경례를 하며 말했다.

"무슨 일이지? 문제가 있다면 이야기해보게."

이우가 다소 의아하다는 듯 차창 너머로 부관에게 물었다.

"저어, 그것이……."

요시나리는 상관의 질문에 당혹감을 감추지 못하고 허둥댔다. 요시나리의 성격상 웬만해선 이런 모습을 보이지 않았기에 이우는 그가 이야기할 때까지 잠시 기다려주었다.

"제가 몸 관리를 잘못하는 바람에 욕창이 생겨 말을 타지 못할 것 같습니다. 도보로 얼른 쫓아가서 전하를 보필하겠으니 조금만 기다려주십시오."

그 말을 들은 운전수가 다시 운전대를 잡고 출발하려 했다. 그다지 대수로운 일이 아니었다. 몸 관리를 잘못한 것에 대해 간단히 질책하고 끝날 일이었다. 그런데 이우는 차를 출발시키려던 운전수를 저지했다. 이우가 차문을 열고 나오자 요시나리는 공손한 태도로 불편한 몸을 수그렸다. 그는 자신이 몸 관리를 제대로 하지 못해 상관 보필에 문제가 생겼으니 어떤 벌이든 달게 받겠다고 생각하고 있었다.

"생각해보니 말을 타고 출근한 지 오래 되었어. 난 말을 타고 가도 상관없으니 자네가 내 차를 타고 가게."

전혀 뜻밖의 말에 요시나리는 화들짝 놀라고 말았다.

"전하, 감히 제가 전하의 차를 타고 가다니 그런 불충한 일은 할 수 없습니다. 어떻게든 자력으로 사령부에 가겠으니 말씀을 거두어주십시오!"

"그렇게 더딘 걸음으로 사령부에 도착하면 나는 이미 정례 회의를 마치고 나오고 있겠지. 경중을 따진다면 그게 더 불충한 일이 아닌가?"

이우는 질책을 가장해 아픈 부관을 호방하게 감싸주었다. 하지만 요시나리는 이러지도 저러지도 못한 채였다. 상하관계를 목숨처럼 지키는 군대에서 부관에게 자신이 타고 가야 할 차를 양보해줄 수 있는 사람이 얼마나 될까? 그것 역시 이우만

이 할 수 있는 일이었다. 요시나리는 이우의 넓은 아량에 다시 한 번 감복했다.

"황공합니다, 전하."

요시나리는 차에 타는 순간까지 죄라도 지은 얼굴이었다. 하지만 여기서 더 거절한다면 상관을 거스르는 일이 된다. 부관이 불편한 자세로 엉거주춤 뒷좌석을 차지하고 앉자 이우는 차를 출발시켰다. 그리고 직접 마구간으로 가 말 두 마리를 끌고 나왔다. 그 중 한 마리를 헌병대원인 다나베 군조에게 건네주고 자신은 조풍 위에 올라탔다.

제2총군 관사로 향하는 출근길은 부산했다. 말에 탄 이우는 밤새 내린 부슬비로 안개가 낀 시장통 길목에서 여러 사람들을 지나쳤다. 가장 활기차야 할 아침 시장에서도 사람들의 표정에는 생기가 없었다. 전쟁이 심화됨에 따라 일반인들의 생활이 가장 크게 달라졌다. 화폐 가치는 바닥으로 떨어졌고 대부분의 매매가 물물교환 형식으로 이루어졌다. 일본이라는 나라 전체에 패망의 기운이 흐르고 있었다.

"……."

그런데 시장 한복판을 지나던 이우가 우뚝 말을 멈춰 세웠다. 먼발치에서 '中'(중)이라는 글자가 박힌 모자를 쓴 중학생 하나가 자신을 바라보며 경례를 했기 때문이다. 그 중학생의 통학시간과 자신의 출근시간이 비슷해서인지 이우는 말을 타고 출근할 때 몇 차례 그를 마주친 적이 있었다. 중학생은 군인인 이우를 마주칠 때마다 부동자세로 경례를 했는데 오늘도 깍듯이 예의를 차리는 것이 가상해 이우는 말 위에서 약식으로 경례를 받아주었다. 그러자 중학생은 꾸벅 인사한 뒤 후다닥 달아났다. 부끄러웠거나 아니면 학교에 늦었으리라.

"전하, 이제 그만 출발하셔야 합니다."

"그렇게 하지."

이우는 멀리 달음박질치는 중학생의 모습을 잠시 바라보다 다시 말을 몰았다. 전쟁은 곧 끝날 것이다. 그러면 자신은 어떤 식으로든 조선으로 돌아가게 될 것이다. 이우의 머릿속은 온통 종전 후 조선으로 돌아갈 생각으로 가득했다. 시장통 너머 상생교(相生橋)로 향하는 이우의 뒷모습이 뿌연 안개 속으로 서서히 스러졌다.

어느 때보다 평온한 아침이었다. 김화에 온 지도 두 달이 지나 8월이 되었다. 산으로 둘러싸인 곳이라 서늘한 산기운이 실린 아침바람이 열린 창문으로 들어왔다. 찬주는 한복 위에 얇은 천을 걸치고 자리에서 일어났다. 전쟁이 심화되면서 상류층 사람들도 양장하는 것이 금지되었지만 저고리를 덮은 마 소재의 여름 숄은 찬주가 무척 아끼는 것이었다. 창가에 서니 작지만 정갈하게 꾸며진 정원이 한눈에 들어왔다. 막 세수를 끝낸 아들들이 민 상궁과 함께 정원에 나와 있었다. 민 상궁은 방금 넘어진 둘째 종이의 옷을 다정히 털어내고 있었다. 찬주는 자신의 전부이자 유일하게 위로를 주는 두 아들을 여상스럽게 바라보았다.

남편이 도쿄로 떠난 지도 찬주가 김화에서 머문 시일만큼 흘렀다. 남편은 도쿄에서 얼마간 머물다 히로시마로 갔다고 했다. 찬주는 이따금 전보만 도착할 뿐 별다른 소식이 없는 것에 감사했다. 이대로 전쟁이 끝나면 남편은 조선으로 돌아올 것이었다. 안타깝게 떠나보낸 남편이 보고 싶어 아이들을 데리고 히로시마로 가보고 싶었지만 현실이 녹록치 않았다.

"아!"

창가에 서 있던 찬주가 짧게 탄식했다. 그녀는 급히 방문을 열고 말끔하게 닦인 마루를 지나 정원으로 향했다. 어찌나 다급했던지 어깨에 두른 천이 마루 위에 떨어진 것도 몰랐다. 찬주는 이제 막 꽃봉오리가 올라오기 시작한 무궁화 묘목 앞에 섰다. 운현궁과는 비교도 안 되는 작은 한옥에 딸린 정원에는 정원수라 하기에도 뭣한 꽃나무들만 몇 그루 있었다. 그중 하나가 무궁화 묘목이었다. 이우는 연금되기 전에 김화에 꾸준히 들르곤 했는데 그때 이것을 구해서 심은 것이었다. 찬주는 이 무궁화 묘목을 남편이 심었다는 말을 들은 후부터 자주 내다보고 거름도 줘가며 정성 들여 가꿨다. 하지만 들인 정성에 비해 무릎 높이까지도 크지 못해서 찬주는 가택관리를 하는 김씨를 불러 무엇이 문제인지 물어보기도 했었다.

"하필 고약하게 뿌리가 말라가서 꽃은 안 필겁니다요."

한참 묘목을 이리저리 살피던 김씨가 개화 여부까지 단정 지으며 일러주었다. 찬주는 내색하지는 않았지만 그 말을 듣고 몹시 실망했다. 그런데 김씨의 말이 마치 거짓말이었던 것처럼 이우가 심은 묘목에서 탐스러운 꽃봉오리가 올라온 것이다.

"전하께서 심으신 무궁화에 꽃이 피다니 틀림없이 좋은 일이 있으려나 봅니다."

민 상궁도 옆에 서서 기뻐하며 말했다.

"그렇지? 다 죽은 나무인 줄 알았는데."

좋은 일이라……. 어쩌면 남편이 돌아올지도 모른다. 찬주는 상상만으로도 가슴이 벅찼다. 그녀는 차오른 꽃봉오리에 가만히 손가락을 대보았다. 두 아들도 어머니를 따라 무궁화를 신기하게 바라보았다.

"비마마!"

그때였다. 고요함을 깨고 다급히 자신을 부르는 소리에 찬주가 문 쪽으로 고개를 돌렸다. 이곳의 소식통인 강필호가 편문을 열고 들어오는 중이었다.

"큰일 났습니다!"

찬주에게로 달려온 강필호의 얼굴은 평소의 서글서글한 미소는 간데없이 파리하게 질려 있었다. 강필호는 눌러썼던 모자를 뒤늦게 벗고는 한참을 만지작거리며 입을 떼지 못했다. 상궁들 몇몇이 무슨 일이 생겼나 싶어 주위로 모여들었다.

"예가 어디라고 아침부터 소란인가!"

퍼뜩 불안감이든 민 상궁이 강필호를 다그쳤다. 강필호가 아침 댓바람부터 여기까지 달려올 일이 그다지 많지 않은 까닭이었다.

"전하께서 신형 폭탄에 맞아 전사하셨습니다!"

찬주는 순간 정신이 아득해져서 이마를 짚었다. 상궁들이 휘청이는 찬주를 좌우에서 겨우 붙들었다. 누가, 어찌해서? 강필호는 꺾인 고개를 좀처럼 들지 못한 채 울고 있었다. 그럴 리가 없다. 분명 무언가 잘못된 것이다. 아무리 그래도 히로시마는 내지가 아닌가?

"전하의 시신이 비행기로 돌아오고 있으니 속히, 속히 경성으로 돌아오시라는 운현궁의 전갈입니다. 마마!"

강필호가 이미 시신이 돌아오고 있다는 꺼내기 어려운 말까지 전하고 나자 찬주는 낙백하여 넋을 잃었다. 전쟁의 종식을 목전에 두고 날아든 비극이었다. 미국이 일본을 응징하기 위해 히로시마에 원자폭탄을 떨어뜨렸고 애석하게도 그곳에 이우가 있었다. 아랫사람들이 하나둘 바닥에 주저앉아 울기 시작했다. 겨우 자리를 지키고 서 있던 찬주가 초점 잃은 눈을 깜빡이자 고였던 눈물이 볼을 타고 흘러내렸다. 조선말을 잘 알아듣지 못하는 아이들은 그저 놀란 채 넋을 잃은 어머니를 올려다보았다. 찬주는 남편의 갑작스런 죽음과 어린 아이들의 천진한 눈망울, 아랫사람들의 흐느낌 사이에서 꿈인지 현실인지 모를 시간을 견디고 있었다.

이우의 장례식은 경성운동장에서 육군장으로 치러졌다. 참석하지 못한 일부 일본 황족들의 조화가 연이어 도착하고, 이우의 죽음이 실제로 일어난 일임을 증명이라도 하듯 조문객의 발걸음이 끊이지 않았다. 청이와 종이는 제 몸보다 큰 상복을 입은 채 얼떨떨한 표정으로 상주석에 서 있었다.

"삼가 조의를 표하옵니다. 비 전하."

아베가 상주가 된 이우의 어린 아들들과 찬주에게 머리를 숙였다. 찬주는 완전히 고개를 틀어 아베를 외면했다. 그가 조선 총독으로서 이우의 장례식을 잘 살펴주었다 하더라도 결국 이우의 히로시마 행을 결정지은 장본인이었다. 찬주로서는 그가 가장 원망스러울 수밖에 없었다. 아베는 조문을 마친 뒤 자신을 외면하는 찬주와 이우의 두 아들을 유유히 지나쳐 장례식장을 나섰다.

그런데 장례식장에 반드시 있어야 할 요시나리의 얼굴이 보이지 않았다. 그는 불충하게도 장례식장에 참석하지 않은 채 여전히 히로시마에 체류하고 있었다. 그는 이우가 사망한 병원 앞 잔디밭에 정좌한 채 작은 비행기가 맑은 하늘에 자국을 내며 지나가는 모습을 올려다보았다.

'전하, 용서하십시오.'

히로시마에 폭탄이 떨어진 그날부터 요시나리는 번민에 사로잡혀 있었다. 까맣게 변해버린 이우의 얼굴에 하얀 천이 덮이던 장면이 몇 번이고 그의 머릿속에 반복해서 떠올랐다. 조선으로 이우의 시신을 보낸 뒤에도 요시나리는 죄책감 때문에 잠조차 잘 수 없었다.

'상관을 지키지 못한 죄, 죽어 마땅하다. 제국의 군인으로서 떳떳하게 죄를 씻으리라!'

요시나리가 옆구리에 찼던 장도를 뽑아 들었다. 예리한 일본도는 칼집을 빠져나오며 날카로운 마찰음을 냈다. 그는 한 치의 망설임도 없이 일본도로 자신의 배를 갈랐다. 할복이었다. 두 눈을 또렷하게 치켜뜬 요시나리 앞에 화지 한 장이 놓여 있었다. 거기에는 흘림체로 '남공이 되어라!'(楠公になれ!)라고 적혀 있었다. 남공(楠公)은 일본 남북조시대 장군인 구스노키 마사시게라는 인물로, 천황에게 충성을 바친 영웅적 인물의 표본으로 여겨졌다. 마지막 유서가 적힌 백색의 얇은 화지 위로 속죄의 핏방울이 흩뿌려졌다.

"총독 각하, 차를 가져오라고 운전수를 보냈으니 조금만 기다려주십시오."

이우의 장례식이 치러지고 있는 경성운동장 밖. 다른 이들보다 먼저 장례식장을 빠져나온 아베가 호위병들을 뒤로 한 채 경성 거리를 걷고 있었다. 장례식장 근처를 담당하는 순사들은 기합이 들어 있었지만 거리는 한창 일본이 기세등등할 때와 달리 순사 따위 개의치 않는 분위기로 어수선했다. 호위병 둘이 촉각을 세우며 아베를 뒤따랐다.

"큭큭……."

그런데 한참 대답이 없던 아베가 끅끅대며 웃기 시작했다.

"크하하핫!"

더는 도저히 못 참겠다는 듯 그는 더욱 크게 웃음을 터뜨렸다. 아베의 예상 밖의 모습에 따르던 이들은 당혹감을 감추지 못했다. 이제 아베도 조선 총독 자리를 내놓아야 할 상황인데 무엇이 그토록 우스운 걸까?

"각하?"

호위병들이 의아해하며 아베를 불렀다. 입가에 미소를 띤 아베가 마침내 입을 열었다.

"우리 일본은 전쟁에서 졌지만 조선은 승리한 것이 아니다."

아베는 독백과도 같은 말로 곧 다가올 조선의 해방이 조선 민족 스스로 성취한 것이 아님을 날카롭게 꼬집었다.

"자력으로 이뤄내지 못한 것에는 힘이 없다. 앞으로 조선은 같은 민족끼리 양쪽으로 분열하여 서로 헐뜯고, 증오하고, 이간질하는 삶을 살게 될 것이다."

아베는 자신을 스쳐지나가는 사람들을 가리키며 크게 비웃었다.

"보아라! 하나로 뭉쳐 있던 조선은 이제 없다. 그리고 만일 살아남았다면 조선의 중심이 되었을지도 모를 인물마저 땅속에 묻혔으니 어찌 기쁘지 않겠느냐?"

아베는 경성 거리 곳곳에 게양되어 있는, 이우의 죽음을 추모하는 검정색 조기를 보며 저주와도 같은 말을 남겼다. 일본이 사라지고 난 후의 조선. 하나로 뭉치지 못하고 서로 다른 이념으로 분열하고 강대국들의 이권에 휩쓸릴 조선의 앞날을 아베는 이미 예견하고 있었다.

"전하! 흐윽……."

이우의 관을 옮길 시간이 되자 장례식장 내부는 아수라장이 되었다. 찬주는 이우를 보낼 수 없다며 주저앉아 오열했다. 그런 엄마를 위로라도 하듯 둘째 종이가 통통한 손으로 찬주의 치마를 잡아끌자 조문객들도 참지 못하고 눈물을 훔쳤다.

'전하께서 심으신 무궁화에 꽃이 피다니 틀림없이 좋은 일이 있으려나 봅니다.'

이우가 살아 돌아오지 못한 이때 좋은 일이 찾아올 리가. 찬주는 자신이 헛된 꿈을 꾸었다며 더욱 낙담하여 슬피 울었다. 그런데 그때 밖에서 "와아아ー" 하는 환희에 찬 함성이 장례식장으로 쏟아져 들어왔다. 장례식장 안까지 깊숙이 파고들어온 기쁜 외침들은 내부의 침통함과 극명하게 대비되었다. 그 외침들을 듣고 나서야 비로소 찬주는 이우가 심은 무궁화가 만개할 정도로 좋은 일이 무엇인지 깨달았다.

그것은 조선의 독립이었다.

에 필 로 그

❀

　세상이 뒤집어졌다. 평소와 같던 출근길에 갑자기 엄청난 섬광과 굉음이 일더니 도시 전체가 폭사(爆死)했다. 이우는 닥치는 대로 근처의 잡초를 꽉 움켜쥐며 힘을 실어 몸을 세웠다. 온몸이 화상을 입어 화끈거리고 숨을 쉬기도 힘들었다. 눈을 떠도 한 치 앞을 분간할 수 없어 무슨 일이 벌어졌는지 판단하기 어려웠다. 내가 살아 있기는 한 것인가? 살아 있다는 자각이 들자 당장에라도 목구멍이 달라붙어버릴 듯한 갈증이 온몸을 지배했다. 기어 나오다시피 수풀을 빠져나오니 강둑 근처였다. 자신이 말을 타고 건너가던 상생교는 이미 형체를 알아볼 수 없을 정도로 부서져 있었다. 근처의 모든 건물이 파괴되고 곳곳에 통곡소리만이 가득했다. 피부가 녹아내려 천처럼 너덜

거리는 사람들, 고통 속에서 짐승처럼 울부짖는 소리와 제발 살려달라는 비명들이 뒤엉켜 도시는 거대한 지옥 같았다.

물. 이토록 간절하게 물을 원했던 적이 있었던가? 이우는 당장 물을 마시지 않으면 안 된다는 생각뿐이었다. 여기서 물이 있을 곳은 상생교 밑 혼가와(本川) 강뿐이었다. 그는 마지막 힘을 짜내 둑을 타고 내려갔다. 그리고 허겁지겁 강물에 손을 대려는 순간, 모든 행동을 정지했다. 강물이 팔팔 끓고 있었던 것이다. 강 중심의 수심이 조금 깊은 곳에는 녹아버려 형체를 알아볼 수도 없는 시체들이 떠내려가고 있었다.

"욱, 우욱!"

그는 끓는 강을 등지고 속엣 것을 모두 게워냈다. 바닥을 짚고 계속 토하니 마침내 말간 위액 말고는 아무것도 나오지 않았다. 강둑의 돌멩이들도 발갛게 달아올라 바닥을 짚은 손바닥에 온통 화상을 입었다. 이우는 잘 움직이지 않는 몸을 억지로 일으켜 주위를 둘러봤다. 자신을 포함한 모든 것이 투명한 화염 속에서 불타고 있었다. 원자폭탄이 떨어진 1945년 8월 6일의 히로시마. 그곳에 조선 왕족 이우가 있었다.

요시나리는 반은 정신이 나가 있었다. 엄청난 폭발음과 섬광의 정체가 미국의 폭탄 투하 때문이라는 사실을 알기까지는 오랜 시간이 걸리지 않았다. 상관인 이우가 행방불명되었기에 그는 폐허가 된 히로시마 시내를 헌병대와 함께 샅샅이 뒤졌다. 피폭된 거리의 사람들은 요시나리와 헌병대들의 바짓가랑이를 붙잡고 물을 달라고 애걸했다. 지옥이 존재한다면 바로 이런 모습일 것이다. 요시나리는 도움을 청하는 시민들의 손을 애써 뿌리쳤다.

"저기에 전하가 계신데 군부에 연락해서 모셔가야 할 것 같습니다!"

몇 시간이 흐른 뒤 강둑에서 탈진해 있는 이우를 발견한 것은 요시나리가 아니라 민간인이었다. 천만 다행으로 이우의 맥을 짚자 그는 아직 숨을 쉬고 있었다. 다른 사람들과 달리 피부가 녹지도 않았다. 그을음이 온몸을 뒤덮고 있었지만 천운으로 목숨은 부지한 것이다. 헌병대의 연락을 받은 배가 도착하자 이우는 병원으로 옮겨져 군의관의 진찰을 받았다. 군의관은 이우의 상태에 대해 '외상 없음'이라고 기록했다. 이우는 곧 히로시마 바로 앞에 있는 섬인 니노시마(似島)의 수용소로 옮겨졌다. 그는 독실에 머물며 깨끗한 물과 외상용 약품을 지급받았다. 별장으로 연락을 취해 나가사키와 키노도 곧 도착했다.

시내를 뒤지던 요시나리도 소식을 듣자마자 국군병원으로 직행했다. 이우는 다른 피폭자들에 비해 기이할 정도로 상처가 없었고, 바로 병원으로 옮겨진 덕분에 방사능 낙진이 섞인 바늘 같은 검은 비도 피할 수 있었다. 수많은 부상자와 사망자가 나왔지만 이우는 아직 살아 있었다. 엄청난 죄책감에 시달렸던 요시나리는 이우의 상태를 살펴보고는 그나마 안도했다.

"죽을죄를 지었습니다. 전하. 제가 감히 전하의 차를 타고 가는 바람에 이렇게……."

다음날 요시나리가 이우를 찾아와 용서를 빌었다.

"내각에서는 아직 아무런 공문도 내려오지 않았나?"

이우는 요시나리의 말을 자르고 자신이 궁금한 것부터 물었다. 이미 벌어진 일인데 누구를 탓한단 말인가. 이우에게는 자신이 살아남은 것보다 일본이 언제 항복 선언을 할지가 더 중요했다. 천황이 항복 선언을 해야 비로소 이 악몽이 사라질 것이었다.

"곧 어떤 식으로든 발표할 테니 걱정하지 마십시오. 전하."

이우는 이런저런 말을 늘어놓는 요시나리를 밖으로 내보냈다. 이렇게 엄청난 일을 당하고도 천황과 내각은 항복 선언을 할 생각이 없어 보였다. 어째서, 아직까지도! 이우는 다 터진 입술을 씹으며 잔뜩 인상을 썼다. 신체적 고통보다 정신적 고통이 그를 더욱 괴롭혔다. 밖으로 나온 요시나리는 이우를 위해 시보(時報. 그때그때의 정보를 알리는 신문)를 챙기고 동향을 살피러 거리로 나왔다. 그 사이 미시마 의무관이 교대 전 마지막으로 이우를 진료하기 위해 들렀다. 의무관은 이우의 맥박과 혈압 수치를 확인하고는 주사를 한 대 처방했다. 그러자 이우는 극심한 피로감을 느끼며 곧 깊은 잠에 빠져들었다.

"전하께서는?"

죽 그릇을 들고 병실에서 나오는 간호사에게 요시나리가 물었다. 간호사는 요시나리를 보며 조금 놀란 기색이었다. 이우를 돌보던 나가사키와 키노는 중요한 약을 타오라며 외부로 보낸 상황이었다. 그런데 의외의 인물인 요시나리가 너무 일찍 돌아온 것이다. 그의 손에는 도쿄발 시보가 들려 있었다.

"미시마 의무관님이 막 진료를 끝내고 돌아가셨습니다."

간호사는 이렇게 된 이상 숨길 수 없다고 생각해 요시나리에게 사실대로 말했다.

이우를 마지막으로 진찰한 미시마는 731부대에서 일한 민간인 의사였다. 중국에서 활동한 731부대는 소련이 쳐들어오기 직전에 생체실험을 한 증거들을 모두 소각하고 실험결과들만 가진 채 일본으로 귀국했다. 증거를 소각했다는 것은 그것이 인간으로서는 절대 해서는 안 되는 짓임을 알고 있었다는 뜻이다. 일본 당국은 자신들에게 소중한 일을 하고 돌아온 그들을 정보 유출이나 공습의 가능성이 있는 도쿄에 머물게 할 수 없었다. 그래서 제2총군이 옮겨온 즉시 히로시마의 세토 내해에 있는 한 섬으로 이주시켰다. 그리고 이름 없이 후생방역부라고만 명명하고 계급장은 그대로 보유한 채 활동하게 했다.

미시마는 그때 이곳으로 옮겨와서 지금까지 일하던 엘리트 의사 중 하나였다. 그리고 이번에 원자폭탄이 터져 사상자가 속출하자 미시마는 군부의 명을 받고 원자탄을 맞은 사람들을 조사하고 연구하는 임무를 받았다.

"그렇습니까? 그래도 깨어나시면 바로 시보를 찾으실 테니 두고 나오겠습니다."

요시나리는 간호사의 말뜻을 이해하지 못하고 병실로 들어가려고 했다.

"중좌님. 이번 진료는 상부에서 지시한 특별진료입니다."

간호사가 문을 막아 선 채 말했다. 특별진료? 요시나리는 자신을 막고 기계처럼 되풀이하는 간호사의 말을 처음에는 알아듣지 못했다. 그러다 점차 그 '특별진료'의 의미를 깨닫고 말았다. 상부에서 지시한 일이라면…… 설마! 그걸 이제야 깨닫다니!

"의무관님께서 약효가 돌기까지 조금 시간이 걸릴 거라고 말씀하셨습니다."

간호사는 지금 대일본제국의 군인인 요시나리에게 나라를 선택할 것이냐, 한낱 조선인 상관의 최후를 지킬 것이냐를 묻고 있는 것이었다. 그녀는 요시나리만 남겨둔 채 어두운 복도 너머로 사라졌다.

그렇다면 아직 죽지는 않았다는 말인가? 요시나리는 그만

다리가 후들거려 병실 앞 간이의자에 털썩 앉았다. 상부의 지시로 처방한 것이라면 지금 자신이 들어간다 해도 이우를 살릴 수는 없을 것이다. 하지만 존경하는 상관의 마지막을 이렇게 보내는 것이 옳은가? 나는 지금 조선과 일본 둘 중 어느 나라의 군인인가? 국가가, 폐하가 한 일에 내가 반기를 들 수 있는가? 요시나리는 이우에게 전달할 시보를 쥔 채 자신이 어떻게 해야 할지 판단하지 못했다. 그가 고민하는 중에도 이우는 죽어가고 있을 것이었다.

'전하……!'

요시나리는 이우에게 전해주려고 손에 쥐고 있던 시보를 고통스럽게 구겼다. 그는 결국 병실 안에 한 발자국도 들여놓지 못했다. 어떤 쪽도 선택하지 못한 채 시해사건의 유일한 목격자이자 방관자가 되고 만 것이다. 이것이 일본 군인인 요시나리가 선택할 수 있는 최선이었다. 그는 우두커니 어두운 복도에 앉아 하염없이 몸을 떨었다. 그럴 수밖에 없었다.

작가의 말

처음 이우 왕자를 알게 된 때는 2011년 초입의 겨울이다. 일
제강점기 때 일제에 저항했던 왕족이 있다는 사실을 알게 된
건 신선한 충격이었다. '이런 사람이 존재할 수 있는가?'라는
순수한 의문이 먼저 들었고, 이우의 삶을 알고 난 후엔 곧 그의
인물됨에 매료되었다. 도저히 소설을 쓰지 않고는 견딜 수 없
었다.

하지만 직업을 가진 채로 이곳저곳에 오지 않는 연락을 해가
며 자료를 모으고, 답사를 다니고, 시간을 쪼개 글을 쓰는 것은
쉬운 일이 아니었다. 완성도에 매달려 완결을 내고 나니 어느
덧 5년이 넘는 시간이 흘러 있었다.

글을 쓰면서 이우에 대해 다룬 한국 도서들과 논문, 고신문

을 읽고 참고했다. 그중 일본에서 제작한 "민족과 해협"과 "항일—한일병합의 그림자"라는 두 편의 일본 다큐멘터리가 큰 도움이 되었는데, 내용 일부를 최소 인용의 범주에서 소개한다.

> 전하는 그랬습니다, 만나면 저에게 언제나 한국어로 말을 건넵니다. 둘이서 한국어를 하면 동기생들이 모여서 무엇을 말하는지 묻는 거예요. 역시 약간 신경이 쓰이니까, 전하가 너무도 한국 정신(민족의식)이 강하지 않았나? 지금도 생각하고 있습니다.
>
> ―이우의 동기생 이형석, "항일—한일병합의 그림자"에서(마츠나가 에이미, 히로시마 쥬코크, 1994)

그의 유일한 한국 동기로 알려진 이형석은 "항일—한일병합의 그림자"에서 이우가 늘 자신에게 한국어로만 말을 걸었던 기억들을 회고했다. 이우의 독립에 대한 확고한 믿음과 한국정신(민족의식)이 뛰어났음은 동기생들에게까지 퍼져 있었던 듯하다. 이형석은 이전 다큐멘터리 "민족과 해협"에서도 이우에 대해 "일본인들에게 존경을 받는 것이 한국인에게 자랑이 될 수는 없겠지만 동기생들이 모두 이우를 존경했다. 그래서 그 최후도 우리로서는 너무 안타까웠다. 책임감 때문에라도 이우의 일을 후손에게 알리고 싶다"고 밝혔다. 만약 그가 학교에서 보여준 항일적 행동과 인품이 귀감이 되지 않았다면 이러한 말들은 나오지 못했을 것이다.

> 한일합방에 의해서 조선왕조의 사람들은 일본 황족에 준하는 대우를 얻었지만, 그중에 일본 육군 중령의 신분을 가지면서도 독립지사를 비밀리에 지원하고 있던 이우의 생애를 쫓는다. (중략) 이우는 은밀하게 저항을 계속하고 있었지만 히로시마에서 원폭으로 사망한다. 그 생애를 통해 아직도 남아있는 한일병합의 상처 자국을 부각시켜 역사의 무게를 검증한다.
> ─"항일─한일병합의 그림자"에서(마츠나가 에이미, 히로시마 쥬코크, 1994)

"민족과 해협"의 후속 다큐멘터리로 볼 수 있는 "항일─한일병합의 그림자"의 소개문에는 이우가 독립지사를 비밀리에 지원하고 있었다고 적고 있다. 제작자인 일본인 마츠나가는 이우의 죽음을 뒤따른 요시나리 히로시(吉成弘)에 흥미를 느꼈으며 '이우가 어떤 인물이었기에 일본인인 요시나리가 따라 죽었을까?'에 착안해 이우를 추적해갔다고 한다. 다큐멘터리는 "항일─한일병합의 그림자"라는 제목처럼 이우의 저항적 생애와 독립운동에 관해 한층 더 접근하고 있다.

전하는요, 자신의 모국을 생각하며 비통한 기분이었다고 생각합니다. 그래서 분명히 말씀드리면, 독립이나 혁명이라고 표현하면 조금 어폐가 있습니다만 지사 같은 분들, 메이지 유신을 일으킨 애국지사 같은 분들이 저편 가득 어둠 속에 계셨겠죠. 저는 전하를 모시는 수행원에게 은밀하게 들었던 적이 있습니다. 일본의 육군사(陸軍史)에는 그런 것이 쓰여 있지 않고 물론 있어서도 안 되는데, 전하가 비밀리에 경성의 독립운동가를 지원하셨다는 것은 제가 일찍이 처음으로 말하는 것입니다.

—이우의 동기생 야마모토 하루이치(山本 春一), "항일—한일
병합의 그림자"에서(마츠나가 에이미, 히로시마 쥬코크, 1994)

또한 이우는 일본에서 강제 군복무를 하던 중에도 비밀리에 경성의 독립운동가들을 지원했다. 감시와 압박 속에서도 조선 독립을 포기하지 않고 직접 행동한 것이다. 여러 문헌들에서 전해지는 이우의 성격을 보더라도 그렇고, 아버지 의친왕의 영향을 받았다는 것을 감안하면 이우에게 독립운동이란 특별한 것이 아닌 당연한 일이었음을 짐작할 수 있다.

앞으로 더 많은 사료를 가지고 있을 마츠나가가 쓴 평전이 나오기를 기다려본다. 이우는 오랫동안 일본에서 생활했기 때

문에 위에 소개한 사료를 비롯해 일본의 사료를 확인하지 못하는 이상 더 많은 사실을 알아내기는 어려울 것으로 보인다.

답사를 다녔던 곳 중에는 극중 이우와 정희가 만났던 특별한 장소인 이우의 별장 석파정을 방문했던 일이 가장 기억에 남는다. 이 소설의 또 다른 주인공이자 가상 인물인 정희는 나라와 민족에 대한 순수한 사랑, 자신의 신념을 끝까지 지켜내는 강단, 조선 해방에 대한 확신을 가졌던 실제 우리나라 독립운동가의 초상이다. 그녀의 마지막은 많은 독립운동가들이 실제로 죽어나가던 모습이다. 정희를 통해 우리나라 독립운동가의 모습을 일부나마 보여줄 수 있기를 바랐다.

이 소설을 완성하기까지 많은 분들이 이끌어주셨다. 혼자서는 여기까지 올 수 없었을 것이다. 지난 수년간 함께 이우에 관해 대화하며 응원해주신 최유진 씨, 이우의 이복동생이자 또 한 명의 소신 있던 왕족 이해청을 밝혀낸 역사학자 박관우 씨 두 분께 감사드린다. 두 분의 직간접적인 도움이 없었다면 이 책은 없었다고 봐도 무방하다. 소설을 쓰는 중에 마츠나가의 일본 다큐멘터리를 찍은 카메라맨 히라오 씨와 연락이 닿은 것도 큰 행운이었다. 히라오 씨를 알지 못했다면 나로서는 다큐멘터리를 접할 기회가 없었을 것이다. 한국 원폭피해자협회 명예회장이신 곽귀훈 씨에게도 감사의 말씀을 전한다. 찾아뵈었을 때 누구보다도 많은 조언과 도움을 아끼지 않으셨기에 글을 쓰는 데 큰 도움이 되었다.

모두들 고맙고, 또 고마웠습니다.

2016년, 어느 카페에서

차은라

참고문헌

〈문헌〉

김기훈, 「일제하 在日王公族의 형성배경과 관리체제」, 부경대 석사학위
    논문, 2009.

김을한, 『인간 이은』, 한국일보사, 1971.

＿＿＿, 『인생잡기』, 일조각, 1989.

김석영, "박비방문기(朴妃訪問記)", 『실화』 1월호, 1959.

김태수, 『꽃가치 피어 매혹케 하라』, 황소자리, 2005.

김해경, 유주은, 「용산 총독관저의 조경사적 의의」, 서울시립대학교 대학
    원 조경학과, 2011, p.5.

곤도 시로스케, 이연숙 역, 『대한제국 황실 비사』, 이마고, 2007.

루스 베네딕트, 김윤식 역, 『국화와 칼』, 을유문화사, 2006.

박관우, 『역사 속에 묻힌 인물들』, 글앤북, 2013.

송우혜, 『왕세자 혼혈결혼의 비밀』, 푸른역사, 2010.

＿＿＿, 『평민이 된 왕 이은의 천하』, 푸른역사, 2012.

수요역사연구회, 『일제의 식민지 지배정책과 매일신보 1910년대』, 두리
    미디어, 2005.

안천, 『황실은 살아있다』, 도서출판 인간사랑, 1994.

이기동, 『비극의 군인들』, 일조각, 1982.

이순우, "100년 전 여행: 불가사의의 아방궁(阿房宮), 용산 총독관저", 《시
    사저널》(1103호), 2010-12.

이안 부루마, 정용환 역 『아우슈비츠와 히로시마』, 한겨레신문사, 2002.

이청, 『나의 아버지 이우 공』, 서울역사박물관, 2007.

이해경, 『나의 아버지 의친왕』, 도서출판 眞, 1997.

오타베 유지, 황경성 역, 『낙선재의 마지막 여인』, 동아일보사, 2009.

정범준, 『제국의 후예들』, 황소자리, 2006.

한도 가즈토시, 박현미 역, 『쇼와사 전전편』, 루비박스, 2010.

독립신문

매일신보

동아일보
한국사 데이터베이스
네이버 디지털 뉴스 아카이브

〈방송〉
마츠나가 에이미, "민족과 해협", 히로시마 쥬코크, 1988.
마츠나가 에이미, "항일―한일병합의 그림자", 히로시마 쥬코크, 1994.
KBS 역사스페셜, "조선황족 이우, 그는 왜 야스쿠니에 있는가", KBS, 2007.

이우 왕자 2

초판 1쇄 발행 2017년 1월 17일
초판 2쇄 발행 2017년 3월 7일

지은이·차은라

발행인·양문형
펴낸곳·끌레마
출판등록·제313-2008-31호
주소·서울시 종로구 대학로 14길 21 4층
전화·02-3142-2887 팩스·02-3142-4006
이메일·yhtak@clema.co.kr

ISBN 978-89-94081-70-0 (04810)
      978-89-94081-68-7 (세트)

이 도서의 국립중앙도서관 출판예정도서목록(CIP)은 서지정보유통지원시스템 홈
페이지(http://seoji.nl.go.kr)와 국가자료공동목록시스템(http://www.nl.go.kr/ko
lisnet)에서 이용하실 수 있습니다.(CIP제어번호: CIP2016031846)